啄木鸟·红色侦探系列

上海滩枪案

东方明 魏迟婴 著

群众出版社
·北京·

目　录

灭门疑案 ·· 1

　　1949年初夏，北平市发生一起投毒命案，铁路局车辆段技工在家中毒身亡，相隔不到一天，他的妻子和儿子在操办丧事途中又遭人劫持杀害。一家三口平日口碑极好，与亲友邻里相处和睦，是什么样的深仇大恨导致这一家人惨遭灭门？其时北平解放不过五个多月，敌特的破坏活动还十分猖獗，北平警方判断这起灭门疑案不是简单的仇杀案，而是有预谋的灭口……

舞女猝死之谜 ·· 55

　　1950年元旦，一张遗落于南京"仙乐门舞厅"的敌特密函意外落入公安机关手中。密函的收件人是曾经在南京小有名气的红舞女，警方怀疑此女是国民党"保密局"的秘密交通员，准备抓捕之际，舞女却猝死于旅馆之中。一起刚刚冒头的敌特案件就这样断了线索，警方下一步该如何着手？

上海滩枪案 108

  1952年秋，上海警方获悉两个流氓团伙准备进行涉枪械斗。其时，正好有外国贵宾即将来沪访问，如果在此期间出现枪击事件，必将造成恶劣国际影响。上海滩枪案，让警方顿时如临大敌。经查，准备用于械斗的枪支是自制的，但其做工精良，丝毫不亚于制式武器，难道流氓团伙中竟然隐藏着一个枪械专家？

"741情报组"覆灭记 154

  1957年1月15日，一架台湾间谍飞机向上海空投了八十麻袋的反动宣传品，其内容涉及许多中共机密。这些机密是如何泄露出去的呢？正当专案组踏破铁鞋之际，一个神秘女人的来电成为打破僵局的重要契机。女子欲说还休，行踪诡秘，专案组穷追不舍，掘地三尺，最终上演了一出"741情报组"覆灭记。

灭门疑案

一、中毒身亡

1949年初夏，北平市发生一起投毒命案。

案件发生地在德胜门内大街花枝胡同。就在案发前几个月，北平和平解放。1月31日举行入城式时，这条大街所在的北平市内五区还是一个又脏又乱、臭气熏天的地区，经过新政权发动群众大力整顿，至本案发生时的5月30日，情况已经有了不少好转。

花枝胡同是一条 L 形的胡同，南面一段与三不老胡同平行，然后向北拐，与三不老胡同相交。被害苦主侯晋豪一家三口就住在这条胡同的南段。三十六岁的侯晋豪是土生土长的北平人，在铁路局车辆段工作，是全段有名的技工。其妻朱照莲比丈夫小四岁，没有工作，平时挎着个篮子在附近一带穿街走巷叫卖香烟洋火针线之类的杂货，挣些零钱贴补家用。这对夫妇有一个十一岁的儿子侯继豪，上小学三年级。以当时的经济水平，侯家的收入在寻常家庭中还算不错，一家三口过着一份滋润的小日子。可是，谁也没有想到，这份日子过到 5 月 30 日，竟然到头了！

这天下午四点多，朱照莲和往常一样，在外面做了小半天的小生意，然后挎着篮子返回花枝胡同。行至与三不老胡同的交叉点时，遇到了从三不老胡同拐来的一个中年秃头男子，男子手里提着一个上面蒙着一块白布的柳条小筐，嘴里吆喝着："哎——烧饼！哎——卤肉！贱卖嘞！"

叫卖声引起了胡同里一户住家的注意，从屋里出来问多少钱一斤。秃子驻步回答："咱这是下午刚出锅的五香卤肉，上好的五花猪肉，祖传三代的秘制卤汁，不论斤卖，按块计价。"一边说一边掀起白布，用筷子夹起一块浓香扑鼻的卤肉，"这么一大块，咱只卖八百元（旧版人民币，即 1948 年 12 月 1 日发行的第一套人民币，与新版人民币的兑换比率为 10000∶1，下同）。"

说话间，旁边已经围上了一圈人，卤肉色香俱全，而且的确便宜，大伙儿纷纷掏钱购买。朱照莲见之心痒，也买了八份烧饼、卤肉，准备作为当天的晚饭。

朱照莲回到家里时，儿子侯继豪已经放学回家做完作业，正要出门去玩耍。见母亲带回了烧饼、卤肉，孩子想吃，被母亲拦住，说这是晚饭吃的，等你爸爸下班回家后一起吃。侯继豪是个听话的孩子，当下蹦蹦蹦跳跳出门而去。朱照莲刚把没卖完的货品收拾好，把儿子弄乱的桌子凳子摆放齐整，邻居刘婶忽然风风火火闯进门来，说大妹子你家老爷子摔了一跤，可能骨头断了，你妈让你赶快过去一趟。

朱照莲娘家就在三不老胡同，父母就两个女儿——她和姐姐月莲。月莲嫁得远，去了永定门外关厢那边，所以娘家二老有啥事儿都习惯招呼朱照莲过去照料。听说老爸摔断了骨头，这一惊非同小可，朱照莲当下锁上家门出去。走到花枝胡同与三不老胡同的岔口时，正在那里玩耍的侯继豪见母亲神情慌张急急忙忙行路，便问妈妈有什么事。这孩子生性孝顺，跟外公外婆处得极好，听说外公出事，便撇下一干小伙伴随母亲直奔外公家。

娘儿俩这一去，先是张罗借板车送医，等整骨郎中处理好又把老人拉回来，已是天黑时分。外婆已经张罗好晚饭，母子俩是吃了晚饭才回家的。路上，朱照莲想起她先前买的烧饼和卤肉，寻思丈夫应该吃过了，估计他吃不了那么多，剩下的得放在通风处晾着，明天早上才不会变质。没想到，母子俩回到家，进门目睹的竟是铁路工人侯晋豪业已僵硬的尸体！

北平市公安局内五分局接到报警，副局长兼治安科长魏相如率三名值班刑警赶到现场。稍后，市局的法医也到了。现场勘查后，死者遗体被运走，连夜解剖，确认侯晋豪系中毒身亡。法医对现场提取的侯晋豪吃剩下的烧饼、卤肉进行了检验，在卤肉中发现了毒药成分。

当时北平解放不过四个月，治安情况依然严峻。而警力非常有限，中共方面接管旧警察分局的公安干部只有十多人，加上两个班的北平纠察总队军人也不过四十来人，其余都是留用旧警察。按说发生了命案，应该组建一个颇具规模的专案侦查组，但分局只能抽调四名刑警负责侦查，称为"5·30"专案组，魏相如指定参与接管的公安干部杨史主持侦查工作，另三名刑警衣端正、蒋友先、裴丰夫均是留用旧警察，其中年届五旬的老衣原是旧政权北平市警察局的老刑警，参与过多起刑事案件的侦破，具有比较丰富的破案经验。

次日上午，专案组召开案情分析会，魏相如也到场了。原准备一起分析案情，但坐下不到十分钟就接到区委电话，通知他去参加重要会议，只得匆匆离开。杨史等四刑警根据勘查现场时死者的妻子及周围邻居反映的情况，对侯晋豪中毒身亡的过程进行了初步还原——

昨晚将近六点钟时，侯晋豪下班回家。开门进屋，发现家里无人，而桌上放着烧饼和用干荷叶包着的卤肉。去问邻居，得知朱照莲因老父摔伤，匆匆回了娘家。他原是打算立刻赶到三不老胡同去探望的，但邻居提醒说，现在你岳父家只怕没人，照莲过去后肯定立马把老人送医了。侯晋豪想想也是，那就先吃了晚饭再过去吧。于是侯晋豪返身进屋，因有人扫街，为防灰尘，他随手把门虚掩上了。侯晋豪平时有晚餐时喝点儿小酒的嗜好，家里常备二锅头，当下取出酒瓶倒了一小盏就着卤肉开吃。可能是酒精加快血液循环的作用，片刻，毒性就发作了。从现场痕迹判断，他曾一手捂着腹部，一手撑着台角站起来想开门呼救，可是，刚刚离开座位，就因剧痛倒地，挣扎着翻滚了几下，继而昏迷、死亡。

烧饼、卤肉的来源，刑警已经调查清楚。昨晚魏副局长走访了几户和朱照莲一起向小贩买了烧饼、卤肉的居民，他们都吃过了，没有任何人出现不适症状。看来，投毒之举像是专门针对侯晋豪的。那么，是谁投的毒呢？刑警想到了三种可能：一是那个出售烧饼、卤肉的秃子小贩，二是曾经接触过食物的死者之妻朱照莲，第三就是朱照莲匆匆离家后另有他人潜入侯家下了毒。

专案组长杨史时年二十三岁，他是抗战胜利前夕参加革命的，四年间从事过情报交通和公安工作,但从未独立主持过刑事案件的侦查。这次由于人手紧缺,再说领导考虑到像他这样的年轻同志肯定要尽快成长起来,所以魏相如拍板将其推上前台。小伙子受命时心里没底,比他大五岁的魏相如给他打气,说没什么好担心的,有我给你在后面戳着呢!

杨史昨晚辗转反侧,一直想着这个案子。小伙子很聪明,上述三种可能性他早已考虑到了,不过,他还是征询了衣、蒋、裴三人的意见,达成一致后,决定立刻前往花枝胡同分头进行调查。

具体需要了解的有以下三个方面的情况:第一,那个疑似涉案的秃子小贩的情况,比如平时是否经常来花枝胡同、三不老胡同兜售,姓甚名谁,家住何处,等等;第二,死者妻子朱照莲的情况,平时跟丈夫的关系如何,两口子是否有过矛盾,男女双方是否有外遇,等等;第三,在朱照莲回娘家到侯晋豪下班回家这段时间里,是否有人进入过现场。朱照莲出门时是把大门锁上了的,侯晋豪回家进门时也有邻居目睹其掏钥匙开门,因此,如果有人潜入现场,那他必须具备一个基本条件,即持有侯宅的钥匙,那么,是否有非侯家成员持有或曾经接触过侯家钥匙的情况呢?

四刑警分头调查的结果如下——

关于秃子小贩:刑警衣端正会同分驻所警察走访了花枝胡同、三不老胡同及德胜门内大街这两条胡同周边地段的居民,大伙儿对那个秃子小贩都没印象,他昨天肯定是第一次来这一带叫卖的。走访中,刑警正好遇到经常在这一带出没,叫卖了多年馒头、花卷儿的王老头儿,向他了解那个秃子小贩的情况,也是一问三不知。

关于朱照莲:朱照莲与侯晋豪是1938年结的婚,两人是双方老父经人介绍撮合结的亲。侯家住在外一区左安门,侯晋豪、朱照莲在相亲之前从来没有见过面。当时,侯晋豪已经在铁路局车辆段满师四五年,跟的师傅原是北京（1927年以前的称谓）第一家洋人开的汽车修理行技术最好的行业名匠贺厚德。小伙子比较聪明，手也巧，遇事喜欢琢磨，一手技艺练得不错，在车辆段技工中有些小名气。如果那时流行自由恋爱，估计肯定有不少姑娘盯着他。因此，双方老爸议定这门亲事，老朱把小伙子的情况说给朱照莲时，朱照莲非常满意。而侯晋豪也完全听老爸的，再说若论长相，朱照莲在同龄同层次的姑娘中算是中等偏上，至于没有工作，那在当时司空见惯，侯家养得起这样一个儿媳妇。

侯老爷子是邮局的修车工，汽车、摩托、三轮车、自行车全都不在话下。那时的邮电工人属于最吃香的职业之一，坊间称为"金饭碗"。而拥有修车手艺，在当时更是相当于拥有高端技术，况且，修车工还可以在工余搞第二职业，收入颇丰。侯晋豪自己也是技工，收入不错，工余还能跟着老爸鼓捣些修车的私活儿。因此，侯家虽然属于劳动人民，搁在解放后亮出成分，乃是响当当的无产阶级，但若论经济条件，恐怕比寻常小业主还强些。侯老爷子不差钱，儿子的亲事定下后，立刻斥资在花枝胡同购买房子作为儿子的婚房，之所以选在花枝胡同，那是为了方便朱照莲照料父母。

婚后小两口一向和睦相处，邻居也好，双方父母、亲戚也好，都没有听说两人发生过什么矛盾，也不曾见过二人争吵，更谈不上动手了。对于朱照莲每天挎着个篮子做小买卖之举，丈夫是持反对态度的，但妻子说整天在家除了做点儿家务零活儿闲着没事闷得慌，提着篮子沿街叫卖不图赚多少钱，就是想有点儿事做。几年下来，朱照莲在家也好，外出做小买卖也好，这一带的邻居从来没有听说过她跟哪个异性有过什么出格的交往。

至于侯晋豪，那就更简单了。他上常日班，天天两点一线朝八晚五，就像设计好的程序一样。有时遇到加班，他肯定会打个电话给附近德胜门内大街上的"祥福鞋帽店"（他长期义务给该店修理三轮车、自行车，双方关系不错），请店里派人给朱照莲捎话关照一声。车辆段的工人是清一色的男性，工作中也很少接触异性，在这方面，车辆段上不曾有过关于侯晋豪的风言风语。

关于侯家钥匙的情况：据朱照莲、侯继豪母子说，他们家的钥匙一向管得很紧，概由侯晋豪、朱照莲两人掌握，侯继豪直到今年春节满十一岁了方才获准持有一把大门钥匙，妈妈给他用麻丝编了一截细绳子挂在胸口，从不离身。侯晋豪、朱照莲的钥匙则随时放在身上，外出回家后也不像大多邻居那样随手放在桌上或者挂在墙上。

汇总了上述调查情况，刑警们都感到有些失望。杨史说看来我们的工作做得还不到家，还得继续查摸。于是，当天下午四点，四刑警再次出动，分头走访朱照莲的家人以及花枝胡同、三不老胡同的群众。

杨史和老刑警衣端正去了朱照莲的娘家。那里的气氛可想而知，老爷子骨折卧床，老伴儿榻旁伺候。朱照莲那边出了大事，老两口没法儿相帮料理，深感歉疚。朱照莲守寡年余的姐姐惊闻噩耗赶回娘家，一下子面临两桩都需要自己出力相帮的大事，顿时六神无主不知所措。倒是朱照莲方寸不乱，说姐姐你在娘家待着照料父母，我那边料理丧事自有主张，婆家说要把灵堂设在老家，一切由他们张罗，那我的事儿就少了许多。我先把花枝胡同家里的事儿处理好就去婆家，忙不过来再请你过去。

这次走访，杨史、衣端正遇到了朱照莲的姐姐朱月莲。他们之前来过，那时朱月莲还没赶过来，现在遇上，正好可以听她说说关于妹妹、妹夫平时的情况，比如他们两口子相处得怎么样，是否发生过矛盾纠纷之类。

与妹妹相比，朱月莲是个话比较多的人，而且表述能力也比朱照莲强。可是，她跟刑警说了二十来分钟，杨、衣两个并没获得什么线索。朱月莲说妹妹平时向无不良嗜好，跟外人也没有比较近的交往，闲下来无非就是织织毛衣什么的。刑警又跟朱家老两口聊了一会儿，也无任何收获。

傍晚，专案组在德胜门内大街刘海胡同内五分局碰头。在食堂吃晚饭时，魏相如副局长拿着馒头端着汤碗坐到专案组四人这边，问白天调查得如何。听了杨史的汇报，魏相如又问他们接下去打算怎么办。杨史说我们已经商量过，晚上再去找朱照莲谈谈，看之前是否遗漏掉什么线索没有。魏相如点头赞同，说我今晚值班，整夜在分局，那就坐等大伙儿的好消息了。

不料，魏相如等了半夜，等到的却是朱照莲、侯继豪失踪的消息！

二、母子被害

侯晋豪排行老二，上有一个哥哥，下有一个弟弟，三兄弟每人只差一岁。三人中，父母最喜欢老二；而侯晋豪自幼遇事最有主见，哥哥弟弟都听他指挥，连几个堂兄堂弟也都视其为首，遇上事情总要向他讨教后心里才踏实。所以，他是侯家这一辈中的核心人物，没想到，竟莫名其妙遭遇飞来横祸。

侯家老两口得知噩耗不久，侯老爷子这一辈的兄弟姐妹一干老头儿老太纷纷赶到，很快就形成一个统一意见——由侯氏家族出面主办丧事，灵堂设在左安门侯家老宅。可是，问题也随之而来。

侯晋豪的遗体被警方运到医院去解剖后，家属没有接到让领回的通知。按照当时的习俗，灵堂必须摆放棺材，内置死者遗体，棺盖覆盖三分之二，留下三分之一供前来吊唁的亲友瞻仰遗容。因此，侯家就向警方提出领回侯晋豪遗体的要求。公安局的意思是，北平已经解放，这事要按照解放区的规矩办，由死者配偶提出申请。如果死者配偶因故不能前来，可以让其在申请书上签名后由其他亲属送交警方；也可要求管段派出所出具证明。所以，侯家就指派老三侯晋杰前往花枝胡同把嫂子接去办理此事。

  侯晋杰赶来跟朱照莲一说，朱照莲说我已去分局问过，知道这事，正要去老宅商量准备接灵的大车。内五分局的人说了，把申请书送去由治安科盖个章就可以去医院领出遗体。侯老三说那边已经把申请书准备好了，嫂子往上面签个名就行，至于大车，可以去附近的大车店临时租一辆，不就去一趟医院吗，用不了多长时间，不会耽搁人家明天上路。

  于是，朱照莲叫上儿子侯继豪准备一起过去。可是，十一岁的少年侯继豪却不肯立刻跟母亲去老宅，他正在同学帮助下一起扎办丧事用的纸花，说要扎满三百朵才行。侯晋杰寻思，去医院接遗体是大事，孩子应该在场，但扎纸花的事也不能耽误，便和嫂子商量，自己先去把租大车的事落实了，朱照莲帮着继豪把纸花扎完后一起过去。朱照莲想想，也只好如此。

  本来这活儿是可以在下午四点前完工的，不巧的是，才完成三分之一，发现细铁丝用完了。当时市面上出售铁丝的店铺很少，而且不肯按尺寸卖，动辄就是一卷，普通居民家一般用量很少，也不去店铺购买，多是从有条件能从工厂拿到这类东西的邻居熟人那里讨一截来使用。现在，也只好用这个方式去找人商量。这样一来，等到三百朵纸花全部做好时，已是七点左右。朱照莲收拾了纸花，叫儿子出门。侯继豪嚷嚷肚子饿，但这会儿也来不及做吃的了，朱照莲只得跟儿子说路上买了吃。

  花枝胡同到侯家老宅大约十公里，坐三轮车得个把小时。可是，侯家老宅那边一直等到八点半，也没等到这对母子。侯老爷子吩咐老三去大车行让人家提前出动大车，干脆跑一趟花枝胡同，把娘儿俩接过来。侯晋杰坐着大车赶到花枝胡同，邻居告诉他朱照莲母子俩七点钟就离开了。这时已经过了九点半，即便是步行也该到了。侯晋杰便让车夫调转车头往回赶，到家一看，嫂子却仍旧不见人影。

侯老爷子不是一个脾气很好的人，又刚刚失去儿子，当下便恼了，说遇上这等大事，还不赶紧过来，娘儿俩钻到哪里去了？遂命两个儿子分头寻找。老大侯晋天和老三侯晋杰商量下来，认为朱照莲可能先到内五分局办理领回遗体的手续去了，之所以还未过来，可能是在分局办事时遇上了意外，比如经办人员正好不在之类的情况。兄弟俩遂决定去分局看看。

哪知，赶到内五分局一问，值班的警察说朱照莲根本就没来过。这不奇怪了吗？眼下领回死者的遗体乃是最大的一桩事儿，还有什么事情比这桩事更重要，值得朱照莲舍此就彼呢？两人在分局门外嘀咕，推测嫂子可能已经去了老宅，也有可能半路上想起什么要紧事，临时回去处理，耽搁了时间。弟兄俩决定分头行动，老大回老宅，老三去花枝胡同。

结果，两路都扑空了，朱照莲、侯继豪母子始终不见影踪。侯家人都急了，联想到侯晋豪无端中毒身亡，难道母子俩也出了什么事？没别的办法，一大家子全体出动四下寻找，凡是朱照莲有可能去的地方都不放过。侯晋豪、朱照莲平时人缘不错，花枝胡同那边的邻居这时候都已休息了，获悉朱照莲母子失踪，都出来帮忙寻找。众人一直找到次日（6月1日）清晨，找遍了朱、侯两家的亲戚朋友，以及侯继豪的同学、老师等几十户人家，仍未发现母子俩的去向，那就只有报警了。

当时，警方对于人口失踪基本不过问，除非是涉案对象。由于侯晋豪命案的原因，朱照莲母子自是属于涉案对象的范围，警方不但受理，分局长汤光礼也非常重视，跟魏相如交换意见后，说这个案子看来不会那么简单，先找人吧。魏相如就把这活儿下达给了专案组。

专案组正在打听朱照莲的下落，即使人家不来报警，四名刑警也准备着手寻找的。接到命令，众人商议片刻，杨史采纳了衣端正的建议，即以内五分局的名义给全区五个片的分驻所打电话，让他们通知下辖的派出所派员寻找朱照莲、侯继豪母子。然后，杨史在分局留守汇总信息，其余三个刑警衣端正、蒋友先、裴丰夫去花枝胡同、三不老胡同了解朱照莲的情况。

衣端正三人还没离开分局，杨史就接到了电话，德胜门分驻所接到管段群众报警，称附近草鞋巷的一口水井里发现两具尸体，其性别、年龄、衣着符合分局刚才来电要求寻找的朱照莲母子的特征。专案组刑警随即出动赶往现场。

现场已由派出所警察封锁，正在打捞尸体。刑警了解到，这口位于偏僻地点的水井有至少五十年的历史。内五区当时没有自来水，居民的饮用水靠卖水的每天送一次，生活用水则靠水井提供，这口老井就是为附近居民提供生活用水的。清明前刚刚请人淘过老井，顺带往下挖深了一米，水源充足。今天清晨来打水的居民大多注意到井内水位有所提高，但都以为是地下水自然上升，谁也没有往其他方面去想。刚才，有个妇女来打水时不小心把手腕上套着的一串佛珠掉到井里去了。这串佛珠要说价值，那也一般，但这个四十来岁的妇女是寡妇，佛珠是已故丈夫留给她的，于她来说弥足珍贵，就央求邻居相帮打捞。邻居把前端系着粗铁丝弯钩的长竹竿伸到井里，竹竿往下一戳就发现了异样。

两具尸体打捞起来，侯家的人也赶到了。一干男女老少只一看，就叫的叫，哭的哭——毋须辨认，死者即是朱照莲、侯继豪母子！

专案组刑警对周围群众进行了询问，有人反映，昨天晚上七点半左右，有一辆三轮车进了胡同。蹬车的是一个三十来岁的男子，穿一件黑布褂子，敞着怀，头戴一顶半旧草帽；后面坐着人，因为拉上了撑篷，加上胡同里的路灯光昏暗，看不清楚坐着什么人。

由于水井边整天有人打水洗涮，井台周围的泥地总是潮湿的，之前刑警勘查时就已经发现泥地上有车辙辘印痕。现在听群众这么一说，便断定那辆三轮车就是运载两个被害人的交通工具。至于运载的是活人还是尸体，那就有待于法医鉴定了。

市局法医的鉴定结果很快就出来了，认定朱照莲、侯继豪母子系被掐死后将尸体扔入井内。法医和专案组刑警交换意见后，对两人的遇害过程进行了初步推测——

朱照莲母子在离开花枝胡同前往侯家老宅途中的某个地点上了那辆三轮车，行驶过程中，凶手将车拦停后持械登车（估计车夫也是凶手的同伙），威胁母子俩不得声张，然后坐在母子俩中间将两人控制。凶杀现场显然是预先选择好的，三轮车停在那口水井旁，两个凶手逼迫朱照莲、侯继豪下车，随即下手将两人掐死，投尸井中。

这就是发生在二十四小时内的一起谋杀一家三口的灭门血案。联想到5月30日朱照莲向那个秃子小贩购买的准备用来作为当天晚餐的烧饼和卤肉，可以推测凶手的作案目的就是为了制造灭门血案。可是，计划赶不上变化，凶手没有料到朱老爷子会临时发生骨折事故，导致朱照莲母子俩去娘家照料老爷子，那顿有毒的晚餐只有侯晋豪一个人吃了。这样，原先策划的灭门案只完成了三分之一，还有三分之二就得另外设法解决了。对方的灭门之心看来非常迫切，相隔不过一天，就把尚未完成的那三分之二给解决掉了。

北平解放以来的治安情况虽然比较严峻，但像这样丧心病狂的灭门血案还是首起，分局领导立刻向北平市公安局报告。

当天午后，内五分局局长汤光礼接到市局第三处（治安处）处长赵苍璧打来的电话，说经市局领导班子会议决定，5月30日、31日发生的两起命案串案并侦，市局增派三名刑警充实原专案组力量，由内五分局副局长魏相如担任组长主持侦查，市局派去的三刑警之一、治安处股长石振庭协助（相当于常务副组长），原组长杨史担任副组长。汤光礼马上把魏相如叫到办公室，刚刚转达了上级指示，石振庭就和另两位市局刑警熊先胜、张景时赶到分局来报到了。

下午，新专案组举行案情分析会，局长汤光礼和另一分管侦查、保卫的分局副局长张登瑞均到场，魏相如主持会议。大伙儿没有废话，开门见山直接分析案犯残杀一家三口制造灭门案的动机，亦即本案的性质是属于仇杀、情杀、因财杀人，抑或其他原因。

分析下来，大家认为首先可以排除仇杀。侯晋豪、朱照莲夫妇出身平民家庭，平素跟外界交往有限，跟人相处一向和睦友爱，别说结仇了，就是寻常口角也没听说过，应该不至于有什么人会冒着特大风险冲这家子不依不饶地连下杀手，必欲置之死地而后快。

那么情杀呢？根据之前杨史、衣端正等四刑警的调查，这两口子一向安安分分过日子。侯晋豪在铁路局车辆段上班，平时接触的几乎是清一色的男性职工，工作时间不可能离开岗位去段外有女性职工的部门闲谈培养感情；工余则是正常下班回家陪老婆孩子，要说离开，也不过是受邻居或朋友之托，帮人家修修自行车、三轮车或其他物件，况且这种情况并不多见。另外，这个小家庭中掌握经济权力的是女主人朱照莲，侯晋豪每月领了薪水后，只给自己留下些许零花钱，其余都交由妻子支配。留下的零用钱，大部分也是花在儿子侯继豪身上。侯晋豪的这种生活方式，与婚外情的规律不合——婚外情是需要时间和大量花销的。

至于朱照莲，其生活内容就更是简单了。她平时除了操持家务，空闲下来就是提着篮子在附近穿街走巷做小买卖。朱照莲原本就是三不老胡同的老住户，出嫁到花枝胡同老侯家置下的婚房后，与娘家不过咫尺之距，所以这一带的老住户都认识她。这样一张熟面孔，多年在这一带做小买卖，可以想象，其一举一动肯定都在众多街坊的眼里，如果她跟哪个男性接触得多一些，别说进人家屋里了，就是在门口驻步时间长一些，日久天长只怕也会引起人们的议论。可是，杨史等四刑警在走访中根本没有听说过关于朱照莲的任何风言风语，因此，朱照莲在这方面应该是没有问题的。

仇杀、情杀被排除后，接下来就是财杀。这对夫妇属于普通劳动人民，因为只生了一个孩子，生活条件比寻常劳动人民家庭要好些，但绝对算不上富裕。男女双方父母的经济条件也不过中等偏上，都是靠劳动挣钱谋生，最多算个小康而已。这样的家庭，不太可能会被歹徒盯上。当然，不排除有小偷窃贼之类把他们作为目标，但因此将一家三口灭门，那就说不通了。

那么，还有其他可能吗？众人正要往下分析，分局长汤光礼接听了一个电话，大伙儿便借机抽支烟，休息一会儿。很快，汤局长返回，说很抱歉，区委熊书记让我去参加一个重要会议，我不能和你们讨论了。关于凶手的动机，我有一个观点——会不会跟敌特分子有关？请同志们议一下。

汤局长离开后，大家就接着局长的话题讨论。敌特这一摊儿，由分管侦查、保卫工作的副局长张登瑞负责，魏相如便提议请张副局长先说说。

张登瑞是从老区抽调来的一位县公安局副局长，根据地小有名气的政保干部。这人平时沉默寡言，说话不多，但言简意赅。现在，张副局长的发言还是这个特点，用最简洁的措辞表达了以下意思：但凡灭门案，其用意一为深仇大恨，要搞一竿子扎到底的复仇；二是不一定有深仇大恨，但苦主掌握了案犯一方的重大机密，一旦泄露，将对案犯一方造成灭顶之灾，为安全计，那就不顾一切非要制造灭门案了，灭门就是为灭口。从本案三位死者生前的情况来看，深仇大恨可以排除，那就只有从灭口的角度去考虑了——他们一家可能在无意间接触到了案犯一方的重大秘密。什么秘密？估摸应该是政治方面的，多半跟敌特有关系。

张登瑞这一说，魏相如连连点头："言之有理啊！"

于是，定下了调查内容，其中包括原专案组已经调查过的几点：第一，查找那个叫卖烧饼、卤肉的秃子小贩；第二，对5月31日晚朱照莲、侯继豪母子离开花枝胡同后在何地上的三轮车、三轮车行驶途中的情况，以及杀害朱、侯母子的现场进行调查（案犯显然对现场比较熟悉，那就有可能曾在草鞋巷住过或者去踩过点）；第三，对侯晋豪、朱照莲的个人经历、社会关系进行梳理分析。

三、线索初现

专案组刑警随即启动对上述几方面情况的调查，一连查了三天——

专案组长魏相如与石振庭、杨史商量调查工作的分工时，考虑到留用老刑警衣端正熟悉内五区的社会情况，决定派衣负责查摸5月30日下午出现在花枝胡同冒充小贩叫卖烧饼、卤肉的秃子。

之前，原专案组已经对秃子的来龙去脉进行过调查，刑警不但走访了花枝胡同、三不老胡同的群众，还接触了几名经常在这一带叫卖花卷、馒头、烧饼、卤菜等的小贩，没有任何收获。现在，衣端正和分驻所、派出所借调来的小李、老辛三人重新对此进行调查，打算换个思路，改从卤肉的来路查起。他们分头走访了那天曾经买过卤肉的十多户居民，询问那卤肉有什么特征。衣端正记得，在他向朱照莲询问为什么买那个秃子小贩的卤肉时，对方回答说除了价格便宜，还因为香气扑鼻，十分诱人。如果这不仅仅是朱照莲一个人的感觉，而是买了秃子卤肉的顾客共同的感觉，那就说明秃子叫卖的卤肉具有某种特殊性，如此，没准儿就能通过对北平卤菜行业老法师的调查顺藤摸瓜查到那个秃子的下落。

一番调查下来，三位刑警终于从一个年近七旬的资深老食客那里了解到，那卤肉之所以特别诱人、让人一闻之下就食指大动的原因，多半是在烹饪时往汤里放了大烟壳。

民国时期官方表面上也禁毒，那时的毒品主要是鸦片，所以称为"禁烟"，蒋介石还亲任全国禁烟总监。但是，在实际执行中却属于挂羊头卖狗肉，说的好听，其实是只说不做或者少做。所以，禁烟的效果基本等于零。只要有钱，大烟甚至白粉（海洛因）在社会上能轻易买到，更别说大烟壳了。不过，旧时各个行业都有约定俗成的行规，由同业公会负责监管，若有违反，轻者认罚，严重的就要歇业了，而且，只要被勒令歇业，那就永远别想再入行，甚至换个城市都不行（各地行业之间有简报互相寄阅）。

禁止在加工食品时放大烟壳，那是从业者必须遵守的一项基本准则。如果有人违反，行业内应该有些传闻。衣端正相信，凭着他在北平当刑警多年结下的三教九流的人缘，是有希望查摸到那秃子小贩的下落的。当然，这桩活儿不一定那么轻松。刑警已经估计到，那秃子应该并非正式从事这一行的小贩，而是一个冒牌货。这样，卤菜那一行里的人就多半不知道有那厮。

果然，衣端正、小李、老辛三个跟多名卤菜行业的熟人接触下来，都说没听说过有这么一个家伙。这样跑了一天多，参加工作才一个月的新警察小李正对衣端正此举是否会有效果产生怀疑时，忽然遇上了一个人。这个人的出现，意味着衣端正他们的调查终于看到了一线曙光。

刑警遇到的这位仁兄姓秦，本名不详，排行老四，熟人都唤他"秦老四"。秦老四并非从事烹饪营生之人，他乃是前门"迎瑞饭馆"的一个寻常跑堂。该饭馆的位置比较好，处于交通要道黄金市口，早在抗战前就已被小偷扒手之流作为固定碰头点。像衣端正这样的刑警自然知晓这一点，十多年前，他就把秦老四发展为线人，每月给秦一些钱钞，有时局里下发的活动经费少得可怜，他就设法从收缴的赃物中截留若干送给秦作为补贴。因此，秦老四对衣端正言听计从，只要是老衣吩咐下去的事儿，不问长短，肯定要办到办妥。北平解放后，衣端正不知道新政权是否还允许他们使用以前的眼线，一直没去找过秦老四。这次由于案情重大，他专门请示了专案组的领导，得到了批准。

不过，对于衣端正此举，另外两位"临时工"却表示不解。小李是新手，原以为秦老四以前干过卤菜这一行，待到听说此人并没有沾过卤菜的边，只不过是个资深跑堂后，尽管因为资历浅不敢开口提出质疑，但那眼神一看便知是很不理解的意思。另一个老辛就不同了，他也是留用警察，以前就跟衣端正相识，曾一起办过案子，两人比较熟，他干脆就开腔了，说老衣你这是想干啥呢，他一个跑堂的还能提供啥线索啊？有这份闲心，倒不如咱三个找个地方凉快凉快，沏一壶大叶茶喝喝，没准儿倒能聊出个名堂哩。

衣端正听了没有吭声，只是打了个"跟我走"的手势。那二位没法子，毕竟他们是借调来帮忙的，领导关照过凡事听专案组刑警的吩咐，让干啥就干啥，只好跟着老衣奔前门。到得饭馆，见到那个貌不惊人的秦老四，待对方听明衣端正的来意，沉思片刻缓缓开腔，小李、老辛的眼睛立马睁大了。

秦老四说了什么呢？他说我不熟悉卤菜那一行，干那一行的通常也不会上馆子，我也不认识他们。不过，我倒有个主意献上供衣爷参考。您三位打听不到卤肉的来源，可以去打听烧饼的出处呀，不是说那厮卖的烧饼也是一等一的好货吗？既然他是冒牌小贩，卖的东西肯定不是他自己做得出来的。烧饼不比寻常的馒头、花卷儿，一般人家想做就能做，那得有技术，还得有专用烤炉，所以，他只能通过买现货的方式把那上百个烧饼批到手。上百个烧饼不是一时半会儿能做出来的，那他就必须预约，跟人家不熟悉的话，还得付点儿定金。因此，卖烧饼的人肯定记得有这样一个主顾。衣爷，您说我说的对不对？

接下来调查的结果证明秦老四的思路对头。当天晚上，衣端正三人终于从内三区东四牌楼"留香饼铺"打听到5月29日有人向该店预订了一百二十个烧饼，并且预付了全款。5月30日下午两点多，那人骑着一辆自行车来把货取走了。使刑警感到兴奋的是，"留香饼铺"的店主虽然说不出那个订货人的名字、住址，可是他说记得以前见过对方，依稀还有印象，可能是居住在马市大街老鹰窝一带的。

凭着多年的刑侦经验，衣端正认为查到这一步，离找到目标也就不远了。不过，鉴于他的留用警察身份，他不敢继续往下走了，跟小李、老辛一番商量，决定先向专案组领导报告。魏相如闻报，当下便带着衣端正三人前往内三公安分局，向分局长干苇求助。干局长随即指令治安科协助调查，当晚九点多，那个冒充小贩叫卖的家伙被抓获。抓捕行动魏相如带着衣端正三人也参与了，把那主儿控制住以后，定睛一看，果然是个四十来岁的秃子。

把人押到内五分局后立刻提审。秃子名叫屠富禄，三十八岁，出身平民家庭，父母均亡，兄弟姐妹互不联系，各过各的日子。曾结婚并生过子女各一，后妻子与其离婚，携子女嫁给了郊区一个地主做填房。屠富禄从事过唱戏（草台班子）、捎客、车行账房、煤矿管理等多种职业，还开过杂货店铺，目前无业；沾染酗酒、赌博等恶习，经常欠债。

问到其是否参加过敌特组织或者反动会道门，他摇头否认。那么这回冒充小贩出售烧饼、卤肉又是怎么回事呢？屠富禄说是受朋友之托，那个朋友名叫康守仁，系天津"老嘉富绸缎庄"的少东家。

二十年前屠富禄在天津唱戏时，康少爷在戏园子里为些许琐事跟几个小混混儿发生争吵。当时康守仁带了几个外地朋友，人多势众，摆出打架的架势，把对方吓跑了。哪知津门地面上的混混儿是不可轻易得罪的，不一会儿，对方便纠集了二三十人，各持铁尺、匕首、三节棍、九节鞭，怀里揣着石灰包之类冲进了戏园。为首的混混儿一摆手，二话不说就开打。康少爷的那几个朋友来自河北沧州，那里被称为"国术之乡"，他们自幼就习武，不一定拜过名师，但技击功夫肯定是有一些的。如果双方都是徒手格斗，估计也吃不了多大亏，但津门混混儿是江湖上出名的亡命之徒，而且都是持械上阵，交手不多时，康少爷这一方就被打得落花流水。

康守仁见势头不好，拔腿就逃。朝戏院大门逃肯定是不能脱身的，只好朝舞台上奔。先前被吓退的那几个混混儿是把他作为主要目标的，当下紧追不舍。康守仁逃到后台，走投无路，正遇屠富禄在收拾道具箱，连忙求救。屠富禄倒也仗义，胆子也大，把康藏于道具箱内，给追击者胡乱指点了一个方向将其引开，康守仁侥幸脱险。如此，康就跟屠富禄交上了朋友。不久后，屠富禄不慎摔伤了腿，再也上不了台唱不了戏，康守仁便资助其开了一间杂货铺。再往后，屠富禄离开天津回到北平，跟康守仁联系渐少。

"七七事变"后，康守仁也离开了天津，不知去了哪里，从此两人就断了联系。直到这一年的5月28日，也即案发前两天，康守仁忽然登门拜访。此时的康守仁已经发福,如果在街头遇上,屠富禄绝对认不出来。就在屠富禄愣神的工夫,对方一迭声"老朋友",一把将屠富禄扯出门,去了附近一家小酒馆。

两人喝酒时,康守仁告诉屠富禄,抗战爆发后他去了南方,后来入川,在成都与人合伙经商。抗战胜利后,与人合办的贸易公司迁往上海,还在南京办了一家分公司。因为局势不稳,他和合伙人黄天商量不如把公司转移到境外去,首选香港,在港岛开一家实体企业。黄对于这个设想很赞同,两人遂着手做准备。康守仁一直认为,黄天是自己的多年好友,情义如同嫡亲兄弟,甚至比嫡亲兄弟还铁。哪知人心隔肚皮,自己过于相信对方了。最后的结局之惨他做梦也想不到——

今年1月,黄天处理完最后一笔需要转移的账款后,称款子在南京"大瀛贸易"老板俞先铁那里,已经说好由俞老板负责兑换黄金一百五十两,劳烦康守仁跑一趟南京,把黄金取回,持特别通行证返回上海,然后搭乘英国"蓝色维多利亚号"邮轮赴香港。黄会在香港等候康守仁动身的消息,届时将去码头迎接。交代完毕,黄天拿出与"大瀛贸易"签订的合约正本,以及特别通行证,上面贴着康的照片,一一让康守仁过目。康守仁和对方合作多年,再说早在合作之前就是铁哥们儿,哪有不相信的道理?于是一口答应,遵嘱照办。可是,当他抵达南京见到俞老板后,方知一百五十两黄金早在三天前就已经交付给黄天了,对方还出示了黄亲笔签署的收条。康守仁一眼就认出确是黄天的笔迹,况且还有办事一贯谨慎的俞老板在黄签字时让人当场拍摄的几张照片,不由人不信。

康守仁气急败坏,连夜搭乘火车返回上海,想乘"蓝色维多利亚号"赴香港找黄天算账。赶到虹口汇山码头,一问才得知,早在昨天他去北站乘火车离开上海的时候,"蓝色维多利亚号"就已经启航。无奈，康守仁只好自己买飞机票赴港。不料，黄天事先已经做了手脚，航空售票处一看康出示的那纸特别通行证，当即拒绝出票，让他改乘轮船。而轮船公司售票处一看通行证上的姓名，马上说已经接到通知不能售给他轮船票，还顺便通知他，即便他买到了船票，到码头也上不了轮船，稽查员手里有他的照片。

至此，康守仁终于意识到自己被那位最铁的朋友耍了，他多年拼搏挣下的财富全部给掠走了，如今已是两手空空，连吃饭都快成问题了。大醉三天后，康守仁想起早年他在北平炒股票时，曾有一笔股票款在其表弟顾培生那里，于是决定去找表弟取回，用来作为经商本钱，不指望什么东山再起，但解决今后的生计应该是没有问题的。

3月下旬，康守仁来到北平，顺利找到表弟。表弟挺痛快，当场先给了他一笔钱钞，但之后这位表弟就失踪了。康守仁明白这是打算赖账，思来想去，考虑到表弟生性胆小，而且知道他这个表兄在江湖上颇有些不走正道的朋友，这次之所以不敢彻底赖账，而是先主动掏一笔钱钞给他，显然是生怕他叫些江湖人物来对付自己。既然如此，那就可以想个办法，吓唬吓唬表弟，让他知道厉害，老老实实还钱。不过，北平如今刚刚解放，警方肯定很忙碌，民间债务这种事他们虽然没精力管，但如果把事情闹大，惊动了警方，那也不是闹着玩的。由此，他就想到了请屠富禄相帮。

屠富禄当即点头应允。但是，怎么个相帮法儿呢？康守仁说对方是他的表弟，尽管贪婪，不讲情义，但毕竟是亲戚，不可能真的把他弄得如何难堪。针对表弟那胆小如鼠的性格，也就不过小小地警告一下即可。接着，他就亮出了方案——

表弟住在德胜门内大街花枝胡同，别看他生意做得不错，可是一向吝啬到极点，十足一只一毛不拔的铁公鸡，常年如寻常劳动人民的打扮，上下班寄一辆自行车。这还不算，最离谱的是竟然拿老婆不当老婆，一年到头让老婆提着个篮子沿街叫卖香烟火柴桂花糖什么的。所以，康守仁的这个表弟媳妇很好认，花枝胡同、三不老胡同那边只有她一个做这种小买卖的女子，此外，她的左额头上有一块指甲盖大小的胎记，一看便知。

康守仁拿出三十万元交给屠富禄，让他去找家好点儿的烧饼铺子，订购百十来个烧饼，后天下午去取；康守仁自己呢，亲自下厨给表弟他们整点儿加料卤肉，下午两点前送到屠富禄的住处。准备好后，让屠富禄去花枝胡同和三不老胡同的交叉口那边，先不叫卖，在那里溜达片刻。四点过后，表弟媳妇会提着篮子从德胜门内大街进花枝胡同，一路叫卖过来。看见她来了，屠富禄就可以开始叫卖了。表弟媳妇听见价钱便宜，必定会驻步买若干个，这时候，就可以把康守仁预先准备好的加料卤肉和烧饼一起卖给她。表弟一家三口肯定会在当晚把烧饼夹着卤肉当晚餐，这样，他们就有罪受了。当然，腹痛不会很强烈，但泻肚是少不了的，而且泻得不会很轻。那表弟是个聪明人，肯定会立刻领悟这是对他的警告。然后，他就会乖乖还钱了。康守仁还向屠富禄许诺，办妥了这件事，必有重谢。

屠富禄听着这事似乎不算犯难，他原本做过沿街叫卖水果的小贩，又做过戏子，临时客串个叫卖烧饼、卤肉的小贩自是不在话下，就收下了那三十万元钞票。

次日下午，屠富禄去"留香饼铺"订了烧饼，为稳妥起见，还特地去了趟花枝胡同，四点过后，果然看见有那么一个三十岁出头、额头上有一块指甲盖般大小胎记的女子提着篮子叫卖而来，寻思这就是康少爷的表弟媳妇了。之后，一切就按照预先由康守仁拟定的计划行事了。只是，直到此刻被捕，屠富禄也不清楚花枝胡同那边因为他的光顾发生了什么。

专案组领导立刻指派市局刑警张景时率衣端正、小李、老辛三人急赴天津调查"老嘉富绸缎庄"的少东家康守仁及其社会关系，以便查摸其在北平这边的落脚点。

四、涉案车辆

调查秃头小贩有了眉目，与此同时，负责调查涉案三轮车相关线索的刑警蒋友先、熊先胜那一路的情况也比较乐观——

据草鞋巷见过那辆三轮车的群众反映，这辆三轮车是有正规牌照的车辆，七八成新，与那位群众擦身而过时，那个不知是真是假的车夫还按铃示意他让开，铃声很脆。可惜，那群众根本想不到接下来会发生人命案，没有留意车牌号码，只记得车夫是个三十来岁的男子，看上去身体很是壮硕，浓眉大眼，一副好相貌。蒋友先、熊先胜两人分析，车夫多半是假货，盯着车夫查的难度肯定很大，倒不如先查三轮车。

从车夫是冒牌货这个角度考虑，那辆三轮车很有可能是案犯临时偷来用一用的。那时候，丢失三轮车这样的事儿相当于如今的出租车司机发现他的车不翼而飞了一样严重，车夫应该会在第一时间报案。于是，蒋友先、熊先胜两人决定先向全市各区公安分局的治安科打电话询问情况。

当时的北平市一共有二十个公安分局，其中内城七个、外城五个、郊区八个，称为"内七外五郊八"。两刑警一一往这二十个分局的治安科打了电话，出乎意料的是，竟然都说没有接到过三轮车失窃的报案。这就令人不解了，难道之前的判断有误，那个车夫并非冒牌货，而是正牌车夫，用来作为作案工具的那辆车就是他平时营运的车辆？想想似乎可能性不大，车夫蹬着自己的三轮车拦路劫持苦主，再运送到现场杀死，这胆子未免太大了。继而，他们又想到了另一种可能，那辆三轮车并非营运车辆，而是某个资本家之类的富户人家的私家三轮，临时盗了块牌照挂上去，冒充营运车辆。如此，对于丢失牌照的三轮车车夫而言，其严重性就没有车辆失窃那么大了，也不必向公安局报案，只要向车行说一下，由车行老板到公安局补办就是。

在以往，遇到这种情况，车行是要罚车夫一点儿钱的，但解放后车行老板鉴于形势，不敢再这样做了。不过，车行方面也有治车夫的办法，因为生怕个别车夫可能会以此手段发泄对老板的不满，在接到车夫牌照丢失的报告后，车行一般会先晾几天再去公安局补办。这几天对于车夫来说并不轻松，他要交车份儿，每天的营运压力都很大，不可能把三轮车停在家里干等着补办牌照，只有硬着头皮照样上路载客。这种行为如果被交警发现，尽管不会像旧社会那样扣车扣座垫什么的（三轮车座垫被扣之后就无法载客了），但接受一顿批评教育那是少不了的，还要通知车行来领车领人，那就占了时间，也就等于减少了收入。

想到这儿，两刑警便去人力车同业公会调取了全市车行的名录，看看数量不少，就先把其中有电话机的那些勾了出来，一家家打电话。可是，对方都说他们没有接到过哪个车夫报告牌照丢失之事。这下，刑警知道需要他俩累一把了，必须得靠两条腿对剩下的车行逐家走访。

刚刚接管的旧北平市警察系统的交通工具堪称简陋，跟南京、上海那是根本没有可比性。拿内五分局来说，整个儿分局竟然连自行车也没有一辆，更别说汽车、摩托车了。那么，分局的正副领导下去检查工作、亲自出现场或者去市局开会怎么办？有一辆旧三轮车，配备了一个车夫供使唤。下面的科长、警员有事外出，都得靠两条腿。蒋友先、熊先胜两人商量下来，觉得可以一步步进行查询，先把内城七个区的车行

——跑到，指望运气好，查到有哪个车夫丢失了牌照，那就盯着这条线索往下查。

查到第二天，触角已经延伸到北平外城，二位刑警的两条腿都快要跑断了，总算在外三区撞到了运气。

那天中午，熊先胜经过北平市公安局外三分局，觉得饥肠辘辘，便想进去蹭午饭。外三分局局长慕丰韵担任河北省建屏县（今平山县）社会部长兼公安局长时，熊先胜曾当过他的警卫员，如今找上门去蹭一餐饭料想没有问题，除非他不在分局。进去转了转，老首长在，这顿饭就有了着落，伙房还加了一盘炒鸡蛋。同桌吃饭时，慕局长问起他的工作，得知小熊在走访车行，两条腿已经快累断了，动了恻隐之心，说我这边正好缴获了一辆摩托车，案子还没结，没上缴，下午就借给你用吧，省点儿力气，调查速度也可以快一点儿。熊先胜说那敢情好，就是我不会开摩托。慕局长说没关系，我这里有人会开，让他捎你，你要去哪儿就让他开到哪儿。

熊先胜寻思蹭饭顺利，这个开头倒还不错，指望往下能够撞上好运。摩托车开出外三分局的大门，先去了距分局一里开外的"荣仁车行"。该车行除了出租三轮车、黄包车，因老板徐某是修车工出身，还兼营修理人力车、自行车、摩托车，分局的这辆摩托车刚弄来时有些故障，就是请徐老板给修好的。因此，驾车的民警小齐跟徐老板已经比较熟了。当下，徐老板见小齐驾车过去，以为摩托又出故障了，一面吩咐徒工沏茶，一面迎出门来问车怎么样。小齐说不是为车的事来找你的，市局这位同志想向你打听点儿事情。熊先胜上前把情况跟徐老板说了说，徐老板露出笑容，说这位同志您的运气可真好，之前打听了两天没打听到的情况，到我这里一问就着了！

徐老板告诉刑警，5月31日上午有个姓丁的朋友找他，说是有桩小事相托。老丁的小舅子小郝，以前是在内一区"大发粮行"打工的，北平解放后粮行关门歇业，小郝也就丢了饭碗。粮行刘老板跟老丁有些交情，便对小郝说，按说我这种关门歇业，是要给你们这些伙计发一笔遣散费的，可是大伙儿都知道，粮行之前给国民党军队折腾得厉害，我已经没钱钞可发了。现在我连自个儿干啥挣钱都没方向了，准备去河南找朋友商量，看有啥事儿可以做。车夫老项跟我一起去，那辆三轮车是我的私产，就借给你用吧。你去办一纸临时营运证照，先做做载客的生意，以后怎么样，只好走一步看一步了。这样，小郝就蹬上了三轮车，营运证是老丁托人给办的临时证照，有效期三个月，到期可以续。

一晃两个月过去，小郝用这辆三轮车营运，因为不必交车份儿，而且车是七八成新的，也不必修理，每天工余自己保养就行，倒是挣了一些小钱。小郝的心情不错，每天晚上回家都要喝上二两。可好景不长，一周前传来消息，刘老板关闭粮行并非经营不善难以为继，而是他在抗战时期曾做过日本宪兵队的密探，抗战胜利后国民党政权本要追究其汉奸罪行的，因其向具体经办官员行贿才被压了下来。北平解放后，刘老板知道当初的档案肯定要落在新政权手里，迟早要跟他算这笔账，所以赶紧关了粮行脚底抹油。果然，新政权清理档案，很快就发现了刘老板的劣迹，继而开始调查。

这个消息使小郝非常不安。刘老板的那辆私家车在他手里，政府调查过来，立马会把三轮车收缴，弄不好还会把他逮起来判刑。六神无主之下，他去跟姐夫老丁商量，老丁说要么你歇两天，看看风头再说。小郝寻思，交警当道拦他的车是不可能的，交警不会管这种事，他们只管是否有牌照和营运证。如果公安局要找他，一定会另派人来。那该怎样应对呢？想来想去，他决定照常营运，只是不再把三轮车骑回家，而是寄存在外面，过一段时间再说。如此，小郝就把三轮车寄存到外三区的一个亲戚家里。

5月31日那天，小郝的堂兄成亲，他歇工一天去相帮打杂。亲戚家住房小，小郝的那辆三轮车一直在门口放着，以为锁上就保险了。哪知所谓锁具是防君子不防小人，对偷儿没用，下午两点多，亲戚突然发现三轮车没了，几时没的、怎么没的一概不清楚。亲戚并不知道这三轮车是一辆问题车，赶紧给小郝报信儿。小郝这下慌了，也顾不上给堂兄打杂了，马上去找老丁。老丁说首先不能报案，一报案，警察肯定要问这辆车的来路，还要查看原始凭证，你说不清楚车的来路，又拿不出购买或者受赠的凭证，那就是赃车，把你关起来都有可能。那该怎么办呢？老丁的主意是，由他出面跟地面上的朋友打招呼，请他们发挥人头熟的优势，把丢失的三轮车找回来。当然，到时候可能要破费一些，但这跟一辆车的代价相比那就是小意思了。

老丁找的相帮寻车的朋友中，车行老板、前修理师傅老徐是其中一位。老徐因为会修车，社会上人头很熟，三教九流各方面都有结交。他接受老丁的委托之后，也就不过差一个徒弟骑了辆自行车去跟五六个朋友提了提此事，次日上午就有人把那辆三轮车完好无损地送到了车行。当天，小郝就重新骑着这辆三轮转悠着兜活儿了。

这个送车人是谁呢？徐老板说是住在附近的一个绰号"三把刀"的哥们儿。

半小时后，"三把刀"已经被传至分局，坐在熊先胜、蒋友先面前接受讯问了。据其供称，他在接到徐老板的通知后，向手下那班跟他练武的弟子发出指令，命他们四处转悠寻找这样一辆三轮车。6月1日上午，其中一个少年弟子小猴子在他家附近的"钟记洗染店"门前人行道树下发现停着一辆三轮车，上前一看牌照，正是师傅吩咐留意寻找的那辆。于是，二话不说，上前踩了就走，直奔"三把刀"家。"三把刀"又把三轮车骑到徐老板的车行，算是销差。

五、彻查不舍

熊先胜、蒋友先两人返回专案组驻地报告情况，魏相如、石振庭闻讯，随即加派人手协助熊、蒋往下追查，追查的重点是小猴子家所在的朝阳门外南小街区域，要弄清那辆三轮车是由什么人停放在"钟记洗染店"门前的。

熊先胜、蒋友先和两个临时增派的年轻民警一番忙碌下来，走访了不下百名群众，却毫无收获，谁也没有留心那辆三轮车是什么时候、由什么人停放在那里的。然后又调查这一带居民中是否有与曾在那对母子被害现场出现过的三十来岁的车夫（即疑似凶手之一）相似的对象，因搜索条件太过宽泛，也未得到什么有价值的信息。

这一路的调查陷入僵局，赴天津调查康守仁情况的那一路刑警也碰了壁。

张景时、衣端正、小李、老辛四人到天津一打听，"老嘉富绸缎庄"还在，不过老板早在十一年前就已换人。了解下来，该绸缎庄创始于清咸丰年间，到民国也算是天津卫的一家老字号了。老板康慎中是第四代传人，接手绸缎庄后把生意做得风生水起，赚了个盆满钵溢。本来，绸缎庄应该不会易主，可康老板的独子康守仁却给老爸惹出了一场大祸，最终不但店铺易手，连父母的性命也给弄掉了。

康守仁倒还不算笨，早年考取了高中。读到高三上学期时，结识了复兴社特务处（"军统"前身）天津站的特务，竟对从事特务职业大感兴趣。天津站站长、大特务王天木知晓后，指示下属将其发展为编外人员。当时的复兴社特务处不像后来的"军统"那样名声大噪，南京方面拨款有限，经常发生经济困难。康守仁对这份"事业"却非常执着，不时从家里拿出些钞票资助。上面由此认为这人还不错，就在抗战爆发前夕正式批准康守仁为"团体"正式成员。

不久抗战爆发，康守仁被指定为潜伏成员留在天津，给了一个少尉军衔，其实还是一个四处转悠钻天打洞收集情报的小特务。1939年，康守仁被日本宪兵队逮捕。其时，其父绸缎庄老板康慎中已投敌成为伪商会头目。康守仁被关押期间，其父生意场上的老对头梁耀宗借机发难，勾结日本商人吞没了康家的产业，康慎中夫妇也被关进牢房，双双死于狱中。

不幸中的万幸，康守仁逮到一个被押解去医院治病的机会，得以脱逃。康守仁越狱后去了哪里没人知道，但从其在抗战胜利后返回天津向梁耀宗等汉奸复仇时的那股气势看来，他很有可能仍旧效命于"军统"。

1946年初夏，康守仁得法院批准，亲手于刑场枪决仇人梁耀宗。其后，谢绝媒体采访，当晚即离开天津不知去向。直到解放后刑警这次去天津调查，也没人看见他在天津露过面。但有一点似乎可以认定，康守仁应该是继续供职于国民党特务系统，多半属于由"军统"改组的"保密局"下面的某个部门。解放后其在北平露面并指使屠富禄投毒杀人，并非屠供称的个人恩怨，而应是敌特分子的灭口行动。

既然在天津一时找不到康守仁的线索，那就只有从死者这边查觅了。可是，北平这边对侯晋豪、朱照莲夫妇生前社会关系的调查也无收获。这下，已经折腾了多日的专案组上下都难免沮丧：往下该怎么办呢？

6月15日午前，市局第三处处长赵苍璧来电询问情况，得知侦查无果，鼓励侦查员说，这不过是成功道路上必然会碰到的一点儿小曲折，请同志们继续努力，细致分析案情，相信必见曙光。专案组刑警受到鼓舞，干脆放弃午休，放下饭碗立刻开会。魏相如和石振庭、杨史交换意见后，给这次案情分析会定下的调子是：没有框框，没有重点——事实上该想到的都已经想到而且进行过调查了，眼下真的已经想不出什么新的框框和重点了——大伙儿想到什么就说什么，指望有人能够正好说到点子上，那就把这种近似于歪打正着的点子作为重点来落实。

这一议，整整花了一个下午的时间。到快下班时，不知是谁出了一个主意——如果一开始他就提出这个主意的话，多半会立刻被众人否定，可现在这种无路可走的状况，那也就只能死马当作活马医了。这个主意是什么呢？这位侦查员说，侯家三口被杀的原因目前不明，但肯定跟男女主人中的某一人甚至两人都有密切关系，这种关系的存在必须有一个接触点，那就是对方跟他们有过接触，甚至一度有比较密切的交往。然后，不知是什么原因，他们之间出现了矛盾，而矛盾激化的后果会给凶手一方造成巨大威胁甚至是灭顶之灾，因而作下了这起灭门血案。鉴于此，有必要继续调查男女主人侯晋豪和朱照莲的社会关系。这种调查之前已经进行过，但很有可能遗漏了什么，现在继续调查乃是一种补救，或许可以发现什么线索。

这没有办法的办法获得了专案组全体成员的一致赞同，魏相如当即作了分工，决定次日上午就着手继续调查。

当晚，轮到魏相如在分局值班，上半夜竟然出乎意料地清闲，整个儿辖区内没有发生一起需要分局出警的案子，他正好可以喝着大叶茶考虑灭门案的调查思路。想来想去，最后产生了一个走捷径的思路：白天会上作出的分工是对侯晋豪、朱照莲夫妻的社会关系、人际交往同时进行排查，但这样做就涉及警力问题。专案组人员紧张，又苦无交通工具，工作效率太低，大家都疲惫不堪，这两天已经出现了病号，他自己也是咳嗽连连低烧不退，这些情况都会影响工作进度。因此，战线不应拉得太长，相反，应该考虑适当收缩。

如何收缩？看来只有找重点了，两个对象的调查先进行一个。通常说来，如果一对夫妻跟外人产生矛盾，而且是严重到会导致杀人灭门的巨大矛盾，那一般都是在外活动得比较多的男性造成的，像朱照莲这样的家庭主妇，没有职业，她的交际面肯定比较狭窄。既然如此，不如先对男主人侯晋豪进行调查。

考虑至此，魏相如决定调整工作安排，当然，这需要跟常务副组长石振庭商量。石振庭参加专案工作后，为上下班节省时间，暂时把住宿地从市局集体宿舍搬到内五分局后面的分局宿舍。现在魏相如想找他很方便，只需往分局集体宿舍门房打个电话，请门房转达即可。很快，石振庭匆匆赶到，见面就说我正有事想过来跟魏局长说说呢。石振庭一开口，魏相如笑了，原来两人的想法竟然是一样的。于是，就对次日调查工作的人员分工重新作了安排。

这回，连同非专案组正式成员一共十多人全部出动，盯准侯晋豪生前的社会关系和人际交往重新进行周密细致的调查。周密细致到什么程度？举个例子，刑警裴丰夫和派出所民警小黄两人被分派去侯晋豪的儿子侯继豪生前所上的小学，了解这孩子以前是否向老师或同学提起过自己的父亲，都说了什么。这个主意是留用老刑警蒋友先向专案组长提出来的，他说解放前他参加过一起抢劫案的侦查，最后就是用这个法子从案犯那个上小学四年级的儿子那里获得了关键信息，最后顺藤摸瓜破了案。

还别说，就是蒋友先的这个建议使专案组意外获得了一条线索：据侯继豪生前同班级的两个男生反映，侯家出事前五天（5月25日），侯继豪曾向他俩津津乐道吹嘘过一桩事儿，说昨晚他们全家去什刹海"祥福饭店"吃了一顿饭，是一个伯伯请的客。那个伯伯很大方，叫了一桌子菜，还有好几样好吃的点心，请他爸爸喝最好的二锅头，他和妈妈不喝酒，就给点了汽水。

那年头儿老百姓的生活水平普遍比较低，寻常劳动人民家庭能够糊口就已经不错了。像侯继豪这样的家庭，属于中等偏上，日子过得也非常节俭，下馆子这样的好事儿侯继豪还是第一回遇到，自然回味无穷，就带着炫耀之意向小朋友吹嘘了一下。对于他的同学们来说，这种情况别说亲身经历了，就是听也没听人如此这般详尽地述说过，所以不但听得仔细，还顺带搞传播，很快，全班同学甚至连其他班级的同学也都知道了。现在，这个信息传到了刑警耳朵里，裴丰夫听说后，立刻和小黄一起向其他同学进行核实。了解下来，除了最初听说的那两个小哥们儿，另外至少还有七个同学亲耳听侯继豪说过此事。

那么，那个请侯氏一家三口吃饭的"伯伯"是何许人呢？这个，所有反映情况的小朋友都摇头，说小侯没有说过，他们也没有打听。这样，刑警就只好去饭馆打听了。裴丰夫也是留用老警察，去的路上他对小黄说要做好白跑一趟的准备，因为"祥福饭店"是一家颇有名气的馆子，平时顾客盈门，跑堂忙得脚不沾地，不大可能顾得上留意某几个普通食客。果然，裴、黄两个过去一打听，问遍了饭庄的所有跑堂，都说"没有印象"。

六、关键环节

尽管是无功而返，专案组领导听了裴丰夫的汇报，却照样给予表扬，说这应该是一条有价值的线索。石振庭说老裴这条线索很重要，你们三个先休息，我另外安排人员设法进行调查。然后，石振庭就出去了。经过院子的时候，正好看见治安科两个民警推着一辆涉案自行车从外面进来，后面还跟着三个垂头丧气的男子，估计是刚闹了纠纷被民警带到分局处理的。他上前对民警说我有急事，先把自行车借我骑一下。没等人家反应过来，他抢过车龙头飞身上车，骑了就走。

说是另外安排人员设法调查，实际上，石振庭是想自己跑一趟。刚才他听了汇报，注意到裴丰夫三人去"祥福饭店"调查时光问了跑堂，没去向老板打听。他认为这是一个遗漏，便想亲自跑一趟饭庄，问问账房和老板是否认识那个请侯家三口吃饭的家伙。

石振庭自己都没想到，他的运气有这么好，偶尔冒出的念头，竟然让他算准了。"祥福饭店"的老板周祥福老先生听石振庭说明来意，点头说是有这么一桩儿买卖，那是铁路局车辆段的侯师傅一家三口呀，我们认识，他给敝号修理过鼓风机。周老板这一说，石振庭恍然：原来，德胜门内大街靠近花枝胡同的那家鞋帽店的老板跟周祥福是连襟。平时，鞋帽店的一应小修小弄都是请侯晋豪相帮的。去年夏天"祥福饭店"的鼓风机发生故障，周老板就是通过连襟把鼓风机运到侯晋豪家给修好的。

和周老板聊下来，石振庭觉得对方似乎还不知道侯晋豪一家遭遇了不测之祸，一问，果然。周老板听说噩耗，惊得架在鼻梁上的眼镜都差点儿滑落下来，连问"这是怎么回事"。倒是一旁的账房先生镇静，说是不是跟那天他们四人来饭庄吃饭有关系啊？石振庭说目前我们正在调查，一时还难下判断。我想请您二位说说那个请侯师傅一家吃饭的先生的特征，不知二位是否还有印象？

周老板已经年近七旬，又是高度近视眼，那天也没跟那个先生当面说话，只是在跟侯晋豪打招呼时远远地瞥了一眼，记忆中那是一个高个子，跟饭庄里个子最高的厨师老莫差不多。于是就把老莫唤来，石振庭一看，目测其身高大约一米八。账房先生吩咐一个跑堂去隔壁裁缝铺借了根软尺,石振庭量了量,五尺三寸八,合一米七九。然后,轮到账房先生回忆了。本来,账房先生一般是不跟顾客打照面的,结账时由跑堂把顾客付的钱钞送到账房,再把找零送回去。但这天饭庄给侯师傅面子,饭钱打了折,侯晋豪就去账房间表示感谢,那个掏钱请客的男子尾随其后。

那人约莫四十二三岁样子,一张长瓜脸,两道浓黑眉毛下的那双三角眼略微小一些,鼻梁比较挺,嘴唇似乎比常人稍厚;体态特征除个子高外,从整体角度看两条胳膊好像显得有些长。这男子穿一件米黄色丝米斜纹布夹克衫,黑色卡其布西装裤子,脚上是一双崭新的藏青色球鞋,显得比较醒目。这身打扮使人不易猜得透他的身份,说是商人吧,商人应该不穿球鞋的;说是教书先生吧,此公说话似乎有些不大利索,甚至有点儿结巴;掮客?也不像,似乎缺乏那种活络劲儿。不过,从他那白皙而且保养得不错的肤色来看,有一点是可以肯定的,这人不是体力劳动者,也不可能是打拳习武的武术师傅。最后,账房先生用不大肯定的口吻说,也许,这人是个从事技术工作的工程师之类的知识分子。

石振庭请周老板把正在忙碌的跑堂一个个叫过来,询问他们是否记得那天晚饭时间曾有这样一个顾客前来用餐,和他同桌的是一对带着一个十来岁男童的男女。他想了解那个身高近一米八的男子跟侯晋豪夫妇聊了些什么内容,哪怕片言只语也好。遗憾的是,跑堂们谁也回忆不起饭庄曾经接待过那样几个顾客,更别说听到他们在说什么了。

这个高个子与被害人一家下馆子用餐的情况是专案组展开新一轮调查以来唯一的收获,自是特别受到重视。当天晚上,专案组在汇总调查信息的碰头会上,将此作为重点情况进行了分析。曾前往天津参加查摸康守仁其人的留用刑警衣端正说,这个人的相貌有点儿像我们的调查对象啊,不过,身高好像不对,据天津市公安局提供的材料,康守仁的身高只有一米七三。

　　这话提醒了石振庭，他从卷宗里翻出衣端正等人从天津带回的由天津市公安局提供的那张康守仁年轻时的照片，看来看去，也觉得与饭庄账房先生所说的那个请侯晋豪一家吃饭的高个子比较相像。专案组另一副组长杨史也把头凑过来，他的感觉和石振庭一样。石振庭又从卷宗中找出当初提审秃子屠富禄时的讯问笔录翻阅，屠富禄对康守仁情况的陈述中并无相貌描述，只是说"他个子比我高"。众人讨论下来，决定先派员带着照片前往"祥福饭店"，请账房先生辨认照片，看那天请侯晋豪一家吃饭的男子与照片上的主儿是否是同一人，这边坐等结果。

　　很快，消息传来，饭庄账房先生确认高个子与照片上的康守仁是同一人。想想似乎还应该走另一程序，又派人把照片送分局看守所，让已被收押的秃子屠富禄辨认，也证实确系康守仁其人。

　　那么，身高是怎么回事呢？档案中记载康守仁只有一米七三，饭庄老板怎么会认定他和身高一米七九的厨师差不多高呢？刑警分析，可能康守仁当时穿了有增高效果的球鞋，这也是用来化装的一种手段。案件破获后，发现果然如此。康守仁所穿的那双藏青色球鞋是从香港邮寄来的美国货，穿上后可以增高五六厘米，而且不会影响正常活动。

　　如此，总算确认了本案的一个关键性环节：侯晋豪一家三口被杀害，应系康守仁所为。鉴于康历史上的"军统"天津站特务身份，专案组有理由认为本案具有政治背景，极可能与敌特方面有关。据此，专案组连夜向市局递交了书面报告。

　　6月17日上午，市局三处副处长武创辰来电，传达了北平市公安局首任局长谭政文的指示：不论该案属于哪类性质，都须尽快破案。武副处长还说，考虑到专案组工作的需要，市局决定临时调拨一辆三轮摩托车供办案专用。

接下来，专案组需要弄清楚的是康守仁其人的下落。这是一个难题，即便百分之百确定康守仁隐藏在北平市，但北平那么大，根本没法儿判断这厮藏身何处。一干刑警讨论下来，认为可以找一个切入点来解决这个难题。这个切入点就是康守仁是怎么跟侯晋豪认识的。从康守仁请侯全家吃饭这一点来看，两人似乎并非刚刚相识，其熟悉程度甚至可以延伸到侯晋豪的妻子朱照莲、儿子侯继豪，这可能就是康守仁要把这一家三口全部杀害的一个原因，其目的是为掩盖某个关系到康守仁安全的漏洞。通常说来，可能是康要侯做一桩什么事情，侯先是答应考虑，但之后决定拒绝。而这对于原以为没有问题的康来说，显然已经构成了威胁，为保守秘密，就采取了灭门手段。因此，如果盯着侯晋豪的人生轨迹排查，就有可能找到侯与康守仁何时结识并开始交往的切入点。有了这个切入点，相信可以顺藤摸瓜寻觅到康守仁藏身何处的线头。

侯晋豪每天的生活比较简单，无非是单位和家庭两点一线。既然如此，专案组认为他与康守仁的相识可能肇始于铁路局。魏相如当即作出决定，全组刑警前往铁路局车辆段，分头调查侯晋豪自进入铁路局工作以来直到被害之前的所有人际交往情况。

这一轮调查，能够有什么新的发现吗？

七、发现踪迹

一干刑警在车辆段待了整整两天，接触了上百个平时跟侯晋豪有工作关系或者私交的职工，并出示康守仁的照片请他们辨认，可是，大伙儿都说没有见过这么一张脸。

这样到了6月21日中午，刑警在车辆段食堂吃午饭时，大家的脸色都是严肃中带着焦虑。两个副组长石振庭和杨史坐在一起，一边进餐一边低声交换意见，对下一步应该怎么走，两人均感到为难。

这时，车辆段军代表郭雄安端着两个馒头一碗汤过来了。坐在他们这一桌的刑警张景时寻思他可能有事要跟石、杨商量，便起身让开地方，去另一张桌子用餐了。老郭过来果然有话要说，刚才从办公室来食堂的路上，一个姓林的工人向其反映，解放前铁路局车辆段有个叫段大午的稽查官，是反动派当局派下来的。这个段大午有一辆英国"宾利"吉普车，大概是抗战胜利后以接收名义巧取豪夺来的。这车经常发生故障，段听说侯晋豪是修车好手，请侯为其修过几次，经侯晋豪鼓捣下来，调换了一些零部件，那车又变成了一辆好车。段大午从此对侯晋豪非常赞赏，听说1948年2月过年时还送了些面粉、豆油和猪肉给侯晋豪。

石振庭一听顿时来了兴趣。在接管国民党警察局前，他曾跟随一大批接管干部集中在长辛店学习，接触过一些北平地下党收集的材料，知道铁路局的稽查官都是国民党"国防部保密局"派下来的特务，打着稽查官的招牌，刺探工人中的进步活动，收集中共地下党的情报。这个姓段的特务跟侯晋豪有过接触，会不会跟眼下这起灭门大案有关系呢？段大午现在又在哪里呢？

郭雄安说，当初他参与接管铁路局时，段大午也在欢迎解放军代表进驻的那些中高级职员行列之中，还向他们组长递交了车辆段的接管材料目录。尽管知道稽查官都是"保密局"特务，但按照上级布置，当时并未采取措施。不料，第二天段大午就逃跑了。几天后，上级指令让把各单位逃跑的人员名单上报军管会公安部，铁路局上报的名单中就有段大午的名字。之后，没有再听说过段的消息。郭雄安作为分管车辆段保卫工作的军代表，曾按照市军管会公安部的要求，在车辆段职工中收集过关于段的亲友以及社会关系的线索。但段是安徽人，在北平并无亲戚，朋友当然是有一些的，都是狐朋狗友，解放后早已作鸟兽散，所以职工们也说不出什么来。

下午，结束调查的刑警们返回专案组驻地，立刻开会分析案情。大伙儿对郭雄安所说的关于侯晋豪跟段大午打过交道的情况进行重点讨论，认为到这当口儿，不如盯着段大午这条线索试着查摸。想法似乎是对头的，可是从哪个方向着手去调查呢？一番讨论后，有人提出，解放前"保密局"向北平铁路局这种必须进行重点控制的单位派下的特务应该不止段大午一个，肯定还有其他特务，是否可以考虑找找其他顶着"稽查官"之类头衔的特务分子试试，没准儿有人知道段大午的下落。

散会后，石振庭、杨史向没有参加车辆段调查的副局长魏相如汇报情况，也说了打算通过段大午以前的同僚查摸线索的想法，魏相如表示赞同。于是，专案组刑警再次出动，四处寻找那些奉"保密局"派遣打入旧北平铁路局执行任务的特务分子。两天后，刑警裴丰夫、蒋友先终于从一个打入旧铁路局工程部担任技术督察官的特务分子焦某那里打听到段大午的下落。

先说一下焦某的情况。他虽是"保密局"特务，但在解放前夕受身份系中共地下党员的表弟的影响，决定投诚，并为地下党提供了一些有价值的情报。因此，北平解放后他未受到处理，只是给换了个地方，让他去市军管会下设的工业部从事技术工作。现在，专案组刑警辗转打听到他的下落后前往调查，一问，焦某不但跟段大午熟识，还有一点儿私谊。

他告诉刑警，段大午在北平解放后没几天就逃往天津了，通过亲戚的介绍，改名换姓进了一所私立中学教书。前几天，段大午之妻柳芝兰带着十二岁的儿子从天津来北平找他，说段大午酒后跟人吵架，动手把人家打伤，被公安局拘留了。公安局的处理意见是，赔偿对方医药费、误工费等相关费用，获得对方的谅解后，可以考虑从宽处理。但对方开出的金额有点儿高，柳芝兰一时凑不齐，遂来北平向焦某商借。

焦某这才知道原来段大午去了天津，寻思这事得考虑考虑是否要向公安局举报，至于凑钱之事那是不能答应的，否则段大午出来后再次滑脚逃离天津的话，他的行为等于资助敌特，一旦穿帮，后果就严重了。所以，他只给了段大午的儿子一点儿钞票作为见面礼，就把人家打发走了。本来，焦某准备写一封匿名举报信寄往北平市军管会检举此事，但这几天工作上的事儿太忙，日夜加班，晚上都得留宿办公室，根本没精力做这事，就只能先往旁边搁一搁了。反正柳芝兰一时也凑不齐那笔赔偿金，段大午不可能离开看守所。

专案组得知这个情况，立刻指派刑警前往天津，通过天津市公安局治安处的帮助，找到了尚关押在看守所、已经改名伍达至的特务分子段大午，随即对其进行讯问。

段大午交代，抗战前他就认识康守仁。此人系天津人，当时是"军统"天津站的小特务，后来去了南方，听说曾去"军统"香港站干过些日子，太平洋战争爆发后，还被占领香港的日军逮捕，关押过两年。抗战胜利后"军统"搞复员，大量裁减特务，康守仁也在被裁减之列。他也知道自己没有后台关系，被裁减是免不了的，但想多拿些复员费，为此曾到北平来找过段大午，请段为他托关系。段给他写了一封信，让他去找"军统"负责复员工作的一个朋友。之后就没有消息了，直到1946年秋，他突然出现在北平车辆段。原来，他受了高人指点，以曾在香港坐过日本人的牢、受了刑罚留下了健康隐患，应当受到照顾为由，给"军统"高层写了一封信。此举发挥了效用，他最后未被裁员，而是被安排到"军统"北平区（1947年7月"军统"改组为"国防部保密局"后改称"保密局"北平区）当了一名特务。

自此，段大午与康守仁恢复了交往。那么，康跟车辆段工人侯晋豪是否认识呢？段大午说这两人认识，而且就是他介绍的。康守仁当时驾驶一辆从接收物资中捞得的二十年代的福特轿车，该车外表看着还不错，实际上已经破旧不堪，经常发生故障。听说车辆段能工巧匠颇多，康守仁就请段大午帮忙给介绍一位顶尖的师傅，把轿车给拾掇一下。段大午自无二话，就介绍了曾替自己修理过吉普的侯晋豪。以康守仁的特务身份，不适宜经常在车辆段露面，就让侯晋豪去他那里修车。据康守仁反馈给段大午的信息，他对侯晋豪很满意。康是天津老字号少东家出身，一向讲究场面，出手阔绰，据说每次侯晋豪去修车都可获得若干礼品以及现钞。

刑警对段大午老实交代的态度很满意，往下就要看真章了——那么，康守仁在北平有些什么重要的社会关系？他会藏匿在哪里呢？

这里有必要说一下段大午的长相。这人从事的虽然是特务职业，但长着一张弥勒佛式的脸，不管见人还是自己独个儿待着，不管升官发财还是面对厄运，竟然都保持着一份得体的笑容。而且，任何人见之都不得不承认这种笑容里没有藏刀，也没藏着什么奸诈，你所读到的只有和善和热情。所以，当刑警向段大午提出这个问题而得到的竟是一个意想不到的回答时，他们几乎就要怀疑人生了。

段大午说了什么呢？他说："我想跟你们谈一个交易……"

交易条件是，他可以提供刑警需要的情况，但警方应该保证这种行为属于重大立功表现，可以将功折罪。具体折到什么程度？他自认为虽是特务，但没有血债，所以应该体现政策，承诺不再追究他的历史问题。

刑警简直哭笑不得，没办法，只好把他先带到北平去。反正这主儿是上了北平市公安局（军管会公安部）的追逃名单的，迟早得押解北平处理。

段大午遂被押解北平，随同被带往北平的还有其老婆柳芝兰，但夫妻俩上的是两节车厢，互相之间没有见面。刑警为什么要把柳也一并带去？其中自有奥妙。

却说段大午被押解到北平后，还是这套话。后来他供认，最初刑警在天津讯问他时，他注意到刑警们的神情紧张而迫切，联想到康守仁的特务身份，寻思这家伙可能奉命潜伏在北平进行地下活动，这会儿大概是作下了使中共方面非常头疼的案子，因此警察才急火火赶到天津来寻找这厮的下落。他便想趁机跟警方谈笔交易，以便让自己获得从宽处置。后来警方干脆将其带往北平，他心里不但没紧张，反而暗暗得意，认为自己的猜测没错，谈交易有希望。

哪知，专案组找他谈过一次后，就再也不理睬他了，将其晾在看守所的监房里。段大午以为这是公安人员想讹他服软，于是自己要求提审。可是，等了两天没见动静，第三天却惊讶地看见康守仁戴着手铐脚镣步履蹒跚地从走廊里经过，被关进了一间特地为他准备的单人监房。

专案组是怎么找到康守仁的呢？这是石振庭的主意。当初赴天津调查的刑警打电话向北平方面汇报了段大午提出的要求，接听电话的常务副组长石振庭在问明一应情况后，认为段大午如果真的坚持反动立场，不肯交代康守仁的下落或者线索的话，那就只好另外设法了，绝对不可能同意段犯的条件跟他谈什么交易。继而他就想到了段大午的老婆柳芝兰，寻思既然段、康两人称兄道弟走得很近，那柳芝兰也是有可能知道些康守仁的情况的，便决定把柳芝兰一并带回北平。

柳芝兰并未涉案，不能关押，专案组将其安置在内五分局附近的"群英旅馆"里，派两个新入警的女警察陪伴。在天津上车时，柳芝兰与丈夫不是同一车厢，不知道其夫也被带到北平来了，对于自己被带到北平更是感到不解。专案组副组长杨史、老刑警衣端正负责向其了解相关情况。她没有其夫段大午那样的"交易"意识，有问必答，刑警几乎没费什么劲儿就从其嘴里套出了想要了解的情况——

北平解放前一年多的时间里，康守仁确实跟段大午接触得比较多，康经常去段家，有时还带了相好一起登门，让相好帮柳芝兰打下手烹饪菜肴供他们下酒。两个女人待在一起总有话要唠的，柳芝兰因而了解康的那个相好张关春的一些基本情况：张关春是个三十岁的寡妇，住在复兴门城隍庙后面的小巷内，无业，靠亡夫留下的积蓄过日子，跟康守仁交好是因为其做生意的兄长被北平这边的"保密局"特务疑为"共党交通"而被捕，具体承办人正是康守仁。为营救兄长，张关春除了行贿，还搭上了自己的身体。

专案组立刻对张关春进行外围调查，初步判定这个青年寡妇本身并无政历问题，亦无复杂的社会关系。那个被"保密局"疑为"共党交通"的哥哥张关鑫是个跑单帮的小商人，并非中共地下交通员，但确实为地下党做过一些工作。北平解放后他不再跑单帮，被安排到政府商业部门当了一名采购员。

刑警决定跟张关春直接接触，将张传唤到派出所，当面询问她与康守仁的交往情况。张的说法跟她在解放前告诉柳芝兰的相同，此外，她还告诉刑警，康守仁跟她最后一次见面是在1948年12月上旬，从此再也没有露过面。她也不知是怎么回事，想来想去，估计康很有可能是另有新欢了。刑警对于康"另有新欢"之说法事先是有估料的，像康这种富家少爷出身的主儿，寻花问柳乃是常事，喜新厌旧也不足为奇。

继续向张关春了解康守仁另外还跟其他什么女性有交往，张关春起初说她不清楚这方面的情况，在刑警的耐心启发下，终于想起一件事。康守仁有一次喝醉了酒，嘴里反复念叨着一个名字，听上去像是女子的乳名——"小婵"。张关春就产生了怀疑，趁着康守仁脑袋不大清醒，顺着他的话往下问，得知那个"小婵"乃是北平有名的八大胡同里某家妓院的姑娘，康守仁确实与其有染，两人还互称兄妹。由于"小婵"的特殊身份，张关春并未将其作为情敌看待。至于康与"小婵"的来往，她认为这是嫖客和妓女的买卖关系，这在旧社会虽不能说是司空见惯，但也并不算是一桩稀罕事儿。再说张关春与康守仁并不是夫妻，只能算是交往比较密切的姘头，她也无权提出要求让康与对方中断来往。想开了，也就不当一回事了。

对于专案组来说，这当然是一个非常重要的线索，众刑警全体出动，前往八大胡同查摸这个名叫"小婵"的妓女。

八、大案告破

旧时北平的八大胡同曾是烟花柳巷的代名词，其位置在西珠市口大街以北、铁树斜街以南，由西往东依次为百顺胡同、胭脂胡同、韩家潭、陕西巷、石头胡同、王广福斜街（现棕树斜街）、朱家胡同、李纱帽胡同（现小力胡同）。其实，老北京所说的八大胡同并不专指这八条街巷，而是泛指前门外大栅栏一带，因为在这八条街巷之外的胡同里，还分布着近百家大小妓院。

这么多的妓院要一个一个调查，专案组的工作量可想而知。好在北平解放伊始，政府就已着手取缔妓院的各种准备工作。1949年3月，北平市政府下发了对北平市的妓院进行管制的若干暂行条例；5月，北平市长叶剑英召集政府相关部门的领导开会研究具体实施问题。这次会上，叶剑英当场下达指示，要求民政部门先把妓院情况调查清楚，然后再决定如何处理。

专案组于6月下旬调查"小婵"的线索时，北平市民政局已经完成了对全市妓女的登记。刑警先去民政局查阅了妓女名单，发现名叫"小婵"或者名字中有"婵"字的妓女一共有七名，分布于七家不同的妓院。刑警分头前往调查，终于在李纱帽胡同的"春艳院"查到了张关春所说的那个"小婵"的下落。

小婵名叫钱咏秋，二十七岁，天津人氏，十六岁来北平谋生，两年后进"春艳院"做了"姑娘"。1948年12月上旬解放军兵临城下前夕，小婵突然向"春艳院"老鸨提出赎身。老鸨自然不肯，因为小婵是妓院的台柱子。但当初的契约上写明了"赎身与否由己"，就是说如果小婵提出赎身，老鸨是不能拒绝的。如此，只好在赎身金额上做文章了，老鸨开出了一千五百银洋的高价，想让小婵知难而退。小婵一听果然瞠目结舌，一声不响退下去了。

可是，第二天老鸨就主动改口了，把价钱降到了两百大洋。这使其他妓女都感到奇怪，让她们更不解的是，一夜之间老鸨的脸颊也像发面一样肿胀起来了。当然，谁也不敢开口询问缘故，只是背后议论可能是晚上睡觉被鬼摸过脸了。只有小婵心里大致上明白是怎么一回事，不过，她没有参与议论，自顾收拾好行李，由"大茶壶"相帮提着到门厅里等候别人来接她。一会儿，一辆轿车驶来，在妓院门前停下，车上下来一个面目狰狞的汉子，把装着赎身金的洋布口袋放在桌上。老鸨递上小婵当初的卖身契约，那汉子稍一浏览，划了根火柴当场烧成灰烬，然后向小婵做了个手势："钱小姐，请上车吧。"说着，就相帮提起行李出门登车而去。

这些情况，概由"春艳院"老鸨向刑警陈述，她也说了之所以把赎身金从一千五百银洋降到两百的原因——

就在小婵提出赎身的那天晚上，妓院"大茶壶"受嫖客差遣去外面买夜宵时与人发生纠纷,让路人来报信儿说"大茶壶"打伤了人,让妓院方面送赔偿金去。开妓院的都有背景,老鸨更是一个比一个嚣张,当下就恼了,哪个不长眼的家伙竟敢跟我们这儿的"大茶壶"动手动脚?脑袋一热,立马出门想去现场"讨个公道"。结果,老鸨被绑架,用车载到一处不知位于哪个旮旯的所在。到了那里,她还想抬出后台背景,但对方根本没兴趣听,二话不说就是一顿耳光,打完后告诉她:"啥都别说,把小婵姑娘放行就是,赎身金最多二百,多一分要你命!"

接下来的事更让老鸨目瞪口呆,对方交代完,竟然开着车把她拉到了国民党北平市警察局,车子进门停都没停,直接开进院子后才把老鸨放下来,让她自己回妓院。老鸨总算明白了,这伙人之所以这么横,后台肯定比自己的硬。那就没什么可说的了,只有乖乖服从的份儿。

事后,老鸨也分析过,推测为小婵赎身的应是经常来"春艳院"找小婵过夜的那四个嫖客之一。那四个嫖客分别是:老爸曾做过热河省警察厅督察长的郭少爷、北平富豪兼北洋退仕官僚汤伯和的侄子汤少爷、北平现任国民党市党部副处长秦奉节和那个姓康的操天津口音的商人。老鸨估计,很有可能是秦奉节为小婵赎的身,据说秦在"中统"兼着职务,要动用特务做点儿什么事儿易如反掌。

北平被围期间,大约在1949年元旦前后,"春艳院"的一个杂役老孙奉老鸨之命去皇城根北街"思源堂国药号",请坐诊中医史先生续方赎药。回来后,老孙告诉老鸨说他在药店遇到小婵了,浑身珠光宝气,但人看上去非常憔悴,从轿车上下来,冷风一吹,咳嗽不止。老鸨问开车的是谁,谁陪她来的,是不是那个姓秦的?老孙说开车的司机是个中年男子,车里就小婵一个乘客,是司机把她搀扶下车送进店堂的。

了解了上述情况,刑警随即去了"思源堂"。那位专门在该店坐堂问诊的老郎中史先生仍在那里看病，问下来，得知被称为"钱小姐"的小婵每次去看病都是由那个中年男子开车接送的。郎中不知两人的关系，但从司机的气质判断，似乎也就不过是个专事开车的，跟小婵的关系像是主仆。钱小姐最后一次看病是2月中旬元宵节后，当时脉息已经非常微弱，属于病危状态。刑警问是什么毛病，史先生说是痨病。刑警心里顿时凉了半截，寻思这毛病不好治，弄不好小婵已经不在人世了。

当时看中医的规矩，郎中不设病历记录，病家的住址如果自己不说，郎中肯定不会询问。因此，刑警向史先生打听小婵的住址，自然没有结果。但刑警没有就此放弃，而是向中药店的药工、艺徒逐个询问，竟然给问着了。那个十六岁的学徒因为是新来的，被老板安排在药店门口迎宾。可能是难得有人坐着小轿车来看病，这少年竟然记住了轿车牌照号码的后三位数，此刻给刑警一说，刑警自是大喜过望。循着号码往下一查，终于查知这辆轿车是"北平大鸿运商行"的。

"北平大鸿运商行"曾是国民党"保密局"设在北平的一个特务窝点，北平解放时已经关闭，人员作鸟兽散，那辆轿车也不知下落。不过，经向邻居询问，打听到了那个司机杜高亭的下落。北平解放后，他已成为运输公司的司机。找上门去了解下来，得知杜系商行雇员，但跟"保密局"没有关系，对此公安局已有审查结论。向他打听小婵的下落，说是在2月下旬病死了，派出所有注销户口的记录。

刑警赶到派出所，一查户籍档案就发现有问题：小婵已由钱咏秋改名为金桂花，竟是1945年11月嫁给一个叫"管圣民"的商人的，当时即已入住户籍档案载明的那个地址——苏州胡同19号。"金桂花"的死亡时间是1949年2月26日，死亡原因是"病故"。

刑警向派出所户籍警了解管圣民的年龄、相貌，户籍警说了说，几个刑警就坐不住了：真是"踏破铁鞋无觅处，得来全不费工夫"，这主儿不正是康守仁吗？

当晚，化名管圣民的康守仁落网，警方在其住所搜出武器、密电码本、毒药、黄金、美钞等特务活动器材和经费。

专案组三位领导魏相如、石振庭、杨史共同对康守仁进行讯问，讯问从6月24日晚上十点多一直持续到25日清晨五点，终于弄清了灭门案的前因后果——

北平解放前夕，康守仁被"保密局"指定为潜伏人员。之前，他是"保密局"北平区下辖的代号为"077"的一个七人情报组组长，上峰命令该情报组原封不动全部就地潜伏，仍由康守仁负责。

康守仁是抗战前加入"军统"的，算是老资历，但自始至终是个小特务，军衔最高不过少校。和他同一批加入"军统"的那些人大多获得晋升，有的甚至已是少将，只有他仍然在一线干着辛苦又危险的活儿。康守仁自然觉得自己受到了不公平待遇。接到潜伏命令后，他本想抗命玩消失，逃回老家天津再作打算。可是，当时北平已经被解放军包围，他根本没法儿出城。上级也察觉到了他的消极态度，立刻给予警告：如若抗命，立即执行纪律制裁！

无奈之下，康守仁只好表示服从。根据"保密局"专家制订的计划，他给之前已经保持了一段时间关系的妓女小婵赎身，通过警察局伪造档案，以已经结婚数年的夫妻名义入住苏州胡同的一处住宅，以对付解放后中共公安的检查。不料，小婵和他同居后，发现已经患上了肺结核，只好向上级申领经费治疗。为防止留下痕迹，就让"保密局"的据点"北平大鸿运商行"的司机接送小婵前往"思源堂"看病。但中医对付不了结核病，小婵于2月下旬终于走完了人生之路。此时，商行也已停止营业，几个不是"保密局"特务身份的员工拿了遣散费各自散去。

之后，康守仁就开始指挥"077"小组开展活动了，收集了不少政治、军事、经济、民政、社情等方面的情报。

5月23日，康守仁接到密函通知，让他去前门与上峰碰头。上峰是个跟他年龄差不多的中年男子，外表斯文，貌似大学教授，向他交代了一项重要任务——

中共已经在北平完全站稳了脚跟，不久将会在北平建立自己的政府，如此，北平将成为中共的政治中心。"党国"高层要求加强对北平的地下渗透工作，重点是加强对军事、保卫、情报等部门的渗透力度，要尽一切可能，利用一切可以利用的关系和条件派员打入上述重点部门，并在上述部门秘密发展人员。根据可靠情报，中共将大幅度扩展北平市的公安保卫机构，北平市公安局将招收大批新警员和汽车修理、电工等非警籍雇员。上峰指示，"077"小组应紧紧抓住这个机会。

为什么这个任务会跟"077"小组联系起来呢？根据"保密局"方面掌握的情况，该组组长康守仁有个叫侯晋豪的朋友，现供职于铁路局车辆段，是个技术很好的汽车修理工。拥有这一手技术的工匠正是目前中共方面最缺乏的人才，如被招聘，必定受到重用，这于今后获取情报以及进行其他破坏活动非常有帮助。而对于"077"小组来说，今后就可以设法通过侯晋豪刺探情报，只要他提供过一次情报，就捏住了他的把柄，接着将其发展为小组成员应该没有问题。

上峰还告诉康守仁："根据我所掌握的信息，侯晋豪的家庭出身、本人成分都没问题，正是中共最看重的无产阶级分子，以前没有参加过任何帮会或者党派，亦无劣迹。他如果报名应聘公安局的话，应该没有问题。进去以后，凭他那手技术，再表现得积极一点儿，很快就可以获得中共方面的信任了。"

康守仁知道，上峰交代的任务是必须执行的，更别说像这样详尽交代了具体对象的。而且,他以前跟侯晋豪打过交道,对侯多少有些了解,也认为这个计划可行。如果侯晋豪真的能够打入公安局,"077"小组收集情报可就方便多了。但是,有件事是要提前跟上峰说清楚的——如果侯晋豪报了名,却未被人家选中,那可不是本小组的责任,不能给予"工作不力"的考评。上峰说这个当然,你尽可放心,只要他肯报名应聘,一定会被录用。

接受任务后,康守仁便着手落实。这当口儿,他作出了一个临到被处决前依然后悔不已的决定:他在外面找了一处电话机,往铁路局车辆段和侯晋豪通了一个电话,说想跟对方见个面,约定三天后的傍晚在车辆段附近的"逸云馆"吃晚饭。

当时小婵已经病亡,大少爷出身的康守仁是个身边少不了女人的主儿,那几天刚搭上一个女教师,正处于需要加强攻势的阶段。对方大概是患有"公主病",暗示康守仁大事小事都必须顺着她的意思,否则后果很严重。善于拈花惹草的康守仁深谙此道,从容应付倒也轻车熟路。偏偏这天下午忽然接到女方的电话,说要请康守仁去看戏。这是两人相识以来对方第一次这么主动,康守仁哪肯放过?但已经跟侯晋豪约好了傍晚一起吃饭,这该怎么办?

康守仁的第一个念头是往车辆段打电话通知侯晋豪改期,可电话打过去,得知侯晋豪那天下午调休,据说是去理发、泡澡了。估计他是把这次见面当作一桩大事了。事后回想起来,康守仁当时也是情迷心窍昏了头。既然没法儿通知侯晋豪,那就派个人过去候在饭馆门口,届时把侯晋豪拦下跟他说一声就是了。康守仁倒是派人了,派的是他的助手王有才,下达的命令却是让他代替自己和侯晋豪吃饭,把事情跟对方谈一谈。

王有才是1945年初夏读大学二年级时加入"军统"的,这人脑子很灵活，目光却短浅，打自幼稚园起就喜欢打小报告。小报告打到大学，终于修成了正果，被"军统"看中发展为特务。原本准备在次年寒假送往陪都重庆"军统"本部接受短期特工技能训练，不料8月份日本投降了，训练也就泡了汤。不过，监视大学内师生的思想动态这一块特务工作仍需继续，他也就一直干下去了。

　　大学毕业后，他凭着家里的关系进了一家私营银行，业余时间继续从事情报收集工作，归康守仁领导。北平解放前夕，他被指定潜伏，担任"077"组长的助手。接着，他供职的私营银行关门，他失业了，还患了肝病。康守仁让他暂时先不要找工作，专门听康的吩咐处理些小组的日常事务，相当于副官。王有才有大学毕业生的招牌，平素显得比较精明，再说一直跟着康守仁干，康将其视为心腹，小组内的事儿大多会跟他商量，听取他的意见。因此，康守仁准备把侯晋豪发展为特务的意图王有才是知晓的。

　　当晚，王有才去了"逸云馆"，代替康守仁跟侯晋豪见面。侯晋豪听了王的解释，倒也并未因康守仁的失约而不快，反倒认为康守仁做事认真踏实——人家可以失约不来的，也可以通知饭馆方面代为说明一下。可是，康守仁说好请客吃饭，自己没空儿，就让朋友代替出席，这人够朋友啊！

　　席间，王有才跟侯晋豪频频碰杯，大快朵颐。两人都嗜酒，心里也没打算设防线，喝着聊着，不知不觉拉近了距离，互相之间称兄道弟口无遮拦。这时，王有才才谈起了此行本意，传达了康守仁的"建议"，即让侯晋豪应聘公安局修车工的活儿。当时警方招聘此类非执法专业的技术人员，虽然招进来后身份并非干部而是工人，但报酬不受供给制的限制，薪饷通常都高于社会上的同类工种，而且可以享受与干部同样的福利待遇。侯晋豪一听倒是颇有兴趣，答应去报名。

按说王有才已经把话转达到了，就此打住，把酒喝完各自散去就行了。可这位仁兄偏偏还要发挥，给侯晋豪描绘前景时，为更有吸引力，竟然隐隐透露了将侯晋豪发展为特务小组成员的意思。当然，他没有说什么"保密局"、"077"，只是说以后侯兄可以跟我们一起干，每月有津贴可领，多一份收入总是好的，诸如此类。

王有才当晚喝得有点儿高，按照规定，回去后不能立刻躺下休息，得等康组长陪女教师看完戏吃过夜宵回来，向康汇报过任务执行情况才算完成使命。他坐在客厅沙发上等着等着就打盹儿了，直到康守仁午夜过后回来才被唤醒，一五一十说了说。此时康组长已经哈欠连天，挥挥手就各自安歇了。

次日上午，康守仁一觉醒来，回想起昨晚王有才的那番汇报，隐约记得好像表露过"以后侯兄可以跟我们一起干"之类的意思，顿时一个激灵。他妈的！这不是泄密吗？得到王有才的确认后，气急败坏地将其大骂了一通。但光骂不管事，还得想方设法弥补漏洞。两人商议半响，最后决定由康守仁出面再请侯晋豪吃饭，干脆全家一起请，一是表示友好，二是试探侯晋豪昨晚是否喝醉了，有没有留意王的暗示，或者根本忘得一干二净了。为防万一，王有才先离开这边的住处暂避风头，以免侯晋豪向警方举报，如果公安局的人找上门，康守仁还能有一番搪塞，比如佯称对王的所有言行一概不知。当然他也明白，此举实属万不得已，警方也不一定因此就放过了他，但警方找不到王有才，侯晋豪的证词就是孤证，只要自己咬紧牙关，警方就拿他没办法——这就是他的如意算盘。

当天，康守仁即往车辆段打电话，请侯晋豪全家当晚前往什刹海的"祥福饭店"吃饭。侯晋豪答应得很爽快，语气听上去和平时没什么不同。

当晚，康守仁跟侯晋豪一家三口见面时是做了最坏打算的——被恭候已久的警察带走。好在并未出现这样的情况，这让他稍稍松了一口气。不过，这口气没松多久，他的心又提起来了。原指望侯晋豪没留意或者干脆忘记了昨晚王有才的暗示，哪知，侯晋豪趁妻子带儿子去上厕所的空当儿，压低了嗓子问："康先生，昨天那位王先生说的津贴费什么的是啥意思啊？"

康守仁知道已经惊动了对方，心里把王有才这厮全家连祖宗一并问候了一番。面对侯晋豪的询问，他既不能承认，又不能否认——担心画蛇添足，只好端起酒杯劝酒敷衍。好在侯晋豪没有深究，只是说他跟老婆商量过了，愿意去公安局当修车工，但不知道人家是否会录用自己。为安抚对方，康守仁便说他在公安局有熟人，不是留用警察，而是中共接管干部，可以帮忙推荐，录用应该没问题。

这时，朱照莲带着儿子返回了，康守仁便把话题岔开。正好跑堂送上一道甜点，侯继豪欢叫着要吃，一家三口品尝的当口儿，康守仁便开始筹划着这事该如何收场了。之前他考虑过，如果对方产生了怀疑，为"077"小组的安全计，那就只有灭口。现在已经证实，侯晋豪确实产生了怀疑，也许还没检举，但很有可能把此事透露给其妻朱照莲，如此，要杀就只有把这一家一锅端了。

结束晚餐后分手时，康守仁关照侯晋豪这几天先不急着跟人透露报名应聘之事，反正市公安局还没登报公布招聘启事。等他跟公安局的那位干部联系好，估计招聘启事也刊登出来了，到时候会通知他去报名的。

当晚，康守仁即以紧急联系方式送出一份报告，向上峰请示是否需要采取措施。密信是寄往北平市一个联络点的，当晚寄出，次日下午即可送达。快的话，会在次日傍晚以后接到上峰的紧急指令。康守仁决定次日整天守在住处，坐等上峰指令。

5月26日傍晚六点多，康守仁果然收到了附近一家清真馆子送来的一份现烤羊肉，里面夹带了上峰的密令，命"077"小组即刻实施对侯家的灭门行动。

行动方案康守仁早就考虑定当，已经布置手下特务丰定军前往侯家所在地踩点，窥察侯妻朱照莲做小买卖的情况。第二天傍晚，丰定军前来汇报，康守仁遂决定通过下毒的方式送侯家三口上路。出于保密方面的考虑，康守仁不想让手下特务下手，而是另外收买杀手，被收买的对象就是屠富禄。

早在北平解放前康守仁接受潜伏指令时，他就把平时收集到的一些估计今后从事地下活动用得着的对象的姓名、地址牢记于心，屠富禄即是其中之一。这活儿只有自己出面去拜访屠富禄才有效，康守仁便亲自出马。

次日，康守仁与屠富禄见面，用事先编好的那番谎言跟对方一说，屠富禄立刻表示愿意效劳。5月30日，被蒙在鼓里的屠富禄顺利作案。没想到节外生枝，朱照莲母子因朱父摔断了骨头赶去照料，没吃下了毒的烧饼和卤肉，从而暂时逃过一劫。密切注意动向的康守仁只好补刀，而且必须尽快，否则一旦朱照莲醒悟过来，那就是灭顶之灾了。他立刻下令由特务丰定军、姜克家解决朱照莲母子。5月31日晚，丰、姜杀害了朱照莲母子，其作案过程与专案组刑警推断的完全一致。

康守仁供出了"077"小组其余六名特务的姓名、住址等，但不知其上峰陆某（估计是化名）的具体情况，他与陆的联系方式与递送情报的方式是一致的：向内一区燕都公寓邮寄用密写药水写的密码信函，该公寓收信后放在门厅的集体信报橱内由人自取。

专案组随即组织警力，速将王有才、丰定军、姜克家、李鼎、黄道沙、金玉堂六人悉数捉拿归案。但对燕都公寓的蹲守却未有收获,该公寓是商住两用楼,除部分住户外,还有多家公司,每天进进出出的人员很杂。可能是负责取件的那个特务交通员察觉了蹲守迹象,尽管警方动用了大量警力,蹲守了半个多月的时间,但并未取得进展,最后只好作罢。

1949年12月16日,北京市军管会对该案作出判决,由于除屠富禄以外的康守仁等七名案犯均系解放前就已从事反革命活动的国民党特务,故连同其历史罪行一并惩处,全案八名案犯都被从重判刑:康守仁、丰定军、姜克家、屠富禄被判处死刑,立即执行;王有才、李鼎、黄道沙、金玉堂分别被判处有期徒刑十八年至无期徒刑不等。

舞女猝死之谜

一、遗失的密函

本案那个猝死的舞女，名叫史红瑛，供职于南京市鼓楼区的"仙乐门"。

"仙乐门"是一家中等档次的舞厅，不过在民国时的南京地面上有点儿名气。这倒并非是这家舞厅本身的设施、服务多么出众，或者拥有多少享有盛名的红舞女，而是因全面抗战爆发那一年的元旦前夜，"民国财神"孔祥熙的女儿孔令伟（即那位赫赫有名的孔二小姐）曾来光顾。当然，以孔二小姐的消费观念，她不可能到"仙乐门"来跳舞，可是她却驾着一辆摩托车单枪匹马赶来了——为了追杀一个名叫武哲的空军少校。据传，孔二小姐原本跟武少校相处得还不错，后来武哲突然不搭理她了。孔二小姐派人一打听，原来武哲跟"仙乐门"的一位年方十七的舞女在谈朋友。孔二小姐闻讯大怒，便于当晚，即 1936 年 12 月 31 日晚十时，携枪驾车杀奔"仙乐门"。

可是，孔二小姐却没杀成武哲，自己反倒出了洋相。她进门就拔枪，那副杀气腾腾的样子把舞厅雇佣的保镖吓了个激灵，连忙挥手示意众人闪开。保镖的动作幅度很大，被正在舞池跳舞的武哲瞅个正着，认出这位女煞神乃是孔二小姐，连忙推开怀里的舞女，几步蹿到旁边的乐队那里。孔二小姐见状大喝"闲人卧倒"，随即朝天鸣枪。武哲知道来者不善，寻思要想脱身，只有给她点儿颜色看看。他也是带着手枪的，当下拔枪对准孔二小姐就开了火。武哲是空军部队有名的神枪手，一枪就把孔二小姐戴着的那顶宽檐厚绒帽打飞了，惊得她脸如土色，呆若木鸡般站在当地。武哲趁机从舞厅后门开溜。

这场没流血的枪战经媒体一报道，"仙乐门"顿时名声大噪，生意大好。武哲经此一劫，当然不敢再露面了。倒是那个舞女顿时走红，每天营业结束，拿出来结账的舞票总是她最多。这个舞女，就是史红瑛。

不过，这种走红实际上是由新闻媒体炒起来的，效应不会很长。史红瑛红了半年多，势头开始减弱，渐渐走下坡路。这时，"七七事变"爆发了，人们的注意力转到了北方战事上，接着是淞沪战役，南京的形势已经很危急，日军战机有时竟然飞到南京上空盘旋。可想而知，舞厅也好，舞女也好，都不在人们的关注之中了。哪怕这时孔二小姐手持双枪再到"仙乐门"闹事，而且真的把武哲打死，只怕也引不起人们的多大兴趣。再往下，11 月 13 日，日军在杭州湾金山卫登陆，上海沦

· 56 ·

陷。南京的有钱人就开始作逃难打算了，史红瑛算不上有钱人，但她可以傍大款，没几天就不见了人影，据说是跟人去了武汉。

南京失守后，国民党政府鼓吹"保卫大武汉"，但以当时日军的势头，那些上层人士们料想武汉大概也是保不牢的，于是就跟着政府机关去了重庆。很快就有熟人在重庆看见史红瑛打扮得珠光宝气在街头跟人晃荡了。

抗战胜利后，国民党政府"还都"南京。不久，史红瑛也回来了。这位当年的红舞女今非昔比，不知她在重庆结交了些什么角色，反正都是腰缠万贯之辈，待她回到南京时，已经有了一掷千金不皱眉头的底气。于是，史红瑛就成了"仙乐门"三个股东中的一位，占了百分之三十的股份，而且还是干股。这股份从何而来？"仙乐门"的老板任芝贵在日伪时期当过一任区维持会理事，抗战胜利后被国民党政府列入汉奸名单，"军统"将其逮捕，舞厅作为敌产没收。正好这时史红瑛"还都"，得知消息后，不知她动用了什么关系，反正也就不过三天时间，任老板获释，"仙乐门"也原封不动归还给他了。任老板为表示感谢，把舞厅百分之三十的股份赠给了史红瑛。

史红瑛对舞女这份职业似乎有着特殊的感情。尽管已经是富婆了，她依旧供职于"仙乐门"。任老板请她做舞女领班，她一口回绝，说当一名舞女也蛮好。于是，史红瑛就成了南京城里唯一的一个老板、领班都管不着，其他舞女也不敢倾轧的最自由自在的特殊舞女。直至南京解放，史红瑛仍是当她的舞女。

1949年12月31日，距当年孔二小姐持枪杀奔"仙乐门"正好十三年的那个夜晚，"仙乐门"发生了一件事儿。

因为是元旦前夜，新中国成立后生意渐渐走下坡路的各家舞厅显得比平时热闹些，虽然不像从前那样舞客盈门，但毕竟比平时的"温吞水"状况要好得多。这天"仙乐门"的营业时间结束得比平时晚一些,一直到下半夜,也就是元旦凌晨两点过后才送走了最后一批舞客。舞女卸妆的时候,任老板和账房张先生、领班清点账款、舞票,给下班的舞女结算各自的收入,当场发了钞票。一干舞女拿到了比平时多一倍的报酬,无不喜上眉梢,正准备跟任老板道"拜拜"赶紧回家时,杂役老李匆匆出现在账房间门口,叫声"先生",把一个折叠成梅花状的纸条递给任芝贵。

任芝贵接过纸条:"这是谁给我的?"

老李说:"不是谁给您的,是我在打扫舞厅时从沙发下面扫出来的。我估摸兴许是哪位来跳舞的先生不留心从口袋里掉落的吧。"

任芝贵打开纸条,只见上面写着:"莲花,我很珍惜您和以前的那段幸福的时光,不知是否可以重温一回?请您考虑。谢谢!鑫于即日。"

任芝贵看纸条的时候,站在他侧后边的舞女领班白小玫踮起脚尖,视线刚好越过任芝贵的肩膀,把纸条上的字看得一清二楚,不禁"嗤嗤"笑出声来。她这笑声,绊住了急着想离开的其他舞女的脚,都问她看见了啥。任芝贵没等白小玫张口,就把纸条上的字读了一遍,读罢,有点儿不以为然地问:"不就这么一句话吗?白小姐你笑什么呢?"

白小玫问:"先生您说这张纸条是写给谁的?"

任芝贵摇头:"咱'仙乐门'没有叫莲花的呀,应该不是写给咱这里的人的。"

白小玫说:"看来先生您平时对咱们这些姐妹了解得不够,大伙儿说是吗?"

立马有两三个舞女笑着附和。任芝贵正觉奇怪间,有个叫宋静芬的舞女开腔道:"先生可能不知道,史姐的乳名就是莲花,她是阴历六月出生的。"

任芝贵恍然:"原来是留给史小姐的。史小姐今天没来上班,那人要想给她留字条,应该交给账台呀,怎么扔到了沙发底下?"

白小玫说:"我看那人有点儿心虚。他把纸条留在沙发底下,料想舞厅营业结束打扫时会被人发现,然后转给史姐。只怕根本没他所说的那段什么'幸福时光',而是为了给史姐抹黑!"

任芝贵说:"现在解放了,人民政府提倡妇女翻身作主人,关于这方面的事儿咱们就不要乱议论了。这张纸条,要不就请宋小姐给史小姐捎去吧,听说你跟她住得很近,顺道吧?当然,不能说我们认定是留给她的,就说老李打扫时发现了这张条子,我让你捎给她,问一下她是否知道落款的那个'鑫'是谁。"

宋静芬跟史红瑛住得确实很近,就是一条巷子的对面邻居。两人都是苏北人,宝应同乡,不过宋静芬来南京谋生前两人并不相识。抗战胜利那年史红瑛成为"仙乐门"的股东后,宋静芬才应聘舞女。任老板对她不是十分满意,但史红瑛一听那口家乡话,立刻拍板说这个妹妹我收了!因此,宋静芬对史红瑛一直心怀感激。两年前,她嫁了个鳏夫,婚事还是史红瑛相帮张罗的。至于两人成为近邻,那是宋静芬的丈夫老罗给史红瑛介绍的房子,史红瑛对这个居所很是满意。

宋静芬回家时已是三点,寻思史红瑛肯定已经睡熟了,不便敲门。她的丈夫老罗原是国民党首都警察厅的刑警,南京解放后,经甄别,虽无欺压百姓、强横霸道之类的劣迹,可他是国民党员,所以没有留用。失业三个月后,他找到了一份工作——在长江客运码头当保安。那个工作是早晚两班制,这段时间,正轮到老罗上早班,五点钟就得到码头。因为家离得远,路上骑自行车就得一个多钟头,所以宋静芬回家时丈夫已经起床了。宋静芬把纸条的事告诉丈夫,还拿出来给他看。老罗瞥了一眼,并不感兴趣,倒是对妻子后颈部一颗绿豆大的疖子有些担心,说不能任其长出来，那个位置上长疮疖是很凶险的，俗称"对口疮"，弄不好会有性命之虞。说着，就找出碘酒、棉球棒给妻子擦拭。擦完才发现火油炉上煮的牛奶眼看就要开锅，惊叫一声，扔下棉球棒就去关炉火。

老罗把牛奶倒在杯子里，又切了两片面包，中间夹上红肠，端到桌上让妻子吃夜宵。就在这时，老罗看到桌上的东西，不由发出一声轻轻的惊叫："咦——"

怎么呢？原来，老罗刚才手忙脚乱，随手把用过的那支棉球棒一扔，正好扔在摊在桌上的纸条上，纸条的空白处显现出淡蓝色的字迹。老罗是国民政府中央警察学校的毕业生，接受过正规刑事侦查训练，平时也喜欢看一些侦探小说，知道碘酒可以显示用某种密写药水写在纸张上的文字。当下，他二话不说，立刻取过一支新的棉球棒，蘸了碘酒，轻轻擦拭那张纸条其他空白处。稍停，空白处显示出两行淡蓝色的字迹，他一看之下，倒抽了一口冷气："呵——不得了啊！"

这两行文字是："所报方案经报请上峰审议，认为可以一试。所需经费、器材，筹措后照数拨给。"

即使是跟警务工作从未有过接触的文盲宋静芬，听丈夫给她读了一遍后，也是脸如土色："这肯定是敌特分子在秘密联络啊，看来他们要搞破坏！这……难道……难道史姐是特务？"

老罗说："这就不是你我眼下考虑的问题了，看来得立刻去公安局报告。我这一去公安局，上班就要迟到了。"

不过，这当口儿也就顾不上迟到不迟到了，赶紧报告要紧。夫妻俩一个刚下班顾不上休息，另一个则是顾不上上班了，立刻出门，冒着凛冽的寒风直奔附近的白下公安分局。

这张纸条引起了分局领导的高度重视。次日元旦，主管政保线的分局张副局长原是轮到休息，但一大早就骑着自行车从住处赶来了，叫齐了政保科正副科长、指导员和市局下派各分局轮流蹲点调研的正科级侦查员侯健坤，聚在一起对纸条进行了分析，一致认为这张纸条确系敌特分子留在"仙乐门"的，至于是故意放在沙发底下等候那个"莲花"来取，还是不慎遗失后被人无意间踢入沙发底下的，目前还不清楚。鉴于"仙乐门"并非白下分局的管辖范围，白下分局无权决定是否立案调查，按照工作纪律，立即上报市局（其时全称为"南京市人民政府公安局"）。

当天上午十点，市局下令，由"仙乐门"所在区的鼓楼分局组建专案组对该纸条相关情况进行调查，市局政保处侦查员侯健坤提前结束在白下分局的蹲点调研，前往鼓楼分局该专案组担任顾问。鼓楼分局的专案组一共有四名侦查员，由齐明德担任组长。说来也巧，同是来自解放区的侯健坤、齐明德相互熟识，齐明德参加公安业务培训班时，侯健坤还给他们这班学员讲过课。二人一见面，自是十分激动。说笑片刻，大家一起坐下来分析案情。

不料，几个人刚把那张纸条小心翼翼地传阅了一遍，还没开始分析案情，忽然传来消息说"仙乐门"昨晚遭窃，要求分局出警。齐明德、侯健坤不约而同交换了一个意味深长的眼色，侯健坤说："只怕此举跟那张纸条有关系呢，咱们去看看。"

二、凌晨窃案

专案组五人赶到舞厅时，鼓楼分局刑侦队派出的三名刑警已经勘查过现场了。确切地说，"仙乐门"窃案应该是今晨发生的，因为舞厅结束营业时已是凌晨两点多。最后离开的是任老板、账房张先生和杂役老李，门是老李当着任、张两人的面锁上的，一共有两道——里面的玻璃推拉门和外面的铁栅栏门，都以铁链系住，再扣上一把大铜锁。这种防范对于寻常窃贼来说，应该是比较有效的。估计光顾"仙乐门"的那小偷本领平常，对付不了那两把大铜锁，是攀爬天窗进入现场的。天窗玻璃已被打碎，刑警在窗框上发现了手套的印痕，不知是案犯用于防寒的呢还是不想留下指纹。窗框上还留下了清晰的绳索系吊重物的勒痕，估计案犯是打碎天窗玻璃后，把绳索系在窗框上，顺着绳索进入现场的，作案后又抓着绳索攀爬而出。

刑警向专案组侦查员介绍了勘查现场的情况。案犯在舞厅的账房、舞客休息区、舞女更衣间、洗手间都留下了脚印，说明到过这四处；从脚印判断，这是一个身高在一米七到一米七五之间的男子，较瘦，步履灵活。账房间的写字台、舞女的更衣箱都被撬开，损失情况容待舞厅老板、账房先生和一干舞女各自清点后方才可以统计出来。发现舞厅出事的是杂役老李，他每天都是第一个前来舞厅上班，通常是中午十一时许抵达，开门后，打开窗户透气，生好煤炉，烧开水，打扫房间。这些活儿干完，老板、账房先生和舞女也就陆陆续续都来上班了。今天也是这样，哪知进门一看，情形不对，于是立刻给分局打电话报警。

刑警介绍情况时，任老板等人都来上班了，清点下来，账房间任老板和张先生的写字台抽斗被撬，大约上百万（旧版人民币，与新版人民币兑换比率为10000∶1，下同）钞票被窃；舞女更衣柜全部被撬开，但因都未放钱钞和值钱物件，仅有五件质地较好的衣服被窃。

专案组侦查员对已被勘查过的现场作了复勘，这一查，果然有了发现。"仙乐门"的厨房二十来平方米，刑警先前勘查现场时，只在厨房门口站着往里看了看，厨房地板擦拭得一抹光，别说脚印了，连豆粒大的零星杂屑都没有。再说，其时刑警已经勘查过账房间和舞女更衣室，对窃贼潜入舞厅的目的基本定了性——这厮是为钱财而来，而厨房里并无钱财，只有少量残羹冷饭，所以应该是"过门不入"。

而对于专案组侦查员来说，其想法就不同了。他们是特地为调查有敌特嫌疑的密函而来的，调查工作刚刚启动，八字还没一撇，因此脑子里没有框框。他们只觉得"仙乐门"的事儿似乎有点儿过于碰巧。昨晚同时发生了两桩案件，先是密函，然后是盗窃，而在这之前经营了二十八年的这家舞厅从未被窃贼光顾过，这不是有些奇怪吗？可是，如果让他们说出奇怪在哪里，却又没有头绪。

因为没有头绪，所以此刻复勘现场就如同黑夜行路、瞎子摸象一样，需要一步步地摸索着来。侦查员徐冬生进入厨房后，地面就不去留神了，确实没有任何痕迹。可是，地板上没有痕迹并不等于其他位置也没有痕迹，小徐只稍一俯身，便见桌子上有几个不太明显的指头印痕，跟舞池上方天窗玻璃上的一模一样，也是戴着棉纱手套留下的。一转眼，又发现角落里的水池旁边倒竖着拖把。小徐心里不禁一动，过去一摸，拖把是湿的，还能够拧得出水。徐冬生脑子里倏地闪过一个念头：难道厨房地板是窃贼擦拭的？

正这么想着时，另一侦查员蒋天飞来了，徐冬生跟蒋一说这个推测，蒋天飞二话不说便去找垃圾桶。那个垃圾桶放在煤炉边，本是个空火油箱，装上拎襻，废物利用，改成了垃圾桶。只见桶里的垃圾堆得有些蓬松，而且是一边高一边低，全然不似正常打扫卫生时从畚箕里倾倒进垃圾桶后形成的样子。

侦查员当即把杂役老李唤来，让他看了垃圾桶，老李说瞧这样子确实不是从畚箕里倒进去的。又问拖把怎么是湿的，老李更不清楚了，只记得昨晚因为舞厅营业结束得晚，所以他没打扫厨房，只把众人晚餐后留下的餐具洗了洗，想今天上班时再打扫的。

侦查员随即对厨房地面进行勘查，结果发现地板与墙壁之间的缝隙里有垃圾细屑，用回形针挑出来仔细分辨，是几根鱼刺和青菜残渣。老李说昨天晚餐菜肴中有鱼，也有小青菜，青菜有些黄叶，他帮厨娘处理时摘掉了一些。这些都是扔在垃圾桶里的，怎么钻到缝隙里去了呢？

侦查员分析，昨晚潜入舞厅的那个窃贼曾进入厨房，把垃圾桶里的垃圾倾倒在地板上，从中翻寻过东西。他想寻找什么？答案只有一个，就是被杂役老李打扫卫生时从沙发底下扫出来的那张纸条——密函！

专案组临时征用了"仙乐门"的账房间，五位成员对昨晚的案情进行了复原。估计情况大致上是这样的——

敌特以舞客身份前来"仙乐门"，想把密函递交给下家，这个下家有可能是舞厅人员，比如舞女、侍者、老板、账房、杂役（新中国成立后，舞厅已经不需要以前必不可少的"抱台脚"即保镖了）中的某一位，也可能是光顾"仙乐门"的哪位舞客。可是，这份密函却未能成功递交。也许是在跳舞时不慎把密函丢失了，又被人在不经意间踢进了沙发底下。该舞客当时并未察觉，在散场离开"仙乐门"后方才发现。当时的情形，显然已经不允许他重返舞厅去寻找了，只好采取"入室盗窃"的手段潜入"仙乐门"。他先在舞池附近寻找，无果后又想到了厨房的垃圾桶，琢磨着也许是被杂役打扫掉了。为了掩盖自己的作案目的，在离开厨房时，他用拖把把地板擦干净。至于撬窃账房间、更衣室，那纯是为了把"入室盗窃"的把戏演得更逼真一些。

专案组议到这当口儿的时候，舞厅雇佣的专门烧饭烧开水的厨娘上班来了。她带来了一个消息，说刚才经过前面那条巷子时，看见一群人围着巷口的垃圾箱议论纷纷，她喜欢看热闹，凑近去一看，竟是有人在垃圾箱里发现了一包衣服。厨娘刚说到这里，忽然注意到四周围着听她说话的舞女、侍者等神色不对，便问"你们都怎么啦"，这才知道舞厅昨晚遭窃了。厨娘如梦初醒，说怪不得，他们打开那个包袱时我看着里面的那几件衣服有些眼熟，没准儿就是这里被偷的吧？

这一说，有舞女忍不住就要奔出去看个究竟，被任老板喝住，说公安局同志正在调查，随时有可能传我们中的哪一位去问话，包括我和张先生在内，暂时都不要离开，直到公安局同志调查结束为止。说罢，转身去账房间向里面的侦查员反映了这个情况。专案组长齐明德便让任老板派人去把那包衣服拿来看看。

衣服拿来后，那几个丢失衣服的舞女都认领了。于是，刚才专案组作出的伪装入室盗窃的判断就有了一个有力的佐证。当然，窃贼从账房间窃得的钱钞是不会扔掉的。专案组接着分析，伪装成舞客的那个敌特来"仙乐门"，是想把密函传递给哪个下家呢？

侦查员之前已经从宋静娟夫妇口中知晓，"仙乐门"的"股东舞女"史红瑛的乳名叫"莲花"，但此女是否敌特的下家尚难判断，总不见得光凭一个乳名就把人家当敌特分子吧？经过一番讨论，五位侦查员认为，所谓"莲花"不一定具体指某个人，不过随手拿来用一下而已。当然，也有可能接收密函的那位确实叫"莲花"，而且就是"仙乐门"舞厅的某个成员——多半是舞女。从另一角度来分析，那个敌特之所以来"仙乐门"传递密函，就是为了神不知鬼不觉，而要做到这一点，在舞厅这个特定场所，当然应该利用下舞池翩翩起舞之际传递密函。其时灯光昏暗，乐声悠扬，与舞女相依相偎，正是传递密函的最好机会。所以，那个下家应该是舞女。

以当时的行业规矩，舞客进入舞厅，先买舞票，每跳一曲给舞女一张舞票（也可以给数张），舞女最后是凭舞票跟舞厅拆账分成的。舞客只能跟该舞厅的舞女跳舞，否则，舞厅会立刻将其驱逐，甚至由"抱台脚"出场将违规者痛殴一顿。新中国成立后，舞厅没有"抱台脚"了，遇到这种情况，通常把人赶出去算数，如中间发生纠纷，那就由派出所民警处理。这时候，民警通常都站在舞厅一边，因为舞厅是按照行规合法经营，而行规则是由政府主管部门审查批准的。

由此，侦查员认为那个敌特肯定是来跟某个舞女见面传递密函的。不过，他一定感到非常遗憾，因为他未能成功完成任务。为何没有成功？不可能是因为没有机会。舞客只要买了舞票，就有权邀请该舞厅中的任何一位舞女下场跳舞，舞女只要不是正在跟别的舞客跳舞，就不得拒绝，也不得对看不入眼的舞客冷眼相待，这是职业道德，也是行业规矩。当然，舞女是分高、中、低三个档次的，每个档次的舞票价格不同，要接受高档服务，那就得付出高档次的服务费。既然如此，剩下的可能就只有一种——敌特并没有见到接收密函的那个舞女。

12月31日晚上，"仙乐门"有哪几位舞女没有来上班呢？侦查员唤来账房张先生一问，只有一个——史红瑛。到这当口儿，专案组就不得不把密函上明码写着的那个"莲花"跟史红瑛联系起来考虑了。

"仙乐门"此刻在场的十五名舞女逐个被专案组唤入账房间谈话，不问别的，单问史红瑛平时在舞厅的情况。十五个舞女一一问下来，侦查员觉得史红瑛还真有些可疑——不止一个舞女发现，在跳舞时有舞客往史红瑛的口袋、怀里塞过什么东西，具体是什么没人看清，由此侦查员估计那东西体积很小。但不可能是舞票，舞客通常都是在每曲跳完之后，将舞女送回休息区座位时公开给舞票的。舞女一般也希望这当口儿给舞票，因为这时灯光大亮，众目睽睽之下，如果舞客给的舞票不止一张，而是数张甚至一把，那对于她来说乃是一种荣耀。所以，舞客塞给史红瑛的不会是舞票，只可能是钞票，或者类似这次发现的纸条一类。

侦查员根据一干舞女所说的情况，认为是纸条的可能性更大。如果是塞钞票的话，该舞客必有所图，不可能塞一次就结束，肯定要趁热打铁连续出击。通常的做法是先塞钞票，再邀约散场后外出吃夜宵，然后就有两种发展方向：一种是对付中低档舞女的，直截了当提出随其去开房间或者回住所；一种是对付高档舞女的，那就不能直截了当了，得"慢火细炖"，一点点加温，不止是钞票，还得一次次赠送皮鞋、化妆品、服饰，出手最大方的，比如当年国府财政部长宋子文在上海与舞女张某交往时，还以轿车、洋房相赠。在这段时间里，绕不过的一步通常是除了自己每夜前往舞厅将该舞女包下一场场狂跳之外，还得邀请一班朋友前往捧场，有门路的还会请新闻界撰文吹捧。

　　侦查员调阅了"仙乐门舞厅"自南京解放以来八个月的舞女拆账记录，发现史红瑛的伴舞票价虽然是第一档的，但邀其伴舞的舞客数量却并不很多，在该舞厅五名列入高档票价的舞女中名列第三；另据其他舞女所说的情况来看，近期并无哪一个或者哪一伙舞客专邀史红瑛下场跳舞。因此，专案组认为舞女所反映的给史红瑛塞东西的舞客应该不是平时那类"必有所图"之流，而是向其传递密函的敌特。如此看来，史红瑛有可能是敌特组织的秘密交通员。这跟专案组之前敌特没有见到接收密函的舞女的判断也相吻合，因为史红瑛那天没去"仙乐门"上班。

三、舞女猝死

　　专案组决定传讯史红瑛。那时的司法程序不如现在规范，传讯证是有的，但不带传讯证立刻施行传讯也可以。专案组没有时间开传讯证，一行五人当即前往白下区尚书里史红瑛寓所。

　　可是，史红瑛不在家。问邻居彭嫂，说上午看见史小姐从外面回来，提的菜篮子里装着鱼肉和冬笋、白菜等。这天是元旦，她显然是准备在家请客。不过，也就一会儿工夫，就看见她匆匆忙忙出去了，还拜托说她的被子晒在旁边的空地上，回头阳光转移了，请相帮移动一下。

另一个邻居老宓证实史红瑛确实出去了。当时老宓正好骑着自行车从外面回来，行至解放路、尚书里交叉口时，正好看见史小姐站在路口挥手叫停一辆马车，登车而去。

这话放在六十多年后的今天，有些读者可能不明白。马车？像解放路、尚书里这样的地段可以通行马车？你没弄错吧？是的，没弄错，确实是马车，而且是挂车牌执照的客运马车。这是民国遗留下来的南京城里的一景。不过，老宓当时没留意那辆马车的牌照号码。专案组只好向非机动车营运行业公会求助，请该公会相帮了解上午十时许有哪辆营运马车在解放路、尚书里交叉口载过史红瑛那样的一位乘客。

下午四点多，行业公会查到了那辆载运史红瑛的马车，车夫老顾说那个女乘客是在中华路"大德旅馆"下的车。侦查员往"大德旅馆"打电话，询问午前是否有这样一个女性去过该旅馆。旅馆账房翻阅了旅客登记本，说是不是"仙乐门"的史红瑛小姐啊？她住在204房间。侦查员报了身份，请账房协助看住她，千万不能让她离开旅馆。如果有访客，也想办法留住。

五名侦查员赶到"大德旅馆"，账房介绍，史红瑛是上午十一点前入住该旅馆的。她本人没有登记，之前大约两个小时，有一中年瘦高个儿男子前往旅馆为她登记，向账房出示了盖有"仙乐门舞厅"店章的一份证明。侦查员问，史红瑛入住后，是否有人来找过她？那个年代，中档以下旅馆都是不设专门服务台的，值勤茶役除打扫卫生、烧水倒茶之外，还负责迎宾；而登记、安排客房、收费就是账房先生的活儿了。账房先生终日待在账房间，晚上也住宿其内，所以对是否有人来访、访的是谁都是一清二楚的。现在，账房先生告诉侦查员："没有人来找过她,她也没有出去过。"

侦查员让茶房上楼去叩门,房内无应答;敲门加呼唤,仍无声响。一干侦查员意识到情况不妙,果断破门而入。冬日天黑得早,五点多时室内已经一片黑暗。打开电灯,只见史红瑛斜倚在房内那张双人沙发靠近窗户一侧的扶手上,低垂着脑袋,垂下一头乌黑油亮的长发,犹如一块厚实的黑色天鹅绒遮掩住整个脸部。侦查员徐冬生上前伸手轻轻碰了碰她,说:"都硬了!"顺手撩起她的头发,露出那张惨白夹杂着青灰色的脸庞。尽管五个侦查员谁都没见过史红瑛的真容,但上午去"仙乐门"勘查现场时,大伙儿都看到过舞厅门外海报橱窗里贴出的那五个"本厅台柱"的大幅照片,其中就有史红瑛。此刻一看,立即认定死者确是史红瑛本人。

这天是元旦,法医在家休息,市局派去接的汽车司机又开错了路,耽误了一些时间,等法医赶来时,侦查员已经差不多完成了现场勘查。殡葬车迟迟未到,专案组就接受法医的意见,跟旅馆方面协商后,在旅馆后院的一间堆放杂物的库房里腾出一块空间,架起一块门板,拉上电灯,作为解剖尸体的工作场地。解剖结果很快就出来了:死者系中毒身亡。旅馆房间里遗留的热水瓶、茶杯以及里面喝剩的残茶都被侦查员带走,送往市局技术室进行技术鉴定,继而在茶杯的残茶中发现了剧毒成分。

鉴于史红瑛临终时神情平和,衣衫整洁,房间里没有搏斗的痕迹,对她的死因可以有两种推测:自杀和他杀。专案组对此进行了讨论,最后排除了自杀的可能。史红瑛之前还去菜场买了远比平时多得多的鱼肉蔬菜,准备在家中请客,欢度元旦,没有理由突然改变主意,不但晚上的请客欢聚计划取消,连自己的性命都不要了。而且她不是死在自己家里,而是雇了马车从住所赶到旅馆,事先还让人拿着舞厅证明预订了房间。种种迹象表明，史红瑛应是死于他杀。

侦查员根据法医解剖、技术鉴定以及现场勘查、向旅馆了解到的情况，对史红瑛入住"大德旅馆"后发生的事情进行了虚拟还原——

上午，那个中年男子持盖着"仙乐门舞厅"店章的证明前往旅馆给史红瑛订了一个房间。办理登记手续时，账房先生因对方手续齐全，所以什么也没问。预付了一天的住宿费后，来人提出要去房间看看。于是茶房领其上楼。那男子看了房间里的一应设施，没说什么，临末拿起沙发茶几上的茶叶筒，打开看看，闻闻，说这是炒青，而且是秋茶，不咋样，问是否有好一些的茶叶。茶房说先生抱歉，敝号就准备了这样一种茶叶，是从夫子庙"六品香茶庄"买来的。对方笑笑，说还"六品香"呢，我只闻闻就知道不是好茶，一股青草味儿。早料到你们没有什么好茶叶，我自己准备了，回头让史小姐喝这茶——说着，他把茶叶筒递给茶房，变魔术一样手一晃，从身上掏出一个一两装的茶叶纸盒放在茶几上。这茶房自十六岁学生意到现在，已经在这一行干了三十个年头儿，练就了一套"眼观六路，耳听八方"的吃饭本领，却也没看清对方那茶叶盒是从哪里掏出来的。

那男子留下茶叶后就离开了，临出门前，对账房先生和茶房说："那就这样了，一会儿史小姐自己会过来的。"

男子离开后不到一个小时，一辆客运马车就在"大德旅馆"门前停下，茶房出去迎客，从马车上下来的正是史红瑛。茶房把她引领进房间，随即送上去一个热水瓶，指着茶几上的那个纸盒告诉对方，这是刚才给您预订房间的那位先生留下的，他说敝号的茶叶是秋茶，可能不合史小姐的口味。史红瑛微微一笑，点头致谢。茶房刚要离开，被史红瑛唤住，掏出一张一万元钞票递给他，说是小费。茶房婉言拒收，说解放了，劳动人民翻身当家作主人，新社会新风气，敝号响应行业公会的倡议,已经停止收小费了,谢谢小姐。"

　　茶房下楼后,账房彭先生问他:"刚才上楼的那位小姐,你知道是谁吗?"茶房说不认识,头一回见。彭先生说,当年孔二小姐持枪闯入"仙乐门",差点儿把空军少校打死,就是因为她。茶房是土生土长的南京人,自然听说过此事,却从未见过史红瑛。当下不住咋舌,说怪不得这么漂亮!彭先生当年也是舞厅常客,买过头等舞票和史红瑛跳过数支曲子,见茶房大惊小怪的样子,不由微微一笑:"今天史小姐是素颜淡妆,家常便服,如若你看见她当年下舞场时的那副模样,只怕眼珠子都转不动了。"

　　专案组分析,如果此前"仙乐门"发现敌特密函一事果真与史红瑛有关,目前的情况似乎可以做如下解释——

　　昨晚敌特传递密函不成,离开舞厅后又发现密函丢失,不得不冒险采取夜盗"仙乐门"的下策。可是,潜入"仙乐门"一番寻找的结果令其大失所望。这样问题就大了,如果密函被舞厅方面发现,史红瑛就面临着暴露身份的危险,一旦她失风落网,很可能会供出整个组织。于是,敌特方面决定采取一了百了之法,将史红瑛灭口了事。他们派人在"大德旅馆"订了房间,然后通知史红瑛火速前往该旅馆。史红瑛嗜茶,即使在舞厅伴舞时,也是每跳一曲下场后必饮茶。所以,她进入旅馆房间后,立刻自己动手沏了一杯那个中年男子留赠的茶叶,结果一命呜呼。

　　离开"大德旅馆",专案组立刻前往尚书里史红瑛的住所搜查。史红瑛租住的是一座三层楼房中位于二楼的小套房,有客厅、卧室、厨房和卫生间,这在当时已经算是"准豪华型"了。看得出,她平时很讲究整洁,家里收拾得清清爽爽,所有物品都摆放得很整齐。搜查下来,除了发现有半本盖着"仙乐门舞厅"店章的空白证明外,没有其他可以和案件联系起来的东西。侦查员还特别留意了那个装满鱼肉蔬菜的竹篮子，甚至把那条三斤多重的青鱼肚子也剖开查看过了，并无异物。

上午专案组组建时，面临的问题是要认定并追查"仙乐门"发现的敌特密函的传递情况，如确认系敌特交通员传递给舞厅某个人员的，那就控制此人，然后顺藤摸瓜。了解侦查工作的人都知道，这种调查由于范围小，所涉及的调查对象也少，通常是比较容易发现线索的。在当天的实际工作中确实也是这样，很快就排查出了疑犯史红瑛。可是，眼下的情况就不同了——疑犯被灭口，继续追查的线索断了。

专案组长齐明德向顾问侯健坤请教："现在该怎么办？"

侯健坤说了一个字："等。"

"等？等什么？"

这回侯健坤说了两个字："市局。"

齐明德恍然大悟。史红瑛被灭口之事已经向市局政保处领导报告，领导肯定会考虑增派人手。从案件管辖地来说，"大德旅馆"属于白下区，按理，市局应该通知白下公安分局调派侦查员前来参加专案侦查。如果现在绞尽脑汁分析案情，一会儿新力量来了，而且有可能是替代他这个组长的，那就还得把分析的情况详详细细地向人家介绍。如此，倒还不如先休息片刻，待新成员来后一起分析案情。于是，齐明德说今晚就到此为止吧，大家休息，明天上午再说。

次日上午，诚如侯健坤估计的，专案组一上班就接到市局命令，专案组增加白下分局政保科派来的康杰民、郑福厚、宋三献三位同志，其中康杰民担任副组长；专案组驻地仍设于鼓楼分局。

充实新力量后的专案组用了整整一个上午的时间分析案情，讨论侦查方案，最后决定从以下两个方面着手开展调查：一是顺着那个中年男子预订房间所使用的"仙乐门舞厅"的那纸证明进行查摸，指望能够发现线索；二是调查敌特是通过什么方式通知史红瑛前往"大德旅馆"的。

侦查员周永贵、蒋天飞两人奉命去"仙乐门"对证明来源进行调查。任老板和账房张先生出面接待。说到店章，张先生说是由他保管的，当下从锁着的抽斗里拿出来给周、蒋查看。侦查员问前晚舞厅遭窃，这枚店章是否被窃贼动过。张先生说，店章是和现金一起放在写字台那个锁着的大抽斗里的，抽斗被撬开了，钞票被窃，不过店章没有动过。

那么，凭什么断定窃贼没有用店章偷盖过空白证明呢？张先生不慌不忙地解释："刚才听您二位同志介绍情况时，说到'大德旅馆'在办理预订房间手续时验看了那个男子出示的证明，上面跟'仙乐门'有关的有两点，一是店章，二是那张证明使用的是印有舞厅抬头的竖排信笺纸。那批信笺纸还是抗战胜利第二年，也就是 1946 年春节后由我去'大煌印刷社'印的，一共二十本，到去年夏天已经用光了，我又去'大煌'印了三十本。新社会流行横排印刷，我就让印刷社给印了横排抬头。所以，您二位说的那纸用于预订房间的证明，只能是以前留下的空白证明，肯定不是前夜窃贼潜入舞厅时用店章盖的证明。"

侦查员马上想起了搜查史红瑛住所时发现的半本空白证明，两人互相使了个眼色，周永贵开口问道："那么您所说的'以前留下的空白证明'又是怎么回事呢？"

这回是任老板予以说明了。抗战胜利后，他被"军统"逮捕，幸蒙史红瑛营救。为谢其大恩，任老板以舞厅百分之三十的股权相赠。"仙乐门"重新营业后，尽管史红瑛再三拒绝做舞厅经理、襄理抑或大领班（任老板专为史而设的一个统领包括领班在内的全体舞女的职位），但任老板寻思，还是要表示出对她的充分信任，以便日后若不幸再遇难事可以得其相助，所以就在刚启用新店章后，盖了一本空白证明给史红瑛，让她随时使用，用完再取。当然，凭史红瑛能够从"军统"手里救出任老板的能耐，这种空白证明对她来说不足挂齿，后来她也未再向任老板要过，更没听说她在外面使用过。

周永贵、蒋天飞暗忖，在史红瑛的住所搜查出的那半本空白证明，应该就是任老板说的那本了。而那中年男子用来预订旅馆房间的证明，是那本证明中的一张，估计是之前从史红瑛那里获取的。

对空白证明的调查就此画上句号。虽然调查进行得很顺利，可是，于案子却没有什么帮助。

再说另一路侦查员的调查情况，他们的任务是调查敌特是通过什么方式通知史红瑛前往"大德旅馆"的。专案组预计到这项调查的工作量可能比较大，特意安排了六名侦查员，其中包括组长齐明德和市局顾问侯健坤。他们先是对史红瑛的几十户邻居逐家访问，详细了解元旦上午在家门口看到过什么情况，着重点是史红瑛和突然出现的陌生人。一轮走访进行下来，未能获得什么线索。有不少邻居看见史红瑛提着空篮子出门或拎着一篮鱼肉蔬菜返回，无论是出去还是返回，她都是一副乐呵呵毫无心事的样子，至少跟七位邻居说过话，都提到了当晚要请客之事。至于史红瑛从菜场回来后立刻又匆匆出去的情况，除了之前看见那一幕的两个邻居外，又走访到了四位。其中一位张姓大嫂说，史红瑛再次出去时，神情看上去有点儿着急，和自己擦肩而过也没打招呼，张大嫂还以为她买菜时落了什么东西要去找呢。

侦查员在史家附近一株大树下会合，就地交换了意见，认为从史红瑛前后迥然不同的情绪变化来判断，至少在从菜场回来的时候，她还没有接到敌特同伙向其发出的速往"大德旅馆"的通知，回家后发现该通知，才匆匆出门。她离开住所时什么都没带，也未换装，由此估计通知中没向她示警,也没让她逃跑。这说明她对自己 12 月 31 日晚没在"仙乐门"出现而导致敌特交通员没传递成密函的事故并不知晓,当然更不知道丢失的密函已落到警方手里。那么,史红瑛究竟是通过什么途径接到让她前往"大德旅馆"的信息的?

众人七嘴八舌小声议下来,认为从史红瑛元旦上午买菜前后的情绪变化来判断,她应该是在从菜场回到家后的短短数分钟里获知那条信息的。从邻居提供的情况来看,这几分钟里,并无别人去找过她,也没有沿街叫卖的小贩在尚书里这一段街面出现过,所以应该排除该时段从外界传递信息的可能。可是,史红瑛却是真真切切就在这几分钟里获知了信息。她的住所并无电话机,搜查也没发现无线电收发报机,该信息是怎么被其获知的呢?有侦查员提出了一种可能性:她去菜场买菜时,有人利用短暂接触的机会通过隐蔽手段向其传递了纸条,可能是夹在找回的钞票里,也有可能是在和她擦肩而过时,把揉成团的小纸条放进她的菜篮子。她回家后发现了纸条,于是匆忙前往"大德旅馆"。

接下来就是去菜场调查。史红瑛去买菜的那家菜场位于解放路尚书里路口,是蒋介石组建南京政府后,效法上海英租界 1868 年修建沪上首家室内公共菜场之举下令修建的一家室内菜场,启用伊始就有专人管理,摊主须交摊位费。南京解放后,由工商部门接管,是南京市一家比较有名的公共菜场。这给专案组侦查员的调查提供了方便,过去找到市场办公室,马上有人接待,积极配合。

侦查员向对方提供了史红瑛元旦上午在菜场购买的荤素菜的名称,市场办公室向相关种类摊区了解后,打听到了几个摊贩,带来接受专案组调查,并未发现有甚嫌疑。正失望时,一个市场管理员从外面进来,说有摊贩向他报告,元旦上午曾看见史红瑛买完菜后在菜场 3 号门外驻步跟一个男子交谈过数分钟。

一干侦查员顿时一个激灵：莫非有戏？

四、两条线索

提供线索的是菜场3号门口两个卖冬笋的摊贩。这是一对嫡亲兄弟，姓甚不详，都患癫痫，故人都唤他们"大癫痫"、"小癫痫"。元旦那天上午，太阳光很好，这对癫痫兄弟就把原在大门内第一个位置的摊位移到门外，一边晒太阳一边做买卖。这是违规动作，按说是不可以的，但对于癫痫兄弟却是例外，因为卫生局张贴的疾病防治宣传资料中说，癫痫患者要经常晒太阳。那时候，人们特别把政府部门的话当回事，癫痫兄弟这样做，连市场管理员都默认了。史红瑛是这一带的区域名人，南京解放后她不再雇佣保姆，一切都是自己动手，隔三差五来菜场买菜，她不认识摊贩，摊贩却都认得她。所以，元旦上午史红瑛买完菜步出3号门和那男子说话时，就被癫痫兄弟留意到了。

癫痫兄弟告诉侦查员，那个男子大约四十来岁，身材高大挺拔，浓眉大眼，肤色黝黑；穿一件带海虎绒领子的空军皮夹克、黑色马裤和一双中高帮黑色皮靴，走起路来"笃笃"有声。那副架势，跟南京解放前国民党的宪兵军官有一比。这人应该是住在附近的，因为之前癫痫兄弟也曾看见过他，此人还数次光顾过他们的冬笋摊头，买东西很爽快，不还价，付钱时还凑整数多给几个零钱。元旦上午，那人在3号门外欲往菜场里走，而史红瑛买好冬笋正好拎了菜篮子往马路对面去。两人在马路中间相遇，不约而同驻步，史红瑛叫了一声，好像是"秦先生"；那男子点头，也唤了声什么，正好有辆汽车开过，鸣了声喇叭，把他的声音盖过去了。然后，两人就到马路一侧说了几句话，这才分手。

侦查员寻思，既然这人常来买菜，穿着和体态特征又如此明显，菜场的摊贩中应该有人对其有印象。分头向各摊位菜贩询问下来，有小一半都说曾见到过此人，可是，谁也说不出这人姓甚名谁，也不知道他究竟是否住在附近。

专案组只好去派出所求援了。派出所民警听了侦查员的描述，马上就对上了号："哦！管段里有这样一位，他叫寻钟山。"

"姓寻？不是姓秦？"侦查员诧异。

民警肯定地说，是姓寻，他的户口原在秦淮分局，最近才迁过来。这边是他妻子的娘家，岳父母在南京解放后双双病亡，他的妻子继承了房产，全家把户口迁过来了。侦查员估计，可能是癫痫兄弟听错了，把"寻"听成了"秦"。正说到这里，派出所王所长从外面办事回来，听说侦查员要了解寻钟山的情况，便说他跟此人比较熟悉。原来，南京解放前老王从事地下工作时，在秦淮区双龙街上开了一家小酒馆为掩护，正好跟寻钟山是邻居，寻隔三差五去小酒馆喝酒，有时则买些卤菜带回家，交道打久了，就成了熟人。

王所长介绍，寻钟山是南通人，年轻时就读于上海医学中专，学的是外科，毕业后进国民党军队做了一名见习军医，两年后成为正式军医，中尉军衔。到1948年下半年，寻钟山已是上校军医主任。年底，他被中共地下党策反，参加起义，交出了国民党军队储存的数量不菲的西药和医疗器械，这是解放军最需要的后勤物资。他因此而立功，原准备安排他去人民解放军华东军区后勤部卫生部任职，可是他再三坚辞，要求回南京老家。于是，发给一笔奖金后就让他回南京了。寻钟山回到原籍后，很快在长航医院谋得一份外科医生的工作。至于寻是怎么跟史红瑛相识的，王所长就不清楚了。

元月3日，专案组通过长航医院领导，悄然把寻钟山约至医院附近的一家咖啡馆。专案组顾问侯健坤、组长齐明德和侦查员郑福厚、宋三献与其见面，当面向他了解情况。

寻钟山说，他跟史红瑛在抗战后期相识于重庆。当时，他供职于国民党陆军重庆兵站总医院，负责该院药品、医疗器械的采购、管理方面的工作。这在当时算是一个肥差，因为抗战进行到1943年时，正是最为艰难的当口儿，西药、医疗器械极为紧缺，特别是从美国进口的盘尼西林（即青霉素）紧俏异常，别说寻常百姓了，就是高级官员，没有路子也很难获得。可想而知，寻钟山当时是何等受人追捧。

一日，寻钟山接待了一个"军统"特务，对方姓薛，也是南京人，跟寻钟山攀得上一丁点儿亲戚关系。薛某是抗战前就已参加特训的老"军统"，这时已是上校军衔。他来找寻钟山，是为介绍一个病人到兵站医院求诊。这名患者就是史红瑛，她患上了中期梅毒，百药不治，据说只有打盘尼西林了。史红瑛钱钞不愁，却没有获得盘尼西林的路子，就找了薛某的"军统"上司牟少将。牟少将不知从哪里打听到薛某跟寻钟山是亲戚，就安排薛出面找寻钟山解决这个难题。

寻钟山不好驳薛的面子，亲自给史红瑛开了盘尼西林，终于将其彻底治愈。史红瑛从此把寻钟山当救命恩人看待，逢年过节总要寄些礼品。抗战胜利，史红瑛回了南京，寻钟山则被排挤去了湖北，后又辗转多地，双方就失去了联系。南京解放后，寻钟山获准回来定居，搬迁到其妻继承的宅院后，有一次因其妻忙碌，代妻子来菜场买菜，跟史红瑛不期而遇，这才知道双方已是邻里。史红瑛还记得寻军医对她的帮助，仍要恢复以前在重庆时那种逢年过节送礼的做法，被寻婉拒了，说现在新社会新风气，要听政府的倡导。

至于元旦上午跟史红瑛在菜场3号门外相遇，纯属偶然。两人驻步谈了数分钟，史红瑛三言两语说了她的近况——蛮好；更多的话题则是替舞厅的一个姐妹咨询治疗梅毒，寻钟山说现在盘尼西林仍很紧俏，不过政府允许私人向海外购买，但邮寄进关后须凭医院治疗梅毒的证明前往领取。

专案组就此排除了寻钟山涉案的嫌疑。两人单独谈了六七分钟，如果寻是通知史红瑛前往"大德旅馆"的，哪里需要这么长时间，还不是一见面就递过话去？

下午，专案组正为断了线索发愁时，忽然传来一个消息：有个小偷自称元旦那天曾往史红瑛的衣袋里塞过一张小纸条！

被称为"小偷"的那位年龄不小了，这年刚好五十挂零，人都称其"戴老四"，大名不详，据说在民国时留下的刑事卷宗中记载的也是这个名字。戴老四是句容人氏，自幼父母双亡，六岁行乞到南京。十岁那年，他被一个诨号"妙手真人"的道人收为弟子。"妙手真人"是北方人，多年前来到江南，说他是"道人"而不说"道士"，是因为他不过一身道家信徒打扮，却从未从事过跟道家有关的任何活动。他的谋生手段是扒窃，其技艺高超到可以用"出神入化"来形容，"妙手真人"的诨号即由此而来。后来，"妙手真人"定居南京，在玄武湖畔盖一草庐，以竹篱笆拦出一个院子。完工后，大江南北广撒"英雄帖"，集聚了三四百江湖人士，当众"金盆洗手"，宣布从此退出江湖。

此后，江湖上不再听说有"妙手真人"作案的传闻，不过，很快就有消息说"妙手真人"自开香堂，广收门徒。这种情况倘若发生在今天，那警方肯定要登门拜访，予以阻止。但那时是清代晚期，官府衙门的捕快听说此事，反倒额手相庆，因为这表明"妙手真人"金盆洗手之说属实，他们可以省心省力了。至于他老人家所收的弟子何时出道，出道后作案水平如何，那是若干年后的事儿了，先不必去考虑。

"妙手真人"收了多少门徒？江湖上有一个说法是："收徒百人，入室十八"。就是说，"妙手真人"一共收了百名徒弟，但大部分是寄名弟子，真正的入室门徒不过十八个。而戴老四这家伙，竟然是那十八名入室弟子中的一个。据说那天"妙手真人"喝多了酒外出转悠，过桥时正好遇到小叫花戴老四，没来由地生出了收其为徒的念头。这个念头使"妙手真人"后悔不已，因为这小叫花看似聪明伶俐，其实资质平平，不肯刻苦练习，而且胆子也小，反应也迟钝，反正种种不适宜成为一个"优秀扒手"的特点他几乎都具备了。"妙手真人"教其整整八年，其扒窃水平还及不上寄名弟子的一半。戴老四十八岁那年，年过七秩的"妙手真人"一气之下，不辞而别，没有人知道他去了哪里，是死是活。

戴老四从此就成了一名职业扒手。在"妙手真人"的弟子中，他的扒窃技艺最差，人品也最差，却有一项是超过其师兄弟的，那就是好色。他扒得钱钞后，除了吃吃喝喝，就是嫖娼，逛妓院，泡暗娼，轧姘头，其足迹遍及江南诸地。戴老四的人品差，具体体现在"有奶就是娘"，古语中的"盗亦有道"于其而言不如狗屁。抗战时，汪伪"七十六号"特工总部在南京设立"南京区"，下设行动处、情报处、警卫大队等。情报处负责外勤的汉奸想出利用叫花子、扒手为他们收集情报的阴招，找到戴老四跟他一说，这主儿一口答应。此后，在南京活动的国民党"军统"、"中统"特工，只要稍一大意，就会栽在"七十六号"手里；中共以及苏联方面的地下情报工作者有时也会马失前蹄。"军统"、"中统"吃了亏，一调查，原来是这小子在作梗，倒并未"锄"了他，而是以金钱、女色引诱，收罗戴老四为他们服务。戴老四不笨，采取的策略是谁给钱就卖给谁，挣得的钱钞挥霍不了，竟在天王府附近买了一座小宅院，娶了两个过时舞女，过起了花天酒地的日子。

不过，好景不长。不到两年，抗战胜利，国民政府惩治汉奸，戴老四也折进了局子。原本是要判他重刑的，幸亏承办法官阅卷还算仔细，发现戴老四也曾为"军统"、"中统"出过力,尽管人家是给钱钞的,属于有偿服务,但有偿服务也是服务,所以只判了他三年六个月徒刑。戴老四服刑期满释放后,其以赃款购买的那套小宅院自然被国民党接收人员作为敌产给没收了,那两个舞女也早已不见影踪。戴老四想寻份工作做,但高不成低不就,最后还是"自食其力"重操旧业。

再说元旦那天,戴老四前几天刚从火车站扒得一个钱包,钱钞不少,于是就去了一个旧相好家。那是个半老徐娘,守寡不诚,客串暗娼。戴老四也属于"有钱就任性"那种类型的主儿,仗着腰包有点儿钱钞,让那寡妇另外招来了一个老姐妹。戴老四在那里昏天黑地混了三天四夜,元旦早晨掏空了口袋方才离开。出门不远,来到解放路尚书里的一家包子铺前,忽然觉得腹中空空,一摸口袋,也是空空如也。干脆就地找了个目标,把那人的钱包掏了。刚要进店堂去用早餐,肩头被人轻轻拍了一下,他还以为与哪位熟人朋友不期而遇,转脸一看,呆了——竟是失主!

那汉子中等身材,瘦而精悍,鸭舌帽下一双眼睛闪闪发亮。戴老四想起当年"妙手真人"说过,具有这种眼神的人都不是寻常之辈。果然,对方脸带笑容,嘴里说着"老哥,多日没见,兄弟想得慌啊",伸手握住他的手,看似轻轻一握,戴老四的感觉却是自己的这只手已经进入了老虎钳的卡口,痛得几乎失声惨叫。幸亏那卡口立刻松了,他知道遇见了克星,不敢得罪对方,只得强装笑脸:"哦!是兄弟您呐!请!请——咱里面用早餐去。"

"鸭舌帽"摇摇头,指指对面的那家高悬"红羊大面"招牌的面馆:"还是我请老哥吃面吧,这家的羊肉面不错。"

进了面馆,两人在僻静的雅座落座,戴老四要做的第一件事当然是退还赃物。但那人却不收,说既然老哥看上了这个钱包,兄弟自当相赠。戴老四在抗战时期类似这种把戏碰得多了，凡是合作方要找他办事，基本都是这话，所以并不吃惊，当下点头致谢，用目光询问对方要办什么事儿。"鸭舌帽"点点头，说老哥看来您倒是懂行的，兄弟我没看错人。稍一停顿，"鸭舌帽"把一个折成梅花状的纸条放到戴老四面前，说麻烦老哥把这东西放到一个朋友的口袋里。然后，说了对方的年龄、相貌，生怕戴老四分辨不清，又特地告知那个小姐在南京一度有点儿名气，名叫史红瑛。

这个名字戴老四并不陌生。像他这种职业扒手，舞厅、戏院、电影院、溜冰场等公共场所乃是经常光顾之地，当年史红瑛刚出名时，"仙乐门"生意兴隆，正是扒手作业的好机会，他曾特地去过数次，每次都有不菲的收获。只是，如今应该到哪里去找这个史红瑛呢？

"鸭舌帽"说前面尚书里不远有个室内菜场你知道吗，就去菜场转悠，她今天上午肯定会在那里出现。戴老四寻思，这活儿对于自己来说易如反掌，不过得赶早，否则去晚了万一人家已经买了菜回家去了，那明天还得跑一趟。于是匆匆吃了几口面条，起身告辞。"鸭舌帽"满意地点点头，说那个钱包里有二十来万钞票，就算是给老哥的辛苦费了。不过，这件事你必须圆满完成！戴老四说没问题，你若不放心，暗暗跟着我察看就是。

就这样，戴老四轻而易举地赚到了这笔钱钞。二十万元在当时的南京可以吃两三桌酒席，戴老四人品尽管不佳，但在江湖上总还有几个狐朋狗友，手头有了钱，就邀约了四个朋友前往秦淮河"昶盛酒家"喝酒。席间，喝多了老酒的戴老四信口胡吹，把这段事儿说了说，以显示自己"身手不凡"。

那四个狐朋狗友中有一个姓申的络腮胡子，人称"申胡子"，是个闲汉，即如今所说的无业人员。这人在失业前就经常偷自行车，现在没了工作，要吃要喝，其"工作积极性"就更高了，隔三差五出动，不获"战利品"决不收兵。元月3日上午，申胡子八点多钟就出动了。不过这天运气不佳，刚把一辆女式车偷到手，跨上去骑了要走的时候，被人抓个正着，揍了一顿之后扭送鼓楼分局。

那时，偷自行车属于"小偷小摸"，通常是派出所管，而像申胡子这种直接被群众扭送分局的，则由分局治安科管。南京解放前，申胡子运气不佳时也走过麦城，被拿下后，轻则关到晚上，中间还会让他做点儿打扫卫生、擦玻璃之类的劳役；一般的就送拘留所，关半月释放；严重的，那就要刑事拘留了。那时候拘留时间有长有短，短则三个月，长的呢，三年以上的都有，申胡子最长被拘留过五个月。

这次折进局子，申胡子的运气不太好，撞上了老关。那是个留用警察，以前对人犯很凶，南京解放后成为人民警察，态度似有改变，不那么凶狠了，可是却讲究坚持原则，落到他手里处理的人犯通常都是凶多吉少。此刻，申胡子的承办员就是老关。两人是熟人了，老关一见是申胡子，说了声"你又来啦"，伸手就从抽斗里取刑事拘留证。申胡子一看势头不对，马上大叫"关叔手下留情"。老关说要我留情也可以，你得有立功表现。申胡子情急之下，倏地想起戴老四胡吹的那段，当下也不管是真是假，立马端出来当救命稻草。老关每天阅读市局下发的《敌情通报》，知道元旦那天发生的"大德旅馆"命案，立刻制作了一份笔录送交领导。

于是，专案组的运气来了！

五、错疑好人

专案组了解上述情况后，随即派员去找戴老四。可是，打听下来却有些迷糊——戴老四竟然是个无家无口亦没登记过户籍的主儿。无家，是因为他当初那套小宅院在抗战胜利后已经被国民党政权作为敌伪财产没收了；无口，是因其虽然好色，到处拈花惹草，却没有子女，至于同时娶得的那两个过气舞女，在其入狱后早已不知去向。刑释后他无处落户，也就成为无户口户了。新中国成立初期，这种角色并不鲜见，给城市治安管理造成了不小的麻烦。后来政府想出了对策，把这些人统统收容后送去开荒种田，然后又推出了"统购统销"，从吃穿源头上控制，防止这种现象出现。

那么，眼下专案组该到哪里去找这个戴老四呢？侦查员商量下来，认为戴老四既然是职业扒手，那肯定在南京地面上的黑道中大大有名，只要找到道上人士就能打听到其下落。这个思路被事实证明是正确的，当天晚上，戴老四已经坐在专案组驻地鼓楼分局办公室里接受侦查员的调查了。

戴老四所说的情况跟申胡子交代的相同，侦查员不想白折腾一趟，盯着这主儿反复追问细节，终于问出了之前被戴老四忽略掉的一点——那个要他往史红瑛口袋里放纸条的"鸭舌帽"，当时随身带着一个红白相间的小网兜，里面装着一双四个轮子的旱冰鞋。

这是一条线索，说明"鸭舌帽"很有可能是准备去溜冰场溜早场的。江南地区不像北方那样，冬天有可供滑冰的天然冰场。以新中国成立初期的经济能力和科技水平，当然也甭想搞一处人工制造的滑冰场供人们活动。所以，只好退而求其次，用水泥铺设场地，供人们穿着底部装了四个轮子的旱冰鞋在上面转圈儿。这就不像北方那样叫"滑冰"了，而是称为"溜冰"。民国时期，溜冰场属于娱乐场所，收费比看电影贵些，尽管玩起来使人感到刺激，但也容易发生危险，轻的摔得鼻青脸肿，重的骨折也不少见，所以只有掏得出钱钞，又有空闲时间且不惧伤痛的青少年光顾，偶尔也有中年人，多是带着子女去学溜冰的。当时，溜冰场还属于比较稀有的娱乐场所，而设早场的溜冰场整个南京市只有一家——总工会的工人俱乐部。

工人俱乐部的溜冰场属于市总工会的产业，工作人员就是总工会正式编制的干部。而侦查员也是公家干部，干部遇干部，事情就好办了。接待侦查员的那位姓郭，三十多岁，人称"老郭"。他听了来意，说这个对象应该是溜冰场的老玩家了，因为他是自备溜冰鞋的。那年头儿经济状况不佳，老百姓愁吃穿的不在少数，而溜冰鞋价格不菲，能够自备溜冰鞋的只有两种人，一种是溜冰场的巡场员，另一种则是小开阔少。工人俱乐部溜冰场的巡场员是在社会上雇佣的临时工，不属干部编制。老郭说着，把巡场员小杨唤来跟侦查员见面。那是一个二十岁出头的小伙子，一看年龄就跟戴老四所说的那个"鸭舌帽"大相径庭。

不过，侦查员还是请小杨坐下，因为老郭所说的另一类溜冰者既然自备溜冰鞋，那必定是经常光顾溜冰场的，对于巡场员来说该是熟人了，可以向小杨了解一下这方面的情况。小杨果然对这些人的情况非常熟悉，几乎是不假思索地说出了一串人名或者绰号，有十七位之多，然后一一介绍了年龄、体态、相貌，却并无与"鸭舌帽"相似的对象。

元月4日，专案组再次分析案情时想到了一种可能，也许"鸭舌帽"并非是去溜早场的，而是溜午场或者下午场，他随身带着溜冰鞋，是为了先办事再溜冰。这样一来，访查的范围就扩大了，专案组全体出动，分头走访了全市五家溜冰场。这回倒是从工作人员或者巡场员那里获得了几个听上去跟"鸭舌帽"有些相似的对象，于是决定当晚带上戴老四一家家溜冰场辨认。

辨认结果：零收获！

这下，专案组诸君瞠目结舌了。没办法，还是开会吧，群策群力，必有突破。果然，议了片刻，有侦查员提出一个假设，会不会"鸭舌帽"带的那双溜冰鞋并非是他本人使用，而是给别人顺带捎一下，而"鸭舌帽"本人则是从不光顾溜冰场的？这一说，立刻产生了启示作用。侯健坤说有道理，顺着这个思路我们可以想得开阔些，比如这双溜冰鞋是否有可能是刚从旧货店或者地摊上买的旧货，诸如此类。

专案组此时正处于山穷水尽疑无路的当口儿，说得夸张些，只怕给个棒槌也当针了，再说这种推理还是符合正常逻辑的。全组侦查员跑了一天，走访各处旧货店摊，没有获得什么线索，只有侦查员宋三献说他跟摆旧货摊的老汉唠下来，人家说会不会那双冰鞋是送店铺去修理或者刚从修理店取回来？大伙儿想想，还真的不能排除这种可能，因为戴老四确实曾说过那双冰鞋是旧的，后跟蓝色牛皮帮上印着的几个英文字母都快磨没了。抱着把棒槌当针的念头，专案组决定明天继续分头调查，走访全市修理店摊。

次日中午，一干侦查员到专案组驻地碰头。侦查员宋三献在距解放路与尚书里交界路口一里多地的一条小巷口走访到一个修理杂七杂八小物件的师傅，得知那个中年师傅修理过一双旱冰鞋，鞋后跟蓝色牛皮帮上印着的几个英文字母都快磨没了。师傅说，那双冰鞋是一个姓马的医生拿去请他修理的，那是一双女式冰鞋，应该是抗战胜利后美军倾销携带来华的后勤物资时出售的。宋三献对冰鞋不是很感兴趣，他关心的是那位马医生。修理师傅说马医生住哪里不清楚，应该就在附近，因为他经常拿一些小零小碎的东西到摊头上去修理。据师傅估计，马医生应该是在鼓楼医院上班的，有一次修理师傅陪老婆去鼓楼医院看病，看见马医生骑着一辆自行车从里面出来，经过门卫室时门卫还跟其打招呼。

宋三献仔细询问这位马医生的年龄、体态，听修理师傅描述下来，还真跟那个戴鸭舌帽的主儿有些相似，而且马医生也喜欢戴鸭舌帽，有时戴黑色的，有时戴藏青的，还有一次，修理师傅看见他戴了一顶花格子薄呢的。元旦前两天，马医生拿着那双冰鞋到摊头上去修理，说好元旦上午去取，下午就要使用。元旦上午八点，马医生去摊头取了冰鞋，付了一万元钱。

于是，专案组就派人前往鼓楼医院打听是否有这样一位医生。了解下来，该院确实有这样一位眼科医生，名叫马斯理，回族，毕业于金陵大学医科，在鼓楼医院行医已有十多年，一向不问政治，没听说参加过什么组织。侦查员听下来，觉得此人并无涉案嫌疑，就决定与其当面谈谈。同时，从看守所把尚关押着的戴老四提出来，将其带往鼓楼医院悄然辨认。

马斯理来到工会办公室，听说侦查员要向他了解一些情况，竟然显出一种常人所没有的沉着冷静。一般情况下，普通人面对刑警的询问，要么紧张，要么好奇，可是，眼前这位马医生面对侦查员，其态度就仿佛坐在诊室里给病人看病一样自然。侦查员核实过其姓名、年龄、民族，又不着边际地说了些时事新闻，然后提出了第一个问题："元旦那天上午你在干什么？"

马斯理的回答是："在医院值班。"

"眼科节日也有门诊？"

"没有门诊，是医院组织的安全值班。"见侦查员不解，他又补充说，眼科节假日是不看门诊的，医院为保障节日安全，专门组织眼科、五官科、放射科等节假日不看门诊的科室医务人员日夜值班巡逻。这原是医院工勤人员的事儿，新中国成立后人民政府说劳动人民应该翻身当家作主，所以就安排医务人员来承担这活儿了。

侦查员请他具体说一说元旦那天来医院和离开医院的时间，下一个问题就提到了冰鞋。马斯理却是摇头："我没有冰鞋，也不会溜冰。"

这就奇怪了，他不是明明从修理匠那里取走了那双修好的溜冰鞋吗？为什么要否认呢？这时，办公室的门被推开了，工会副主席站在门口客气而又不无抱歉地说，市卫生局工会来电，让今天下午把一份材料整理出来后送去，资料都在这屋里，是否请您几位换个屋子去聊？

这是事先安排好的，意味着戴老四已经带到，被安排在走廊对面屋里等着马斯理出去好辨认。于是侦查员说，马医生那咱们就换间屋继续往下聊吧。马斯理对此似乎根本不在意，和两个侦查员一起出门，进了隔壁的另一个办公室。他刚刚进屋背门而坐，门上那块书本大小的透光玻璃上就按上了一只手掌，又慢慢地捏成了一个拳头。

这是跟押解戴老四的侦查员约好的暗号，表明戴老四已经认定，马斯理就是让他往史红瑛口袋里放纸条的那个"鸭舌帽"。这下，屋里跟马斯理谈话的那两个侦查员顿时来劲，也不想跟他多说啥了，直截了当问："元旦上午，你是几点到的医院？"

"大约九点前吧。"

"路上去过哪里吗？"

"路上？"马斯理仰起脸，仿佛是在努力回忆。这个动作在侦查员眼里显然有些装腔作势。接着，马斯理眨眨眼，"哦，在解放路上的一个修理摊前稍作停留，取一双修好的旱冰鞋。"

"冰鞋呢？"

马斯理心平气和地解释说："那是眼科护士长黄佩丽小姐的，取来就给她了。"

黄佩丽随即被侦查员找来接受调查，她证实那双旱冰鞋确实是她的，已经坏了几个月了。那天跟几个护士闲聊时说起找不到地方修理，太可惜了。这当口儿，马医生来查护理记录，听见后说他家附近有一个修理匠擅长修理杂七杂八的小物件，收费不贵，他可以相帮带去交此人修理。黄佩丽大喜，就把旱冰鞋从家里带来交给马医生。元旦那天上午，马医生把修理好的冰鞋拿来了，收了一万元钞票。当天下午下班后，黄佩丽就去溜冰场溜了一场，鞋修得不错，她很满意。

黄佩丽的证词应该没有问题，不过旱冰鞋跟马斯理的涉案嫌疑并无必然的关系。侦查员当然倾向于相信老扒手戴老四的辨认，便继续盯着马斯理追查。如果不是因为考虑到政府的民族政策，没准儿立刻就要将其带到分局正儿八经地讯问了。继续往下追查，那就要搞清楚马斯理元旦那天上午的每一个时间段都在哪里、干了什么、有谁证明。这下，马斯理恼火了，他提出质问："我究竟触犯了政府的什么律条，要坐在这里接受你们的审问?!"

如此，医院就不是一个合适的谈话场所了，侦查员不得不出示传唤证，将其带往分局。那时候办案流行粗线条，别说传唤了，就是拘捕，不出示书面手续也是司空见惯的现象。不过，专案组顾问侯健坤性格比较谨慎，侦查员过来之前，他特地叮嘱带上空白传唤证，这会儿正好用上了——毕竟马斯理是少数民族知识分子，在医界多少有些小名气，还真不便照"常规"行事。

马斯理进了分局，干脆一言不发了，坐在那里，目光冷冷地看着侦查员——万事不开口，神仙难下手。看你们拿我怎么办！侦查员正商量对策时，专案组长齐明德和顾问侯健坤过来了，听了简短汇报，齐明德微微皱眉，对侯健坤道："我觉得这情况听下来似乎哪里有点儿不对头。"

侯健坤也有同感，稍一沉思说："先去问一下戴老四，他在早点铺掏那个'鸭舌帽'的钱包大约是什么时候？"

马斯理被带到分局后片刻工夫，戴老四也被押过来了，问话倒很方便。这一问，侦查员发现还真有疑问——时间不对！据戴老四说，他在对"鸭舌帽"下手行窃前，马路对面电线杆上装着的那个高音喇叭里刚传出"嘟嘟嘟"的报时声，电台播音员播报说："刚才最后一响，北京时间九点整。"这说明他接受"鸭舌帽"的任务应该是在九点以后。而据对医院元旦那天与马斯理一起值班的护士长黄佩丽等人的调查，马在九点前已经抵达医院了。这么说来，戴老四在早点铺前遇见的"鸭舌帽"应该不是马斯理呀！

齐明德立刻下令："叫戴老四重新辨认！"

戴老四第二次辨认下来，否定了之前的结论。专案组意识到弄错了，立刻放人，当然还得赔礼道歉。马斯理倒也好说话，表示理解，还抱怨自己运气不好。为消除此举可能对马医生造成的舆论方面的不利，也为表示警方道歉的诚意，专案组长齐明德亲自驾车把马医生送回医院。

马斯理离开后，侦查员们看着戴老四，气不打一处来，说这戴老四还有脸声称自己是"妙手真人"的入室弟子哩，活了这么一把年纪，按说早该练就一双火眼金睛，没料想简直是有眼无珠，当面认人还出了差错，差点儿让咱们犯错误！

六、船厂老板

线索断了，只好重新研究如何往下侦查。元月6日，专案组再次开会讨论该从哪个方向寻找切入点。开了半天会，最后决定从被害人史红瑛生前准备举行的"元旦晚宴"着手。专案组发现了一个之前被疏忽了的细节——据戴老四交代的情况，那个"鸭舌帽"之所以指派他去菜场往史红瑛的衣袋里放纸条，应是知晓史红瑛这天晚上要请客的信息，所以认定她上午会去菜场买菜。那么，大伙儿认为就有必要了解"元旦晚宴"是怎么回事，以及她准备邀请哪些人赴宴。

史红瑛是苏北宝应人，早年来南京谋生，不意成了一度颇有名气的红舞女，抗战胜利后又成为"仙乐门舞厅"的股东之一。这在其苏北老家来说，也算得上是一桩新闻了，她也因此成了当地名人。史红瑛当初只身赴宁，乃是因为家乡遭灾，全家老小除她之外皆死于瘟疫，迫不得已才背井离乡。离家时，一干亲戚自顾不暇，哪有工夫关照她？后来她发迹了，亲戚这才来南京巴结，抗战胜利后，还利用重建祠堂的机会请史红瑛回乡参加庆典。和老家再次建立了联系，就有亲戚前来南京投奔，史红瑛接纳了其伯父夫妇和已故叔父那一支的一个堂兄一家，替他们找了工作、租了房子，并通过关系落了户口，成为正式的"首都居民"。都在南京，来往也就多了，她和伯父、堂兄平时经常走动，节假日则必会相聚。

上述情况，是史红瑛生前跟邻居闲聊时透露的，邻居也多次看见过说话带着明显苏北口音的亲戚来她这边做客。史红瑛出事那天下午，这些亲戚前来赴宴，得知噩耗，无不哭得昏天黑地。然后就去派出所，要求对已被贴上封条的史红瑛住所启封，让他们清点财物，以便继承财产。派出所民警让他们留下住址和联系方式，说结案后会通知他们前来处置的，现场遗留的史红瑛从菜场买的那篮子鱼肉蔬菜倒是让他们带走了。不过，也幸亏有这么一番折腾，否则此刻专案组想找那些亲戚调查情况，还真不知道该去哪里找哩。

专案组派出两路侦查员，周永贵、徐冬生负责对史红瑛的伯父伯母史名纲、姜氏进行调查。他们先去了管段派出所，了解下来的关于那对夫妇抗战胜利后的落户情况跟史红瑛向邻居透露的一致。关于元旦晚上的聚会，夫妇俩说，那是冬至那天他们在家设席祭祀祖宗顺便亲戚相聚时，史红瑛跟他们和其堂兄说定了的。那么，当时是否听说过史红瑛还邀请了其他人参加呢？史名纲夫妇都摇头。再问平时是否听史红瑛说起过她跟什么人有交往等情况，那两口子也是一概不知。

另一路向史红瑛的堂兄史正道夫妇调查的是侦查员郑福厚、蒋天飞，与前一路一样，也未能调查到有价值的线索。

这下，专案组诸君都有一种"傻了"的感觉，往下该怎么查呢？大家议来议去，总觉得向史红瑛的亲戚了解情况这条路尚未走完，应该继续往下走。尽管两路侦查员之前的调查结果好似"此路不通"，但一干侦查员都觉得不甘心。这时，专案组顾问侯健坤提出了一个建议，是否可以考虑把史红瑛的这些亲戚不分男女老幼统统召集来开一个座谈会，请他们畅所欲言，凡是跟史红瑛有关的事儿，不论大小详简，都谈一谈。也许，与案情相关的蛛丝马迹就隐藏其中。

这个建议得到了大伙儿的赞同。专案组长齐明德马上向领导打报告，要求批两万元钞票，买些糖果、花生、瓜子、纸烟，把座谈会搞成茶话会的形式，气氛轻松些，大家无拘无束，才可能达到预期的效果；至于水果，那就免了，那时冬天水果稀少，价格奇高，估计写上去也会被领导划掉。

元月7日下午，专案组借用区文化馆的会议室召开了这个别具一格的座谈会。这个会从下午一点半开到五点，进行了三个半小时。尽管与会亲戚谈了许多史红瑛的情况，但都是生活琐事，诸如饮食嗜好、穿着打扮、性格特点之类，于破案没什么价值，这使全体侦查员很是失望，但又不能表现出来。就在会议快结束的时候，终于出现了一道曙光！

史红瑛的堂兄史正道有子女各一，女儿史晓洁十二岁，上小学五年级。可能受遗传影响，这个小姑娘的外貌、身形甚至性格都酷似姑姑，史红瑛特别喜欢她，经常买些零食或衣服相赠。史晓洁呢，跟姑姑也很亲，隔一段日子没见史红瑛就想念，星期天不上学的时候常去尚书里看姑姑。12月中旬的那个星期日下午，史晓洁又去看姑姑。那时的通信条件当然不可能提前联系，每次小姑娘过去都是不速之客，有时难免吃空门。这回也是这样,跑到尚书里一看,姑姑不在,在门口等了片刻,不见姑姑回来,只好悻悻而归。

走到尚书里解放路口时,只见一辆黑色轿车驶至马路对面烟纸店门前停下,从车上下来两个人,其中之一就是史红瑛!史晓洁大喜,拔腿就往马路对面跑,行至一半的时候,她看见了车里下来的另一个人——那是一个四十来岁的胖男人,西装革履,外罩米色呢质夹风衣,头戴浅蓝色礼帽,鼻梁上架着一副褐色宽边眼镜,双手握着姑姑的右手,满脸堆笑,嘴里说着什么,但因为过往车辆鸣着喇叭,没有听清。史红瑛说话的时候,小姑娘已经走近,这回是听清了的,史红瑛说:"那就这样吧,衣(伊)先生,再见!"

不过,史晓洁无法确定史红瑛说的是"衣"还是"伊",因为她知道《百家姓》里这两个姓都有。

史晓洁提供的这个情况,被专案组认为是这次座谈会上获得的唯一可能值得追查下去的线头。自从案发伊始,侦查员就向"仙乐门"方面详细调查过史红瑛的社会交往情况,而且不止一次两次,可是没有任何收获。像史红瑛这样一个舞女,社会交际面当然很广,不过,自从她从重庆返回南京成为"仙乐门"股东后,尽管还在舞厅伴舞,但在社交方面却跟寻常舞女不同,跟她在抗战前的舞女生涯也不同。她对所有舞客都热情备至,没有寻常舞女的那种职业性的厚此薄彼的势利,也不接受任何人的追捧,因此,"仙乐门"自老板、账房到舞女、杂役,都无法向警方提供任何可以作为嫌疑对象的舞客,专案组也很早就放弃了企图从"仙乐门"获得线索的努力。现在,史晓洁小朋友所说的那位"衣(伊)先生"给侦查员带来了希望。

侦查员之前向"仙乐门"的人员进行调查时,那些人谁都没提到过有"衣(伊)先生"这样一个中年胖男,说明这人从未光顾过"仙乐门"。那年头儿经济条件差，大腹便便的主儿罕见，如果有这样一个外形醒目的家伙去舞厅跳舞，别说舞女了，就是其他舞客只怕也会议论纷纷。所以，这位"衣（伊）先生"应该是史红瑛舞女生涯之外的另一类交往对象。专案组此刻最需要寻找的就是这种人，退一步说，即便这位"衣（伊）先生"跟敌特分子没有关系，但他能跟史红瑛交往到在马路上众目睽睽之下双手紧握不放的程度，就不能用"一般朋友"来形容了。他很有可能向专案组提供有价值的情况。

可是，如何找到此人呢？侦查员们认为有两个方式可以一试：一是通过全市派出所查此人的户籍，此人不是姓衣，就是姓伊，这两个姓氏都很少见，再加上"中年男性"、"肥胖"、"有轿车"这几个特征，查找范围就缩小了，花点儿工夫，总能找出这个家伙的。另一个方式是先不查人，而是单单盯着他那辆黑色轿车查摸。可以从市局交通处调出全市所有上牌照的黑色轿车所属的品牌，把这些品牌的汽车照片拿去请史晓洁辨认，然后盯着这种品牌的黑色轿车排查。采用这种方式排查的好处是便捷、快速，因为当时南京市的轿车本就不多，比较容易查到车主。大家讨论下来，决定采用后一种方式进行排查。

于是，先把史晓洁请到分局，让她辨认轿车照片。她仔细辨认了一阵，指着一张"福特1940"的照片说："好像跟这辆有点儿像。"

专案组派员前往市局交通处查找"福特"轿车的公私车辆登记档案，一共有三十一辆，其中公车有十四辆，先放在一旁；其余的十七辆私车中，有一辆的车主名字就叫衣世运。再看底卡上的那张照片，确实属于肥头大耳一类，于是侦查员断定：就是此人！

专案组随即对衣世运进行了外围调查。衣世运又名衣西阳，四十岁，江苏镇江人，南京"西阳修船厂"老板，1930年参加青帮，抗战前成为帮会骨干。江湖上传称，此人颇讲义气，乐于帮助朋友。不过，因其遵循"百善孝为先"的传统，对其母甚为孝顺，跟着老母笃信佛教，凡是帮会械斗他一概不参加，也禁止其弟子以及船厂员工斗殴。他在帮会之间所起的作用是调解矛盾，对帮会所作的贡献则是在必要时捐款捐物。

全面抗战爆发后，其船厂被国民党政权临时征用，不知出于何故，他扔下厂子上了清凉山，以居士身份居于清凉寺，一住三年，足不出寺。待到他重新出现在南京街头时，石头城已是日伪统治，船厂被汉奸殷老三占有，专为日伪修造军用船只。殷老三也是青帮中人，辈分比衣世运低，闻知衣世运出关下山，便前往衣宅相请，称愿意交还船厂。对此，衣世运自始至终置若罔闻，不予搭理。然后，衣世运置办了一副糕团担子，每天自制糕团，挑着上街摇铃兜售，靠着这些微薄的利润养家糊口。日本宪兵队鉴于衣世运在青帮中的影响，很想让他替日伪效力，曾数次指派汉奸甚至日本军官直接出面，登门劝说衣世运出任伪职，均遭衣世运拒绝。

抗战胜利后，国民党政权还都南京，各路接收人员争抢敌伪资产，中饱私囊，被老百姓称为"劫收"，可是，却没人动"西阳修船厂"，国民政府原封不动将船厂连同日伪留下的正在修造的船只和仓库内的零部件、原材料一并发还给衣世运。衣世运大模大样一一笑纳，别说请客送礼了，连"谢"字也没说一声。此举使人大跌眼镜，都不知衣世运这个怪人是什么路数。之后，衣世运重新经营船厂，盈利不菲。转眼几年过去，南京解放，对政治敏感的那些人都认为这下衣世运是逃不了被共产党执掌的新政权问罪了，因为他既是青帮骨干，又跟国民党政权有说不清道不明的瓜葛，正是人民政府要追究的对象。可是，再次令人大跌眼镜的情形出现了，人民政府竟然没动衣世运，也没见有干部找过这个修船厂老板，他还是一如既往该干啥干啥。

1933年，衣世运娶浦口"仁义米行"老板之女王氏为妻，一直未有生育。王氏在1937年12月南京失陷时逃难去了武汉，1940年底，衣世运从清凉山下来后，将其接回南京。这时，衣世运的岳丈在浦口的米行早已毁于兵火，儿子儿媳也被日寇所杀，王老板中风半残，与老伴相依为命惨淡度日。衣世运遂让妻子把老两口接到家中同住，生活开支全靠他卖糕团维持。抗战胜利后，衣世运收回了船厂，岳父岳母却双双病殁。1947年，衣世运的妻子王氏也死于肺结核。衣世运至今未娶，过着单身生活。

负责调查的侦查员把上述一应情况向专案组汇报后，侯健坤、齐明德两人马上敏感地意识到，这个衣老板以前有可能系中共地下情报人员，或者是曾为中共地下工作出过力、立过功的人，再往下推断，目前有可能还在从事秘密工作。这种对象是不可贸然接触的，否则有可能会坏了他正在执行的使命。如此，专案组就决定把情况上报领导，请示是否可以对衣世运做进一步的调查。

领导当天就作出了答复，大意是，衣世运在1940年至1949年4月南京解放前系我地下情报组织的"运用关系"，冒着生命危险为人民解放事业做过一些事，故对其帮会身份不予追究；对其关系运用到南京解放前夕已经停止，如果专案组需要对其开展调查，可以进行，但考虑到日后万一仍需运用该关系的可能，建议最好在秘密状态下进行调查。

元月9日下午，专案组组长齐明德、副组长康杰民和侦查员郑福厚、徐冬生请南京市船舶修理行业协会出面，以北京交通部业务调查员的名义约见衣世运。见面后，侦查员亮明身份，衣世运微微叹了一口气："唉——是为史红瑛之事吧？"

"衣先生已经知道史红瑛的事儿了？"

衣世运点头："是的。"

"我们想听您谈谈跟史红瑛相识和交往的情况。"

据衣世运说，他跟史红瑛相识不久，不过两个多月时间。之前，衣世运是青帮中人，对于社会新闻比较敏感，自然知道孔二小姐大闹"仙乐门"之事，对史红瑛也略有耳闻。不过，衣世运是出了名的孝子，而其母出身书香门第，讲究传统，自幼对他灌输的那一套当然是看不起舞女的，他出道后也从来不涉足妓院、舞厅、烟馆等场所。所以，对史红瑛不过是只闻其名，不识其人。他从来没有想过自己有一天会迷上史红瑛，甚至想让她嫁给自己作填房。

去年10月下旬的一个周末之晚，衣世运参加一个好友的生日派对时偶然结识了史红瑛。当时，几乎所有男女宾客都下场跳舞去了，衣世运不会跳舞，缩在角落里喝咖啡。史红瑛呢，也没去跳，而且正好坐在邻座。两人也不知是谁先开的口，反正搭上了话。话题是史红瑛提起的。当时有一则比较轰动的新闻，一对夫妻联手要把丈夫的六旬老母赶出家门，经报纸一报道，引发了一场全社会的大讨论。史红瑛是站在老母亲一边的，对儿子儿媳进行了强烈谴责。这种观点自然与自幼接受传统教育的衣世运相符，两人由此谈得很是投机。派对结束后，史红瑛向衣世运索要了联系方式。

两人渐渐开始交往，衣世运这才得知史红瑛原来是舞女。不过，他觉得这个舞女跟其以往印象中的舞女有所不同，不但很有思想，而且每每跟他的想法合拍。史红瑛则向他透露说，她已经准备离开"仙乐门"，跳出这个行当，另外去找一份工作。衣世运便邀请她去"西阳修船厂"，说可以安排她担任庶务科副科长，凭其能力完全能够胜任。史红瑛说要考虑一下再作决定。这段时间，两人接触甚多，产生了感情，但双方都未挑明。衣世运正准备找一个合适的时机向其吐露真情，不料却传来了噩耗。

侦查员听到这里，互相交换眼色，他们不约而同想到了一个问题——史红瑛出殡时，怎么没见到衣世运出现？按说既然已经产生了感情，那就该去送她最后一程呀！于是，就提出了这个问题。衣世运稍一愣怔，脸上显出复杂的神情。

他说他原本是想去送史红瑛的，可是就在将要出门时接到一个电话，对方要求他不必去出殡现场，也不要去史红瑛的原住所，总之，史红瑛人已死，你衣老板再怎么想她也没用了，就不要出现在她的熟人面前了。衣世运是青帮出身，别看胖得像一尊弥勒佛，性格却是外圆内方，否则当年日伪政权费尽心思企图拉他下水时他也不会始终不为所动。再加上因史红瑛的猝死心情大坏，当下就对着话筒吼道："你他妈的是谁，敢在老子面前这么说？是不想好好过日子了吗？"

对方轻声回答："衣老板，我看不想好好过日子的是你。不信？好……"

衣老板不信邪，挂断电话就下楼了。出了厂部楼房，来到轿车前时，他却大吃一惊！

七、一个意外

衣世运喜欢驾驶汽车，虽然雇有司机，但平时除非有应酬需要喝酒的场合，一般都是自己驾驶。这天他照例自己开车，刚刚来到车前，正要开门，隔着车窗玻璃，他看到方向盘上用细麻绳吊着一颗手榴弹！

当时，民间对于发现军火——哪怕是炸弹，也不会特别惊奇。尤其是经历多次战火洗礼的南京居民，更是见惯了枪炮弹药，散落于民间的多着哩。民国时，人们遇到这种情形通常不会报警。南京解放后，政府收缴武器弹药，还大力宣传发现武器弹药要报告派出所，人们才有了这种意识。不过，衣世运此刻却不想报警，因为他经营着船厂，这种情况一旦张扬出去，肯定于往下的生意有影响——谁愿意跟一个随时会被手榴弹炸死的修船厂老板洽谈业务呢？所以，衣世运采取的措施是把正在楼梯间打盹儿的司机唤醒，让他去车间找一个当过工兵的工人来排除"故障"。

手榴弹很快从方向盘上卸下，那工人说后盖没打开，估计如此放置仅仅是吓唬一下，并不是真的要老板的性命。衣世运寻思头回吓唬，下一回只怕就动真格的了，想想多一事不如少一事，就不敢去参加史红瑛的葬礼了。

那么，对方是怎么混进船厂往车里放的手榴弹呢？这个问题衣世运也想过。船厂的主要业务是修船，常年有各种大大小小的船舶停在码头、船坞，如果是船只大修，船主把船交给船厂后可以百事不管，全船人一走了之，如果是一般修理，船主都要留下船员看管船只、监督维修、随时与厂方沟通。即使是大修的船只，船主自己或者其指派的代表时不时也会来现场察看维修情况，了解进度。因此，船厂每天从早到晚进进出出的非本厂人员不少。如果要求门卫把船厂大门当监狱那样严密看守，对每个进出者都严格盘查，这当然可以做到，但船厂的生意只怕就一落千丈了。

一般来说，每家船厂的门禁都是很宽松的，只要出去的人不把厂里的物资捎带上，就不会被拦下盘问。在车里放置手榴弹的人肯定是受那个打电话的家伙指使采取的行动，估计就躲在船厂附近甚至某条船里，接到指令即刻行动，往方向盘上拴一样东西不过是举手之劳。至于是如何打开车门的，衣世运问过司机。司机说，他刚才把车窗打开通风透气，一直没有关上。

基于那个"不便张扬"的念头，衣世运就没有往下追查。至于那颗手榴弹，倒是留了下来，放在办公室写字台的抽斗里。后来专案组把手榴弹带到驻地，经检查，那是一颗抗战年代由巩县兵工厂生产的军用手榴弹。送往市局作技术鉴定，未能获取放置者的指纹。

当天，根据市局领导的指示，专案组对衣世运采取"保护性拘留"的措施。衣世运被侦查员带到市局看守所，但没关进监房，而是在监区以外的区域腾出间空屋供其临时下榻，伙食也不吃监区伙房的，更不让船厂或者亲友送，而是由侦查员给他出去买外卖。不过，那时公安局经费紧张，钱钞是衣老板自己掏的。衣世运由此意识到，史红瑛之死的背景颇为复杂，即便自己不想卷入，也难以置身事外。当晚，他辗转难眠。正好，专案组长齐明德和顾问侯健坤前来看守所给他送茶叶，三个人就在那间简陋的屋子里聊了起来。

齐明德和侯健坤跟衣世运探讨了一个衣世运自己也弄不懂，却和专案组一样感兴趣的问题：那个给他打电话的家伙之所以阻止他参加史红瑛的出殡，是生怕公安局方面知道史红瑛的交际圈里有衣世运这么一个人，那么，他为什么害怕公安局发觉衣与史有交往呢？看来只有一种解释——衣世运掌握了史红瑛的什么秘密！

可是，衣世运想来想去也没想明白，自己跟史红瑛的交往中并未发现过史红瑛有什么不可告人的秘密。侯健坤说，衣先生您不必焦虑，今晚好好回忆一下跟史红瑛这段交往的方方面面，每一件事、每一句话，或许会有收获的。

衣世运想了两夜一天，这段时间，专案组又是开会分析又是围绕衣世运的平时活动情况进行紧张的调查，并未发现任何与史红瑛被害有关的疑点。一干侦查员正怀疑是不是又"山穷水尽疑无路"了，1月11日，市看守所来电说衣世运要求跟侯健坤、齐明德二同志再聊聊。齐明德放下电话，马上断言："看来衣老板回忆起有价值的线索了！"

衣世运确实想起了一桩他觉得不一定可疑但又有点儿让他想不通的事儿——

他跟史红瑛相识不久，有一次相约去"朝天宫饭店"品尝大闸蟹。那时的饭馆少有预约，他们去得晚了些，只好在二楼最差的一副座头上落座。那是一副四人座头，面对楼梯口，人来人往净打照面，别说席间有什么亲昵举止了，就是说话也不大方便。衣世运、史红瑛坐在那里正吃喝，忽然听见楼下传来跑堂的脆声吆喝："哦——曹三爷您来啦，那班弟兄已经等候许久，催问了好几次。您楼上请，3号包房，主座给您留着呢！"

那个曹三爷"呵呵"连声，沙哑着嗓子道："是老幺啊，一会儿劳你关照贵东来一趟包房，我有事跟他说。"

令衣世运惊讶的事情就是这时发生的。那位曹三爷一吭声，史红瑛神色倏变，突然起身，抓起一旁的坤包就往另一侧窗口角落的那面大镜子走去，站在那里补妆。直到那姓曹的上了楼，进了3号包房，这才返回，对衣世运说她身子忽然不适，先行告辞了。说着，也不等衣世运反应，转身下楼了！

衣世运说完这些情况，问道："侯同志，齐同志，您二位说说，这算得上是一桩奇怪的事儿吗？"

专案组经过讨论，认为那个曹三爷跟史红瑛之间可能有什么事儿，但不能肯定必是与本案相关的情节。不过，还是有调查的必要。好在这个姓曹的主儿容易查，他跟"朝天宫"老板熟识，去找饭馆老板就能打听到这个人。

次日，侦查员周永贵、宋三献、蒋天飞三人前往"朝天宫"找老板闵一行调查。闵老板说跟曹三爷熟识，曹是南京地面上的国术高手，太极拳、形意拳、八卦掌的行家，还是气功专家，医治跌打损伤颇有一套，虽然不以伤科医生为业，但找其疗伤的人经常得排队预约。至于其他，闵老板就没啥可说的了，他跟曹三爷不过就是馆子和食客的关系，对曹的了解仅此而已。不过，"朝天宫"有个跑堂的知道曹三爷家住何处，侦查员便前往曹宅所在的管段派出所了解。

派出所方面介绍说，曹三爷名叫曹惕吟，确是南京地面上的武术行家。此人年轻时曾是北洋军阀吴佩孚部队的国术教官，不过并非军队编制，属于部队雇佣的技术人员。后来，吴佩孚倒台下野，曹惕吟就回了南京老家，以开油酱店为生，兼带治伤接骨，收入不菲，日子过得很滋润。这倒为其在南京解放后的"历史清白"之说帮了忙，他没遵照市军管会的命令前往公安局登记旧军官身份，不久民警登门查问，他出示的吴佩孚的聘书上写的是"民间武师"，而不是军官。那相当于给旧军队打工，根据政策就没将其划入内控对象名单。

那么，曹惕吟跟国民党特务组织是否有关系呢？派出所民警说，像曹这样的人，在旧社会肯定结交三教九流，跟"军统"、"中统"不会不打交道，不过要说他是否参与特务组织的活动，为非作歹，那到目前为止派出所还未接到过群众检举。所以，这话不好说。

侦查员商量下来，决定把曹惕吟传唤到派出所当面接触一下，跟他聊聊再说。哪知，开口跟民警一说，民警说他已经去香港了。侦查员一怔，问是几时去的。民警翻了记事本，说去年12月中旬就去了，是去香港女儿处探亲的，至少三个月后才能回来。

如此一来，不管此人跟史红瑛是否存在某种神秘关系，专案组在曹惕吟身上是做不成文章了，只好另外设法进行调查。好在齐明德、侯健坤两位这两天一直在商议，已经备好了后手——

在他们两人看来，衣世运所说的史红瑛跟他最初相识的情形似乎显得有些突兀。那天，衣世运去参加一位世交友人的生日派对。那人名叫杨锦国，是美国归侨。杨锦国祖籍南京，出生在檀香山，其祖父、父亲与衣世运的祖父、父亲是两代挚友。杨锦国与衣世运同岁，少年时曾在南京度过十个年头儿，就住在衣家，与衣世运一起上学、玩耍，相处得跟嫡亲兄弟一样。后来，杨再次去了美国，在那里读了大学，毕业后做了一名医生。这时，杨锦国的父亲已经病逝，他便自立门户，在纽约开了一家私人诊所，经营得还不错。

抗战胜利后，杨锦国接到国内来函，说他的修女姑妈去世，留下遗嘱让他继承财产。姑妈年轻时嫁了个在上海法租界开五金行的法国老板，1937年"八一三"淞沪会战，在从南京至上海途中，其驾驶的汽车被日本海军航空队战机误认为是国民党某个要员的座驾，一阵轰炸扫射，当场一命呜呼。姑妈痛不欲生，去修道院做了修女。十年后病危时，约见律师，留下遗嘱，将其亡夫的财产全部赠与杨锦国。

杨锦国带着其美国妻子和一对混血子女回国，继承遗产后买了房产，开了家专为高等阶层提供医疗保健服务的小医院。其间，杨锦国得到了在南京各界都颇兜得转的衣世运的大力相助，两人的来往也十分频繁。1949年10月28日，是杨锦国四十岁生日。他按照西方习俗，邀请一些朋友参加了在中央饭店举行的生日派对。衣世运自然是受邀者之一，尽管他那天正被痛风折腾得苦不堪言，但还是出席了。他原本就不会跳舞，此刻连走路都有些费劲，自然不会下场。结果，就跟也没下场跳舞的史红瑛认识了。至于史红瑛为何要跟衣世运搭识，而且自此之后两人关系迅速升温，衣世运至今也弄不明白。

在侯健坤、齐明德两人想来，史红瑛此举肯定是有原因的。这个原因衣世运说不出，那么他的哥们儿杨锦国是否说得出呢？生日派对是杨锦国主办的，史红瑛也应该是杨邀请的，她跟杨医生又是什么关系呢？

专案组指派侦查员前往医院走访了杨锦国。这位海归大夫闻听后竟是一脸的惊诧，说他根本不认识史红瑛其人！杨锦国回国已经三年，但还是保持着在西方形成的处世严谨的习惯，说着拿出了邀请名单、购买请柬的票据以及来宾的签到本。受到邀请的来宾一共有三十人，全部出席，也都签了到。这就是说，史红瑛是悄悄混进来的。她为何要混进来呢？看来她是想结识衣世运。可她又是从哪里获得杨锦国将举行生日派对并且必定会邀请衣世运的消息的呢？

元月13日下午，侯健坤、齐明德在专案组举行的案情分析会上端出了这个"后手"，众人对此产生了兴趣，认为有必要盯着这条线索往下追查。这时市局来了个电话，这个电话让侦查员们又惊又喜——那个往衣世运的轿车里放置手榴弹的家伙被船厂工人抓住了，已经扭送市局！

立功的是衣世运的司机姜钰民。这是一个二十五岁的小伙子，祖籍重庆，生于江宁，是衣世运的邻居。若说个人历史，小伙子有点儿不那么清白——他在抗战时随父母逃难去了重庆老家。他家经济状况还不错，而他也不笨，在重庆读完初中后又考上了高中，1944年上高三时，响应蒋介石发出的"十万青年十万兵"组建"青年军"的呼吁，投笔从戎，报名参军。部队分派他当了一名汽车兵，这在当时算是个洋差。抗战胜利后，姜钰民退伍回到南京。正好邻居衣世运收回了修船厂，弄到了一辆美国"福特"，需要聘用一个可靠的人当司机，姜钰民便顶了这个缺。

给衣世运开车可能是私家车司机行业中最舒服的差使，不但薪水可观，而且出车时间很少，因为衣世运喜欢自己开车。通常姜钰民上班后的事儿除了擦洗"福特"，就是待在衣世运让人以楼梯间改建的司机专用休息室里抽烟喝茶、看书读报，或者听收音机。而史红瑛出殡那天，姜钰民却觉得自己失了职——有人竟然在离他的休息室直线距离不过十来米的那辆汽车的方向盘上吊了一颗手榴弹！这件事发生后，尽管衣世运自始至终没说他一言半语，也没给过他哪怕一丁点儿脸色看，可是，他依然觉得很没面子，于是就憋着一股劲儿要把这件事查个水落石出。

姜钰民对此事作了分析，认为放置手榴弹的家伙肯定是本厂人员，否则，时间不可能掐得那么准。他悄悄联络了几个哥们儿，让他们不露声色地替他查摸。姜钰民是老板的司机，平时做人行事又豪爽，颇有一些朋友。别看这些人连同姜钰民在内谁也没学过刑事侦查，连侦探小说看得也不多，可是经过他们连日密查，最后竟然查出一个名叫陆金典的油漆工那天在那个时段曾在现场出现过。就在专案组开会讨论案情的时候，姜钰民叫了几个弟兄在厂门口堵住了正要下班的陆金典，将其诱骗到厂里的地下室，私设公堂，当场逼问。陆金典当然不承认，挨了几下拳脚，就跪地求饶乖乖招供，接着就被扭送到公安局。

专案组对陆金典进行了讯问，他承认自己是"保密局"在逃离南京前发展的潜伏特务，属"国防部保密局南京市第二交通站"领导，其上线就是史红瑛；史红瑛死后，由另一名叫"老铁"的男子担任其上线。在衣世运的轿车内放置手榴弹，就是"老铁"指令他做的。那天，老铁来船厂跟他见面，交给他一颗手榴弹，嘱咐他说，如果十分钟内他"老铁"没有骑车出现在厂部大楼旁边的那条通道上，就把这玩意儿拴到衣世运轿车的方向盘上。稍后，他就依言行事。

按说陆金典不应该知道"老铁"住在哪里，可是，贪婪的陆金典担心"老铁"不按时发给他活动经费，就在一次"老铁"约其见面递送情报后，让其妻周梅花悄然尾随。"老铁"哪里料到还有这一招儿，结果就把自己的住址暴露了。此刻，倒是给专案组提供了方便，当晚，"老铁"（真名叫华昀）落网。连夜讯问，"老铁"供出了其掌握的三个联络对象。那三个特务落网后，又供出了各自的上下线。结果，两天

· 105 ·

内，"国防部保密局南京市第二交通站"的十二名成员悉数落网。

至此，史红瑛被害案终于真相大白——

史红瑛在重庆时就已加入"军统"，抗战胜利回南京后"复员"，南京解放前夕应已由"军统"改组的"保密局"之召"归队"，担任"第二交通站"书记（在交通站中的位置仅次于站长）。"保密局"考虑到史红瑛的舞女身份，还指令其在需要时兼任交通员，她的上线即是站长朱远铎，下线是陆金典。按照规定，史红瑛每周日须向朱远铎报告其下周的个人活动安排，以便在需要动用她那条线的时候能够及时传递情报。

12月25日星期日，史红瑛照例发出"下周无活动安排"的暗号。本来，需要动用史红瑛的时候一月也难得有一次，她即使临时有事没去舞厅，也能蒙混过去。可是，12月31日晚上，朱远铎却接到一份急件需要连夜递送，而且，这份急件的接收方只有史红瑛才知道。这是"保密局"为防止出事而制定的安全措施，即站长和书记各自掌握一部分秘密联络点，不互相通气，所以，这份急件只能由史红瑛本人递送。朱远铎化装成舞客前往"仙乐门"，哪知史红瑛竟然没去上班。他一直等到十点过后方才离开，又去尚书里史红瑛的住所，也未见其人。离开时，朱远铎惊慌地发现那份急件竟然丢失了！回忆下来，他断定遗落在舞厅里，当晚便临时客串一回小偷，施出当初在特训班学得的本领，下半夜潜入舞厅寻找，却没找到。

这是一桩重大事故，情急之下，朱远铎于元旦清晨召集手下特务梁纲、鲁友余商量对策，认为舞厅方面肯定已经发现了那份急件，是否破译还不知道，但必须当作已被破译来处理，为安全起见，必须干掉史红瑛，以斩断公安的调查触角。于是，朱远铎指令梁纲物色对象向史红瑛递送前往"大德旅馆"的指令，鲁友余则负责在旁监视，看那对象是否确实把指令传递给史红瑛了。之所以不让梁、鲁直接跟史红瑛接触，是担心此时史红瑛可能已被公安盯上，传递指令时容易暴露。史红瑛收到指令后，果然前往旅馆与朱远铎见面，而朱则事先在旅馆房间的茶叶里下了毒药，致使史红瑛中毒身亡。

史红瑛与衣世运的接触，朱远铎是知道的，但这并非系他指使，而是台湾"保密局"直接向史红瑛下达的"组织使命"。至于使命的内容是什么，他并不知情。史红瑛死后，台湾方面给他发来密电，他奉命行事，才有了后来恐吓衣世运这出戏。朱远铎估计，此举是为了防止衣世运进入公安的侦查视线，以免台湾"保密局"的行动目标暴露。不过，"保密局"的行动目标到底是什么，因为史红瑛已死，而根据"组织纪律"朱远铎也无权过问，就再也没有人知道了。

1950年4月29日，"国防部保密局南京市第二交通站"的十二名成员被南京市军管会分别判处死刑、无期徒刑和有期徒刑。

上海滩枪案

一、酒楼斗殴

1952年9月20日,中共上海市委、上海市人民政府接到中央指示,蒙古人民共和国部长会议主席泽登巴尔将于10月8日到10日访问上海。中央要求上海市委、市政府配合三周年国庆,做好多方面的工作,向外国来宾展示上海滩的新面貌、新风尚。次日上午,上海警方获得一条情报,北四川区有人准备于近日进行涉枪械斗……

这条情报是上海市人民政府公安局(1955年5月易名上海市公安

局）下辖的北四川分局刑侦队最先获得的。消息刚汇报到分局领导那里，市局刑侦处通过他们掌握的渠道也获得了同样内容的情报。分局领导尚在安排如何对这一情报进行核实，市局副局长杨光池已经来电询问情况了，要求迅速立案侦查，限期十天内破案，确保泽登巴尔访沪时的安全。

杨光池下达命令后，想想还不放心，随即指令市局刑侦处速派两名经验丰富的刑警前往北四川分局协助处置该案，并将侦查工作进展情况每天向市局刑侦处报告一次。

市局刑警贾顺山、罗宝鼎赶到北四川分局时，分局已经核实了这条情报，正抽调力量组建专案组。分局领导请贾、罗两人中的一位担任专案组长，那二位却说，市局派他们过来时并无这一说法，因此，他俩只是协助分局调查案件，分局领导也就不好勉强。当时分局刑侦队的警力比较紧张，但还是抽调了五名刑警参加该案侦查工作，由刑侦队副队长阮敏煌担任组长，不设副组长。

当天午前，专案组开会商讨案情。这条情报是北四川分局下辖的横浜桥派出所户籍警程庆生下里弄例行了解治安情况时，无意间听说的——

横浜桥派出所管段内有一个名叫金迎成的青年，9月12日刚刚从当时位于上海市西郊的上海市人民法院监狱北新泾劳改农场（今北新泾监狱）刑满释放。金迎成其时不过二十三岁，但在解放前夕的上海滩黑道小有名气。此人祖籍浙江宁波，出身于上海滩一个资本家家庭，其父金必丰拥有两家工厂、三家商铺。金迎成是家里的独子，也是沪东地区纨绔子弟中的著名人物。不过，他的出名，和一般的纨绔子弟不同。

金迎成自小聪明，小学、初中时的成绩一向出类拔萃，用现在的说法就是"学霸一枚"，而且还不是一般意义上的学霸，他曾霸到跳级，创造了在小学、初中各跳一级的纪录。这等优秀学生，初中毕业时自然要被名校争抢，请他免试入学，直升高中。可是，金迎成却全部回掉，他说自己小学到初中就是免考直升的，所以非要经历一下中考不可。家里拗不过他，只好同意。哪知，这个决定竟然成为他的人生转折。

在复习迎考时，金迎成突然生了伤寒，偏偏又遇上庸医，病情未能及时控制，待到后来确诊时已是奄奄一息。幸亏半夜请得沪上名医张聋彭破例夤夜出诊，将其从阎王殿扯回人间。不过，经此一番折腾，已经误了中考，金迎成成了一名社会青年。

金必丰接受了张聋彭的建议，在儿子病愈后将其送到武馆去习武，以增强体质。金迎成的天资再次得到了发挥，他入门既快，悟性又好，难得的是还特别肯吃苦，一手形意拳练得有模有样。武界有言：太极十年不出门，形意一年打死人。金迎成一年练下来，虽然没有打死人，可他跟人较量时已经是胜多败少。青年人本就争强好胜爱出风头，从此他竟然决定弃文习武，要在武林中扬名立万。之后，他不但学拳术，还习练多般兵器，不久又拜师学摔跤和西洋拳击，在不少比赛中拿了名次。

自然而然，他受到了社会上一些不良青少年的追捧，渐渐就形成了一股势力。当然，在上海滩的黑道眼里，他们还算不上一回事，人家是把他作为"小赤佬"一类来看待的。但是，金迎成一伙却很把自己当回事，初学一年，天下去得，他曾单枪匹马闯杜公馆，叩门求见青帮大亨杜月笙。虽然因杜正好外出未能如愿，但这份胆量还真不是寻常小混混儿所具备的。正是因为有这份胆量，所以1948年秋他才摊上了一场官司，在监狱一待四年。

金迎成摊上的官司跟此刻专案组正在讨论的那场斗殴有关——

小有名气之后，金迎成有了一个女朋友，是一个年方十七岁的小美女，名叫盛静贞，也是北四川区的。其父是"跑街先生"（推销员）出身，抗战胜利后用挣得的佣金在北四川路开了一家只有一个门面的小小咖啡馆。这家咖啡馆离金家不远，步行五六分钟即到，所以，金迎成经常招呼上两三个哥们儿去那里喝咖啡。盛静贞是初二学生，放学后经常去父亲的咖啡馆里相帮干些杂活儿，事情少的时候就在那里做功课。两人就这样认识了。

盛静贞长相虽俏，智商却有限，被同学称为"绣花枕头一包草"，做功课时经常愁眉苦脸。而昔日学霸金迎成的那份基础还在，三言两语就帮她把难题给解决了，起到的作用胜过寻常家教。时间稍长，小美女就喜欢上了这个文武双全的帅哥，两人谈起了朋友。

这样交往到1948年暑假，两人的关系已经到了如胶似漆的程度。那时并不提倡什么晚婚晚育，而是主张早生儿子早得福，十六七岁就做新郎新娘的根本不算新闻，所以，金迎成就想向家里提出请媒人去盛家说亲，先订婚再说。还没找到机会跟父亲商谈此事，金氏在宁波老家的祠堂翻修，作为金家这一支这一辈的唯一男丁，按规矩，金迎成必须回老家待上十来天，每日上香祭拜。

在乡下这些日子，金迎成倒也并不寂寞。当地一些国术爱好者闻知其功夫了得，纷纷赶来，有的为切磋，有的为求教。一晃半月过去，金迎成突然接到姐姐金迎男发来的电报，告知一个消息：盛静贞跟别人了！

金迎成闻讯吃了一惊，当下连夜乘船返沪。从一班来码头迎接他的哥们儿口中得知，盛静贞投入了一个比她大七八岁的男子的怀抱，有人亲眼看见她与那男子勾肘挽臂出入于电影院、溜冰场、饭店等场所。

这不是横刀夺爱吗？金迎成自是恼火。平心而论，金迎成对盛静贞的感情如若打分的话，诸如梁山伯与祝英台、罗密欧与朱丽叶那样的满分肯定是达不到的，充其量也要打八折。即使他跟盛静贞结婚了，日后也不一定就可以相敬如宾白头偕老。这里面最大的问题在于——面子丢不起！试想，像金迎成这样一个黑道后起之秀，"事业"正在上升阶段，冷不防让人这么算计一下，今后还怎么抬得起头！金迎成遂决定找情敌算账。

想到就做，当下，金迎成掏钱在其家附近的徽帮菜馆"横浜大富贵"摆了一桌酒席，请了七八个哥们儿。那几位自是坚决支持，加上灌了几杯酒，一个个都是豪情满胸怀、义气冲顶门，说金兄您打算什么时候下手，吭一声，咱弟兄到场给您助威，您只要歪歪嘴，咱们就灭了那小子！金迎成说这是兄弟自己的事，由兄弟我自个儿办，请你们来，是拜托你们给我打听清楚，对方姓什么叫什么、住什么地方。

两天后，那几位传来消息，对方是"大世界"的一个职员，姓朱，名豪天，据说是青帮中人，不过辈分不高，是万字辈，应该管杜先生（即杜月笙）叫师爷。金迎成说他夺了我的未婚妻，那是他个人的事儿，我找的也是他个人，跟他参加的帮会没有关系。我现在写一纸挑战书，不知哪位弟兄敢给我送到"大世界"去面交朱豪天？立刻有一个叫马啸峰的青年自告奋勇，说这事儿就交给兄弟去办吧，保证送到，并且还要讨着回音。

小马带着金迎成的挑战书来到"大世界"。朱豪天是那里的巡场员，看来确实已经把盛静贞俘获到手了，工作时间还带着那妞儿，一边转悠一边打情骂俏。小马的胆子确实不小，当下上前拦下对方，说您是朱先生吧？兄弟受金先生的委托给您送一封信来，请您过目，我立等回音。朱豪天一看是封挑战书，冷冷一笑，用钢笔在挑战书上写了一行字，让小马带回去。这行字是：后天晚八点外白渡桥北堍礼查饭店门前，不见不散。

隔天，金迎成欣然赴约，身后跟着他那伙弟兄。本来他是不想让这些哥们儿随其前往的，但小马分析了对方在挑战书上写的那行字，说人家没说单刀赴会，你还是多留个心眼吧，免得寡不敌众。出乎意料的是，到了外白渡桥，发现对方竟然真的只来了一人。朱豪天穿着一身整洁的西装，足蹬擦得锃亮的皮鞋，看见金迎成一伙过去，摘下礼帽向为首的金迎成点头致意。金迎成觉得自己过于小心了，后悔不该听小马之语，便挥手让小马等人离开，远远观望就是。

朱豪天朝金迎成笑笑："你就是金迎成？你知道我是什么人吗？"

金迎成说："你是什么人我不感兴趣，我只知道你夺走了我的未婚妻，所以，要找你算账！若论打斗，像你这样的三五个上来都不在话下，但那就显得我恃技欺人了。所以，怎么个决斗法儿，你可以提出来。挑战书里写明了让你挑选公证人，公证人来了吗？"

朱豪天说："我还是让你知道我是什么人，你接下来输得也有个名目。"说着，亮出派司——绛红色漆皮封面上"中华民国国防部保密局"十个金字赫然入目。

金迎成暗吃一惊，没想到这主儿竟然是"军统"（当时"军统"已经改组为"保密局"，但民间还是习惯称其"军统"）！随即回过神来，说你是"军统"也无所谓，这事跟"军统"没关系，是你我两人之间的事情！正说到这里，忽然从礼查饭店门厅里冲出三个同样是西装革履的家伙，直扑金迎成，嘴里一迭声大叫"不许动"。金迎成反应迅速，一拳一脚击倒两个，然后——就没有然后了，因为朱豪天和另一个特务已经拔枪在手，接着给他铐上了手铐。小马等弟兄只有干瞪眼的份儿。

就这样，金迎成被捕了。后来知道，朱豪天的确是"保密局"特工，奉上司之命执行某项使命，因任务需要，说服盛静贞伪装其恋人。由于金迎成的鲁莽，该使命泡汤了。当然，当时道上传说的内容都是"外白渡桥金少爷勇斗军统"之类。金家有钱，金父也认识些官面上的人物，自是竭力营救。但金迎成坏了"保密局"的事儿，人家不肯放过他。不久，国民党上海地方法院即以"妨碍公务、寻衅滋事"的罪名判其四年徒刑。

上海解放后，军管会对国民党监狱的在押囚犯进行了甄别，金迎成罪名中的"妨碍公务"被删除，但"寻衅滋事"还保留着，这跟他和他那班哥们儿弟兄平时的所作所为有关，与其家庭出身也不无关系——资本家属于剥削阶级，是革命对象，因此，金迎成仍须吃满四年官司。

1952年9月12日，金迎成刑满释放。当年那班弟兄自打他入狱后就已作鸟兽散，不过马啸峰等几个铁杆儿哥们儿还念着金迎成，每年都会去探监，过年还去给金迎成的父母拜年，平时金老板有什么事情请他们相帮的，也都尽心尽力。金迎成释放那天，他们放下各自手头的事儿，一起去迎接金迎成出狱。当晚，他们为金迎成接风。席间，金迎成问起盛静贞的情况，得知当年"保密局"那桩使命被他搅黄了之后，盛静贞倒真的跟朱豪天好上了，两人于1949年春节结婚。婚后不久，盛静贞跟着丈夫去了台湾。

如果只说到这里，也就没有之后的案件了。偏偏那班弟兄中有个叫施昀生的多了一句嘴，告诉金迎成说当初朱豪天搭上盛静贞，是老闸区一个名叫方登瀛的主儿牵的线。方跟朱豪天是邻居，朱豪天请方给他找一个小姑娘作为身份掩护，而方的女友恰好与盛静贞是同学，就给两人牵了线。

金迎成对此事始终耿耿于怀，心情是可以理解的，毕竟未婚妻给夺走了，而且对方不守江湖规矩，说好是决斗的，却持枪抓人，判了他四年徒刑。对于金迎成来说，朱豪天就是自己的头号冤家。现在朱豪天逃台湾去了，那就只有拿这个姓方的家伙出气！

不过，金迎成先要弄清楚，当初方登瀛把盛静贞介绍给朱豪天时，是否知道盛是金迎成的未婚妻。施昀生说肯定知道的，方登瀛在道上的崛起就是通过这件事，金迎成入狱不到半年，方就成了老闸区黑道上的后起之秀，拉起了一个名号叫"老闸一只鼎"的帮伙。这个帮伙的成员经常吹嘘，他们的头儿方少爷敢捋虎须，连赫赫有名、文武双全的金少爷都不放在眼里。

于是，金少爷决定会会这位方少爷。当然，如今解放了，不能像以前那样动不动就打一架。但他觉得自己的面子还是很重要的，也是要给外界一个信号——他并不害怕方登瀛，之所以不跟对方算这笔账，不是害怕，而是因为现在是新社会了，要遵纪守法。

金迎成的姐夫李复生在上海解放前是地下团员，现在当了国家干部，在税务局工作。次日，他和金迎成的姐姐一起请小舅子吃饭时问了问他今后的打算，金迎成说长远打算还没有，先把眼下的事儿了结了，遂说到准备和方登瀛会会的话头。姐姐、姐夫一听连忙劝阻，李复生说你现在刚出狱，万一把事情闹大了再吃官司，那就是累犯，处罚肯定比上次还重，得不偿失啊。金迎成想想也是，暂时放弃了这个念头。

哪知，金迎成放弃了念头，方登瀛反倒来撩拨他了。金迎成吃过姐姐、姐夫的接风酒刚回到家里，就收到了一封通过邮局寄来的信函，里面是一纸请帖，说是恭请金少爷次日晚上六点去"云楼馆"吃饭，务请赏脸莅临，下面的落款是方登瀛。这下，金迎成恼火了，寻思我不找你算账，你却来惹我。那好，老子就去会会你吧。

方登瀛此举是什么用意呢？说来简单，他听说金迎成出狱，想把金少爷收罗到自己的团伙里来。其时上海解放已经三年有余，治安情况大为改观，老一辈的帮会分子死的死、逃的逃、坐牢的坐牢，即使由于种种原因未曾受到人民政府惩处的，也都老老实实蜷缩着不敢吭声，更别说抛头露面活动了。但是，旧的团伙消亡了，新的团伙又像割过的韭菜那样露尖冒芽。方登瀛团伙就是这样，利用上海解放初期人民政府大力打击帮派恶势力的机会发展起来，成为当时一个小有名气的流氓团伙。

不过，就个人素质而言，方登瀛跟金迎成根本没法儿比。金迎成不但是富二代，而且要文有文，是跳过两级的学霸；要武有武，搏击本领了得，徒手对付三五条大汉不在话下。方登瀛呢，虽说家境也不错，也是开厂开店的，但其他就拿不出什么了。那么，他凭什么能成为流氓团伙的头子呢？凭花钱。他是家里最小的孩子，又是家族中这一辈唯一的男丁，备受宠爱，手头儿阔绰。他拿着父亲和两个叔父（也是资本家）给的钱钞花天酒地，久而久之，身边就围了一帮弟兄。可是，他这支"团队"战斗力有限，一直想找个本领高强的角色入伙。但上海解放后，这种角色肯定是越来越难找了。听说金迎成出狱，便想借这个机会将其收罗帐下。

方登瀛的想法金迎成当然毫不知晓，他是把这次宴请作为鸿门宴来看待的，虽然没带小马等人，自己单枪匹马前往，为防万一，怀里还是揣了一把匕首。到了"云楼馆"，方登瀛在门口迎候，旁边站着七八个喽啰。上到二楼，还有七八个喽啰占着一副座头。要说方登瀛这家伙，还真不是办事妥帖的主儿，他只把自己的用意跟身边几个心腹弟兄说了说，没向其他喽啰透露。而其他喽啰对这次宴请的目的各有揣测，多数认为是头儿要羞辱金迎成。这样，他们就有心"打横炮"了，酒刚刚斟上，就有人出言讽刺。

金迎成本就以为宴无好宴，既然对方冷言冷语，那自己也没必要再待下去了，干脆把酒杯一摔，转身就走。方登瀛没料到会是这种局面，一时反应不过来。还是旁边一个心腹一跃而起，挡住金迎成的去路。他的本意是想解释一下，但在金迎成看来，这就是对方要动手的信号。脱身要紧，他一拳就把对方打翻在地。这一来就乱了套，另一桌喽啰立刻随手抄起板凳之类的家什把金迎成围住。金迎成寻思打蛇打七寸,侧身一脚把方登瀛踢出老远。方登瀛小腹挨了一脚,痛得直冒冷汗,也顾不上什么"招贤纳士"了,嘶声喊道:"打!给我往死里打!"

原以为以两桌人对付金迎成,纵然他再了得,最后也是"乱棒打死老师傅",金迎成双拳难敌四手,被打趴下是难免的。哪知,金迎成在店堂里闪转腾挪,固然挨了些拳脚板凳,但并未伤筋动骨,甚至连匕首也没有亮出来,竟然就被他逃走了。

警方的情报就是在这次冲突之后获得的。据线报称,方登瀛当时就扬言要用手枪对付金迎成。

二、跟踪查访

北四川分局在接到线报后通过另外途径对该情报进行了核实,得知确实有人看见过方登瀛持有一支勃朗宁手枪,而且配有不少子弹。

专案组讨论下来,认为当务之急是立刻收缴方登瀛持有的手枪和子弹,消除潜在的危险,然后再顺藤摸瓜追查枪支来源,厘清案情后把一应涉案人员全部捉拿归案。于是,立刻开出了传票、搜查证各一,全组出动前往老闸区方家。

不料方登瀛不在家,搜查方宅,也没有发现枪支和子弹。匕首、短刀倒是有几把,都是开了刃的,寒光闪闪,颇为锋利。那时没有"管制刀具"之说,民间拥有十八般冷兵器都是不受禁止的,刑警对此并不在意,他们想知道的是,那支手枪是被方登瀛带在身上,还是藏在其他什么地方了。

眼下,还是应当先把方登瀛找到,带进局子讯问一应情况。那么,方登瀛去了哪里呢?据派出所方面介绍,方登瀛现年二十二岁,自初中毕业后就在家"待业"。当然，这并不是说他找不到工作。方家是搞实业的，有厂有店，方登瀛如若想就业，那是很容易的。只不过他不务正业，只想终日跟一班狐朋狗党瞎混而已。这样的对象，很难寻找其活动踪迹，常常是早上出门后连自己也不知道今天会涉足哪些地方。刑警只好通过最初报告情况的那个"耳目"了解情况。

不巧的是，提供该情报的横浜桥派出所民警程庆生下午去浦东奉贤乡外调了，以那时的交通条件，这一去当天是回不来的，而且根本不知道他去了奉贤乡的什么地方。即使知道，只怕也无法跟他取得联系，因为那时电话尚未普及，乡政府也不一定都安装了电话。"耳目"都是民警自己发展的，为确保"耳目"的安全，民警都是单独和"耳目"联系，即使是领导也不知道具体情况。因此，老程不在，也就没人找得到他的那个"耳目"。

好在还有分局核实这一情报的另一条途径。最初分局领导接到横浜桥派出所的报告后，想出了一个初步核实的法子，立刻指派刑警去看守所向在押人犯调查该情报的真实性。刑警赶到看守所后，跟所长老秦稍作商议，决定由老秦用马口铁土话筒向全所各监房喊话，让凡是跟"老闸一只鼎"的头目方登瀛有过接触的人犯主动向看守员报告，提供情况，争取立功。结果，共有八名人犯报告称跟方登瀛认识并有接触。刑警分头与他们进行谈话，关于手枪、子弹的情报就是其中一个名叫沈福照的流氓犯提供的。

沈福照和一般的流氓有些不同，出道五年来，一直独来独往，从来不肯依附于某个帮伙。这小子没有学过打斗本领，可是天生出手快，而且惯于让刀子代替嘴巴发言。与别人发生冲突时，常常是对方还来不及开口，他的刀子已经捅过去了。这主儿对匕首、短刀的感觉甚准，可能平时在家经常练习，出刀攻击的部位、力道拿捏得很准，通常都是让对方流点儿血,但不至于有生命危险。当然,也有被一刀毙命的。

五年前,他随在旧警察局当便衣的叔叔去抓一个被国民党政府通缉的外地逃沪汉奸,对方见势不妙,拔出手枪。可是,子弹还没推上膛,一把刀子已经扎进了腹部,肝脏破裂,送到医院已经来不及救治了。手刃汉奸,当然不会受惩罚,警察局还请沈吃了顿饭,给了他十枚大洋作为奖金。从此,沈福照在黑白两道都有了点儿名气,一直安然混到上海解放。之后,沈福照谋了一份工作,不过,跟道上朋友依然有来往,有时也会给朋友帮些忙,这种帮忙自然有报酬,但也有风险,运气差时难免失风。

这次就是这样,沈福照受邀为两个团伙调解,可没人买他的账,两伙人火并,其中一伙顺带也对他动了手。这就有点儿不识时务了,沈福照当即拔了刀子,捅伤了对方两人。尽管平息了一场规模不算小的殴斗,但这不是正当防卫,也谈不上立功,结果折进了局子。承办员告诉他,这回要跟你新账老账一起算,饶不了你小子!沈福照吓了个激灵,就盘算着立功赎罪,听看守所长喊话让在押人犯提供方登瀛非法私藏枪支的情况,寻思这是一个立功的机会,就站出来了。

9月1日学校开学那天,沈福照的姐姐让他相帮把外甥送到学校去。因为是新入学,外甥脾气又大,少爷派头十足,姐姐担心他在学校惹麻烦,所以让弟弟留在学校照应。巧得很,他在校门口溜达时,正好方登瀛骑着一辆摩托车路过,见他站在那里抽烟,以为他要"办什么事儿",便停车询问要不要帮忙。两人聊了几句,方登瀛说好久没见面了,晚上聚聚,沈福照欣然应约。

当晚,两人就在外滩的一家小西餐馆喝酒。方登瀛那天很兴奋,喝过了量,沈福照不得不叫了辆三轮车送他回家。到家后,方登瀛清醒了些,留他喝茶。那支手枪,就是喝茶时拿出来给他看的。那是一支新枪，连同五六十发子弹一起放在一个长方形的冠生园金属糖果盒里。沈福照以前曾玩过旧警察叔父的佩枪，当下把枪拿在手里摆弄了几下，连说"不错"。

现在，专案组一时找不到方登瀛，就想到了沈福照，寻思这主儿虽然是"独脚蟹"，但在黑道上名气不小，关系甚广，也许会有找到方登瀛的路数，就派了两名刑警去看守所找沈福照聊聊。这一聊，果然有收获。

沈福照说，手枪的事"三头"应该知道。9月1日晚上方登瀛跟他说起过，还准备弄几支枪，让"三头"也武装起来；稍停，又问他是不是也要一支，要的话，就把这支拿去。沈福照当即拒绝。上海解放后，他已经不以黑道为主业了，不想涉得太深，而这支枪一拿，他就是"老闸一只鼎"的人了，有违他的"独脚蟹"原则。此外还有技术上的原因，他用惯了刀子，换一种武器，还要重新熟悉，关键时刻说不定反倒误事甚至因此丢了性命。况且，他随身带刀子，给警察抄出来大不了没收，不算违法，也不会抓他；若是持枪落到警察手里，那就是犯法的事儿了，少说也得吃一纸拘票，那又何必自讨苦吃呢？

那么，"三头"又是谁？跟方登瀛是什么关系？

沈福照告诉刑警，"三头"不是一个人，而是三个人，分别是"小毛头"、"阿六头"和"斜扁头"，这三人是方登瀛最好的哥们儿，也是"老闸一只鼎"的主力战将。方登瀛每次组织斗殴，都由这三位打头阵。据说三人是研究过战阵的，站立位置、攻击时间、出手顺序、打击力度等都有讲究，所以虽然谈不上百战百胜，但胜率是比较高的，而且对本身不擅打斗的方少爷保护得很到位。刑警寻思，这次他们碰上专业打手金迎成，不但没占到便宜，还让人家跑了，难怪方登瀛恼怒得要动枪。

讯问过沈福照后，专案组决定先找到"三头"。这时已是傍晚时分，但案情紧急，领导等着侦破案件收缴枪支，也就没有下班之说了，全组出动，前往老闸分局了解"三头"的情况。像"老闸一只鼎"这些家伙，分局治安、刑侦部门自然都是知晓其骨干分子底细的，专案组很快就了解到了"三头"的情况——

"三头"之一"小毛头"，名叫鲁贾生，二十一岁，"小毛头"是乳名，也是沪语中对男性婴儿的统称。鲁贾生的父母没读过多少书，文化素质低，也懒得请人另起一个乳名，索性就把"小毛头"一路叫下来，一直叫到如今。鲁家世代木匠，以四处揽木工活儿为生，到"小毛头"的老爸这一代，手上积蓄了一些钱钞，开了一家棺材铺。虽然由"鲁木匠"改为"鲁老板"，但还是天天干木工活儿。鲁贾生小学毕业后，因为成绩差且对学习文化缺乏兴趣，干脆就辍学了，老爸让他跟着自己做木工。做棺材用的都是大料，需手工把粗大的木材锯成板料。"小毛头"几年大锯拉下来，力气自是不小。不久，他去一家工厂找到了一份搬运货物的活儿，技术含量不高，讲的是力气，于他颇为合适。这家工厂就是方登瀛的老爸开的，他跟方少爷的关系也因此建立起来了。

"三头"之二"阿六头"，大名叫殷敬宗。其乳名"阿六头"也是沪语中独有的称谓，意思是排行第六的男丁。"阿六头"这年二十二岁，无正当职业，以打短工为生，但大部分时间都是跟着方登瀛。他从小跟着邻居大叔学得一身摔跤技艺，长大后渐渐在道上出了名，被方登瀛物色到身边，成为三个心腹之一。

"三头"之三"斜扁头"，大名李长发，二十二岁。"斜扁头"不是乳名，因为他的脑袋长得有点儿歪，后脑勺又有点儿扁，所以上小学时得了这么个绰号。"斜"字在沪语中有时又念作"掐"，这个绰号在沪语中的准确读音应是"掐扁头"。"掐扁头"不像"小毛头"、"阿六头"那样是劳动人民出身，他家里是开金工作坊的，兼做五金生意。他从小就跟着"外国铜匠"（钳工）出身的老爸学艺，十六岁上已是车钳刨焊样样拿得起。结识方登瀛后，他就开始跟方少爷混了。他老爸李老板最初是反对的，后来经方少爷介绍了几笔生意，也就睁一只眼闭一只眼了。

专案组决定传讯"三头"。这三位全部家住老闸区，一干刑警作了分工，各由一名户籍警带路，前往"三头"住处直接传唤，带往派出所分别讯问，综合情况如下——

先是问方登瀛，"三头"都说认识，是朋友。再问是否一起做过什么不法的事儿，都回答说没有做过，只不过一起出去逛荡，下个馆子、看场电影、溜溜冰什么的。问他们是否跟别人打过架，"三头"的回答就不一样了："小毛头"说从来没有打过架；"阿六头"则说跟人发生矛盾争争吵吵总是有的，毕竟来来往往的都是年轻人，火气大，都不肯谦让，所以难免有些磕磕碰碰；"斜扁头"则承认打过不少架，但没有打死过人，最近刚在北四川区跟横浜桥的金少爷打了一架。

刑警就把话题集中到那一架上面，"斜扁头"是当事人，说得比那个耳目详细，不过，并无新的内容。刑警其实对那一架并不感兴趣，他们关心的是那一架过后方登瀛所说的手枪。问"斜扁头"，对方眼里闪过一丝警觉的神色，毫不迟疑地摇头："没有听说过！"

刑警没有追问下去，这是事先商量过的，他们估计"三头"肯定会否认，如果这三个家伙一进分局就把事情交代清楚，那还能算方少爷的"心腹"？那怎么处置他们呢？刑警对他们分别处理："斜扁头"李长发因为"交代态度好"，当场放走；另外二位，那就得留下来把事情说清楚。这个决定，是刑警把李长发带到"小毛头"、"阿六头"面前，当着那二位的面宣布的。

其实，这是专案组为了弄清方登瀛的下落，专门设的套套。把"斜扁头"放走后，两个便衣刑警尾随跟踪，这一跟，竟然真的发现了方登瀛！

三、跟踪失利

像方登瀛这样一个有着比较广泛社会关系的家伙，要想找个地方躲藏起来，那是很容易的。用事后方登瀛自己的说法，他这并不是有意躲藏，因为他并不知道警方正在到处找自己，他只不过是想找一个比较清静的地方休息几天，一是养伤，二是考虑接下来怎样跟金迎成斗。这个"清静的地方"位于静安区万航渡路方登瀛的寄娘（干妈）王桂珍家。

旧时上海滩民间流行认寄爹寄娘，越有钱的人家认得越多，方少爷共有八个寄娘。有钱人交往有钱人，这八个寄娘都是跟方家一样的有钱阶层。静安区的这位寄娘住的是花园洋房，房多人少，方登瀛住在那里确实很清静。不过，这种清静没持续多久，"斜扁头"就把刑警引来了。

遗憾的是，专案组并未达到目的，煮熟的鸭子竟然又飞了——

专案组长阮敏煌一向谨慎，这回案情重大，更是不敢有丝毫疏忽。把"斜扁头"李长发放走后，刑警刘熊生、徐家贵随即暗中尾随，一直跟踪到静安区万航渡路方登瀛藏身的那处花园洋房，看着"斜扁头"叩开大门，跟看门老头儿说了两句什么，便被放行入内。事先，阮敏煌考虑到方登瀛有手枪，特地关照二刑警务必谨慎行事，发现其行踪后不到万不得已不要冒险出手捉拿，而是先打电话报告专案组。刘熊生、徐家贵确实是这样做的，两人立即分工，一人留在洋房附近监视，另一人去找电话向专案组报告。

刘熊生是留下监视的一个。当时有电话的地方很少，此刻已是晚上八九点钟，商店都已关门打烊，找电话是要花一些时间的，他已经做好了单独监视半小时甚至更长时间的准备。没想到的是，徐家贵刚离开不过五分钟，方登瀛就和"斜扁头"一起出来了，一副慌慌张张的样子。此刻，他肯定知道了公安局正在找他，而"小毛头"、"阿六头"还在局子里，不知他们是否会供出这个藏身地，因此方少爷要赶紧转移。这个情况事先也估料到了，按计划，刘熊生应该不动声色，继续跟踪。但专案组低估了方登瀛的能力。

王桂珍这套花园洋房所在的万航渡路是一条闹中取静的马路，平时白天也是行人稀少车辆罕见，一到夜晚那更是一片空旷。先前两个刑警跟踪时，因"斜扁头"是坐了三轮车的，他们也就叫了辆三轮车远远尾随。这个现象尚属正常，况且"斜扁头"根本就没有防范意识，没留心后面是否有人跟踪。而这会儿方登瀛、李长发是步行的，甫出大门立刻发现了佯装路人正在慢步行走的刘熊生。空旷的马路上就这么一个人，方登瀛立时起了疑心，寻思这人会不会是公安局的便衣？他扯了"斜扁头"一下，示意"小心"，然后朝着刘熊生面对面地走过去。

不能不承认，方登瀛这招儿确实厉害。现在，刘熊生面临着一个难题：跟还是不跟？继续跟踪的话，对方立刻会察觉；不跟了吧，目标恐怕就丢了。刘熊生不知如何应对时，对方又祭出了一招儿！

方登瀛行至刘熊生面前两米处，忽然一个急停驻步，指着刘熊生道："哎！你是'老派'嘛！"所谓"老派"，是当时沪上流氓使用的切口之一，意思就是"派出所民警"。其实，方登瀛并不认识刘熊生，此举是用来试探的一种伎俩。可是，偏巧刘熊生还真在四川路派出所干过，当下以为已被对方认出。那怎么办？刘熊生认为此刻情势已经到了"万不得已"的当口儿，没啥说的了，先下手为强，下手逮人吧。

刘熊生大喝一声"不许动",伸手到怀里拔枪。哪知,手枪刚刚拔出来,方登瀛和"斜扁头"就像事先有默契似的,立刻同时发作,双双扑来。这两个家伙并没有拜师学过武术搏击之类,但因为经常参加斗殴,实战经验非常丰富,此刻又是主动攻击,动作极其迅速。刘熊生还没来得及推弹上膛打开保险,持枪的右手已经被对方揪住,继而被"斜扁头"夺去!情急之下,刘熊生立刻与对方厮斗起来,一心要夺回手枪,同时大叫"捉强盗"。

这时,远远有一辆自行车过来,骑车人见状便频按车铃。洋房的看门老头儿听见动静,也开门出来查看究竟。老头儿老眼昏花,居然没认出打斗的三位中有两个就是刚刚出门的,嘴里只管跟着吆喝"捉强盗"。方登瀛、李长发做贼心虚,亟待脱身,两人合力把刘熊生摔倒在地,把抢到的手枪隔着花园洋房的铁栅栏扔进了里面的灌木丛,然后拔腿就逃。等到刘熊生爬起来,为是先追人还是先找回手枪而迟疑时,两人早已逃得不见影踪了。

专案组长阮敏煌不是一个脾气很好的人,为此事把刘熊生数落了一顿。好在手枪总算失而复得,否则刑警调查涉枪案却被犯罪嫌疑人把佩枪夺走,无疑将成为警方的"丑闻",没准儿还会被市局内部通报批评,要是案犯拿着警方的枪作案,那局面就没法儿收拾了。但平心而论,老刘还真是有点儿委屈,这事摊上专案组哪一个刑警甚至包括阮组长本人,只怕也难以应付。那两个家伙出手既快,力气又大,刑警以一敌二,仅凭学过的一点儿基本的擒拿格斗手法,还真是拿不下他们。阮敏煌也知道这一点,所以发作过后也就算了,还是继续研究如何进行下一步吧。

案情分析会一直开到午夜时分,侦查方向跟之前的决定是一致的,还是盯着方登瀛追枪,只是一时找不到能够迅速抓到方登瀛那厮的法子。根据以往追查逃匿案犯的经验，这活儿乃是"功夫活儿"，比较费时间。大伙儿议来议去，决定次日铺开访查面，全组刑警一齐出动走访方家以及方登瀛的那些狐朋狗党，广泛收集线索，筛选后进行重点排查。

第二天，即9月22日，刑警折腾了一个上午，接触了数十名对象，收集到一些情况，但基本上没什么价值。午后，横浜桥派出所打来电话，说出差去奉贤的民警程庆生回来了。阮敏煌大喜，直接跟老程通了电话，让对方赶紧向"耳目"了解方登瀛跟那支手枪的关系，细节越详细越好。两小时后，程庆生来分局向专案组报告了一应情况——

老程掌握的那个耳目，并非"老闸一只鼎"团伙的成员，所以那天方登瀛在"云楼馆"设宴请金迎成时他并不在场，是事后听其表弟小洪说的。小洪是"老闸一只鼎"的成员，属于喽啰中的骨干分子，那天他参与了斗殴，据说砸了金迎成一板凳，但腿上也挨了对方一脚，至今还青紫肿胀，骨头没断算是幸运了。

金迎成突围之后，小腹挨了一脚的方登瀛方才从地上爬起来，兀自疼痛难忍，站都站不直，由"三头"搀扶住。方登瀛担心金迎成去叫帮手来报复，招呼众人赶快离开饭馆。小洪急忙奔到楼下马路上叫车，正好有一辆空出租车驶过，招停后连同方登瀛、"三头"五人挤了上去。司机问去哪里，"阿六头"说去公济医院。"小毛头"说这是受了内伤，西医看不了的，得看中医，赶快奔南市找王氏伤科吧。司机听后便知这是打架受的伤，说这位兄弟说得对，还是去看伤科，王氏、石氏、陆氏、魏氏都行。这四位是当时上海滩八大伤科郎中中的翘楚，都是名医，方登瀛说那就去南市看王氏伤科吧。

王氏伤科的大夫就是著名武术家王子平，1958年出任中国武术协会副主席。出租车到达时，诊所已经关门。小洪上前去敲门，看到玻璃门里面贴着一张纸，上面写着夜间急诊请去隔壁弄堂内某号敲。"斜扁头"直奔弄堂内去敲门。关于手枪的事，方登瀛就是这时说的，大意是怨自己太一厢情愿了，以为金迎成是想巴结自己的，没想到要打这么一架。

"唉，早知道，我应该把那支手枪带在身边的。他动手，我就开枪！"

"阿六头"附和："就是嘛！"

方登瀛又说："下次一定要带枪，多带点儿子弹，他叫帮手我也不怕了。"

小洪这才知道方登瀛是有手枪的，而且子弹不少。

阮敏煌听程庆生这么一说，不由得为昨晚的夺枪事件感到后怕。看来方登瀛身上是带着手枪的，如果当时这小子让"斜扁头"扑上来缠住刘熊生，而他拔枪冲刑警来一下，哪怕就是打在不致命的位置，后果也非常严重。不单是打伤民警，在外国贵宾来沪访问之前出现枪击事件，怎么向市委交代？

如此，方登瀛私藏枪支之事就算坐实了，接下来就是追捕方登瀛和"斜扁头"，追查枪源。听上去是三言两语的简单活儿，但若真的实施起来，那还真得大费周折哩！阮敏煌反复考虑下来，决定在昨天传讯后被留置审查的"三头"中的另外"两头"——"阿六头"、"小毛头"身上打开缺口。

正要召集组员开会的时候，忽然传来消息：潜逃的方登瀛、"斜扁头"李长发在北站附近跟人发生冲突，动了枪，现在人已经被抓住了！

四、缴获枪支

方登瀛和"斜扁头"李长发两人侥幸逃脱后，连夜去徐家汇一个朋友处住了一宿。次日早早起来，因为担心警方顺藤摸瓜追踪而至，立刻告辞。先去茶馆要了茶水、点心，一边吃喝一边商量接下来去哪里避风头。两人都意识到这祸闯得有点儿大，恐怕不能待在上海了，否则迟早会被警方拿下。那么，该去哪里呢？两人之前尽管没有折进过局子，但毕竟在道上混了些年头儿，从别人那里听得多了，所以还是有些间接经验的。议来议去，最后决定去苏州，投奔崔小山。

崔小山是一个二十六岁的苏州青年，已婚。家里开着茶叶行，批发兼零售，崔小山跟着父亲经营茶叶生意，人称"崔小开"。他跟方登瀛的结识纯属偶然——

几个月前的清明前夕，他带着妻子来沪旅游，在外滩看大轮船时钱包遭窃，富家阔少顿时成了穷光蛋，连回苏州的车钱都没了。夫妻俩正在着急的时候，正好方登瀛奉老爸之命，陪同外地来沪的两个客户游览外滩，为他们拍摄照片。见崔氏夫妇那副热锅上蚂蚁般的样子，便上前询问发生了什么情况。崔小山一五一十说了说，方登瀛倒也仗义，掏出一百万元钞票（旧版人民币，与新版人民币的兑换比率是10000∶1。下同）送给崔小山，又指点他们去分局或者派出所报案，还拿出拍纸簿随手画了一张路线图。崔小山夫妇感激不尽，双方互留姓名、地址，就此交了朋友。

此刻，闯了祸的方少爷想起了苏州的崔小山。方登瀛对自己面临的情况作了分析，警方要抓他，无非为两桩事儿——跟金迎成打架和涉枪。这在上海滩其实算不上是什么了不得的大事，打架没有死人，甚至连重伤的都没有，这架就打的规模也是一般；再说涉枪，上海解放不过三个多年头儿，民间私藏的枪支肯定有一些的，别说手枪了，只怕冲锋枪、机关枪甚至手榴弹、地雷都有，只要不响，或者即使响了但没造成死伤，那就算不上多大的事。

警方眼下重视那是当然的，但上海滩是什么地方？说天天有大案一点儿也不夸张，时间久了，警方必定要把注意力放在那些大案的侦查上面，那就顾不得他们了。到时候再回上海滩，估计差不多也就能混过去了。

当然，走这一步还有些具体的细节问题，比如不能长住在崔小山家里，因为他和"斜扁头"是以考察生意的名义去苏州的，不能让崔小山知道他们在上海犯了事；况且，据说苏州规定住宿超过两天就得向派出所报临时户口，否则户籍警要来调查的。不过，这个问题倒难不倒方登瀛，他身边一直带着大量现金，可以住旅馆。在旅馆办理登记手续时得出示证明，这也没问题，他偶尔帮父亲的工厂、商店介绍生意和采购原料，身上经常带着家里开的三店一厂的空白介绍信，随手填一张就行。四种介绍信轮流使用，不会引起进行例行巡查的民警注意。

两人打定主意，便直奔北火车站。巧得很，北站前面的广场上正好有一群警察在盘查进出站人员，时不时拦住某个对象盘问一番，甚至还会检查行李。方登瀛、李长发远远看见了，就不敢过去，遂进了站前天目中路上的一家小饭馆，要了三个菜、两瓶啤酒。吃得差不多了，警察也离开了，于是结账出门。

如果说方登瀛、李长发昨晚从刑警刘熊生手里逃脱是交了好运的话，那这会儿，他们的好运气算是到头了。进了看守所后，方登瀛痛定思痛，后悔自己不该招惹那几个"吃佛"的主儿。

大城市的火车站，一向是扒手的理想活动场所。扒手也算是道上行走的主儿，不过通常说来，他们除了会偷钱包，对打架玩命倒不是很在行，也缺乏胆量。因此，他们一般都希望有个把大流氓做他们的靠山，为他们提供某种保护。当然，这种保护不是义务的，他们会从偷来的钱钞中拿出一部分进贡给这样的大流氓。这种情况，北上广都有，但上海和广州对这类做法无论黑道白道都没有一个约定俗成的称谓,只有北京有,曰"吃佛",其意来源于扒手,因为他们自称"佛爷",而接受他们这份贡品的流氓就是"吃佛"。这里对上海滩同类流氓的这种行为也称为"吃佛",是移植北京的说法。

却说方登瀛、李长发来到站前广场时,正遇到四个"吃佛"的流氓从候车室出来。由于人多,流氓又是逆向行走,难免跟人磕磕碰碰,他们嘴里就骂骂咧咧。别人看见这副吃相自然知道遇到了什么角色,纷纷让路。只有方登瀛、李长发无动于衷,只管照常前行。这在对方眼里便是挑衅了,于是驻步不前,站在那里等他们过去。方登瀛因为负案在身,不想跟对方纠缠,正想招呼李长发让让对方,那四个家伙中已经有人认出他了,悄声对同伴说:"这是老闸方少爷啊!"

由于离得近,这句话被方登瀛听见了。这样,方登瀛就不便让步了,他那"老闸一只鼎"的名号可是打出来的,此刻如若让步,不出半天就会传遍上海黑道,对方肯定要添油加醋,那就变成他方少爷害怕北站区的"吃佛"流氓了,今后在江湖上还怎么混?方登瀛只有继续往前。不过,此举可是有风险的,方登瀛于打架并不特别在行,他是看得多打得少,搞搞策划、指挥还行,直接动手的话,战斗力就明显逊色了。昨晚成功对付刑警刘熊生,那是他和李长发以二对一,主要出力的还是李长发。现在,他们人数少于对方,如若真的动手,那是没多少胜算的。

对方为首的那个络腮胡子横了方登瀛一眼,故意提高声调:"什么方少爷?狗屁!到北站咱的地盘上,也不来打个招呼!"

"斜扁头"忍不住了,破口大骂。对方摩拳擦掌准备动手,方登瀛留意到那个认出自己是方少爷的家伙把手伸进怀里,显然要掏家伙。这一举动使方登瀛脑子里掠过一个念头:对方是四对二,还想掏家伙,显然不是那种讲江湖规矩的流氓。这场架能不打还是不打为好,否则吃亏的多半是自己，最好的办法是警告对方不要轻举妄动，各走各的路。当然，要想达到这个目的，仅仅说几句场面话是不行的，看来只有靠一件法宝了。这件法宝就是手枪！

方登瀛对"斜扁头"说："不要骂人！骂这种家伙，只怕脏了嘴！"

对方闻之大怒，正待扑上前来，忽然齐齐地都定住了——方少爷手里亮出了一支手枪！那四个家伙脸色立变，互相看了看，就像预先约定过似的，一起转身离开。这一切发生在电光石火之间，旁边那些拿着行李经过的旅客根本没有留意到。

方登瀛和"斜扁头"松了口气，刚刚走进候车厅侧边的售票处准备排队买票时，从外面进来了三个便衣，随同他们进来的还有刚才四个"吃佛"哥们儿中的一个，他向便衣迅速指点了方登瀛两人后，随即闪进了一旁的人群。三个便衣佯装购买车票的乘客，穿过人群来到目标身后，突然一声暴喝："不许动！"话音未落，方登瀛、李长发已经被扑倒在地，还没弄清楚究竟是怎么回事，双手已经被扭到身后铐上了手铐！

专案组长阮敏煌带领众刑警赶到北站派出所时，两个被捕者兀自一副大梦初醒的迷糊样子。刘熊生一看，说没错，昨晚就是这两个小子！

随即进行讯问，方登瀛对与金迎成斗殴、私藏枪支两桩事儿供认不讳。那么，这支手枪和五十发子弹是从哪里来的呢？答称是花了一百三十万钞票购买的，上家是虬江路五金机电旧货市场的一个姓汪的摊主，其店铺编号是077。

那是9月上旬一个下着小雨的午后，方登瀛奉父命前往虬江路旧货市场觅购旧漆包线。当时国家已经开始了对资本家生产和经营的有效控制，加上抗美援朝的原因，有色金属、煤炭、棉花等原材料被定为国家统一支配的物资，私营厂家进货按配给供应，不得私自买卖，否则就是"不法奸商"，将被逮捕法办。

方登瀛出门当然是有跟班的，有"三头"中的"两头"——"阿六头"、"小毛头"和一个小喽啰王某。那三个随身各带一把匕首，方登瀛则揣着一把带鞘的三棱刮刀。买好漆包线办好送货手续，四人便在旧货市场逛了一圈，那支手枪就是在这时候买下的。

出售枪支别说在新社会了，就是在国民党统治时期也不是公开进行的，得搞地下交易。那么，方登瀛怎么知道077号摊有手枪卖呢？据方登瀛交代，是摊主汪仁和自己找上来的。当时，方登瀛看中的是摊子上的一把用于摆设的仿真手枪，拿在手里摆弄了片刻，觉得挺好玩，就掏钱买下来了。摊主找零钱的时候，其中一张掉在地上，"小毛头"俯身去捡，怀里的匕首不慎滑落出来。"小毛头"眼疾手快，不等匕首落地，已经伸手抄住。那摊主赞了一声"好快身手"，又嘟哝了一句："不过，再快也快不过手枪！"

方登瀛听着心里一动，问对方你这摊子上有真手枪卖吗？摊主的回答模棱两可："这就像找对象一样，要看有没有缘分。"

方登瀛听了窃喜，明白对方果真有手枪出售。双方讨价还价，最后以一百三十万元人民币成交。

刑警问方登瀛："你当时跟他进里屋去看枪时，摊主是把枪放在哪里的？"

"枪放在一个木盒里，子弹放在角落的一口铁皮工具箱里。"

专案组随即指派刑警小林、老刘去虬江路找077号摊主汪仁和，见面二话不说先铐上手铐，然后搜查，但未查获其他枪支或者违禁品。

据汪交代，这支枪和五十发子弹是不久前的一个傍晚，他正要收摊打烊的时候，一个突然上门的五十多岁的老者拿来卖给他的。

汪仁和在虬江路开五金机电旧货摊已经好几年了，抗战胜利伊始，日军投降而国民党政府还没进上海接收的真空阶段，社会上散落的枪支弹药甚多，他曾公开买卖过，甚至还把一挺马克沁重机枪架在摊位上招徕生意，名头自此就传开了。不过，这种特殊买卖不过做了个把月，到1945年9月中旬就停止了。但因为有了名气，直到上海解放前，偷偷摸摸买卖枪支的情况每年仍有几例。不过，上海解放后就没有了，这次是第一次，没想到第一次就出事了。

汪仁和不无后悔地说，这都怪他太贪财了，他知道新社会买卖枪支弹药是违法的，可是那老者登门出售的这支手枪开价实在便宜，连同五十发子弹也不过五十万元。他估计如若卖出去的话，价格起码翻一个跟斗以上，心里一动，就收了下来。

专案组把手枪和子弹一起送交市局技术室作鉴定，得出的结论是，手枪系勃朗宁手枪仿制品，仿真水平甚高，无论枪管内壁的膛线、扳机和弹簧，还是外表的抛光工艺，都达到了专业水准，应该出自制枪内行之手。那些子弹并非仿造品，而是正规兵工厂的产品。值得注意的是，从枪膛内部检查情况来看，这支手枪制成以后，还没有发射过——这表明制作者对其技艺充满自信，连试射也省了，那应该是一个老手。

案子侦查到这里，可以算是告一段落了。持枪、售枪的案犯已经抓到，涉案的手枪和五十发子弹也已经收缴。如果要说还有什么不够圆满的地方，那就是向汪仁和提供枪支弹药的老者还没有下落。这桩活儿是否有必要进行下去呢？专案组的观点是还需要继续侦查，直到把那个老者抓获，查明其所售枪支弹药的来源。

当天晚上，专案组开会研究如何进行下一步调查。根据汪仁和的交代，那个老者拿着手枪和子弹来向他兜售时，子弹上留有明显的油迹，可手枪枪身表面却是擦得干干净净。汪仁和原是金工出身，抗战胜利后又做过枪支弹药的买卖，收购过崭新的枪支、子弹，对如何保存枪支弹药说得出一些道道来。凭其经验，这支手枪应该是前不久由熟悉造枪工艺流程、具有制枪技术、具备制作设备的熟手制作的，因为是立即出手，所以没有在枪身表面涂上一层用于防锈的油脂，而那些子弹的储存时间显然已经有些年头儿了，表面涂抹了油脂以防止氧化和受潮。

专案组就汪仁和的上述说法请教了市局技术室，鉴定专家认为汪仁和所说情况属实。专案组就此进行了讨论，很快就达成了共识——

如果制作人不具备如同兵工厂那样的专业设备，那么相较于子弹而言，手枪倒比较容易私造。对于一个有过较长时间生产操作实践的钳工来说，只要有一台寻常车床和整套钳工工具加上台虎钳，就可以按照图纸制造出一支合格的手枪。在制作过程中，车床的利用率还不高，仅仅是代替铣床铣出枪管内的膛线，其余工艺全部可以通过手工完成。其中技术含量最高的应是对弹簧的热处理，热处理的质量决定了手枪是否可以连续发射。因此，这个私造枪支的案犯应该是一名具有相当技术水平的钳工，只有这种级别的钳工才能掌握热处理技术。另外，从缴获手枪枪身表面的抛光处理来看，也可以证明案犯具备较高的热处理水平。

子弹的制作工艺虽没有手枪那么复杂，却难能手工制作特别是成批量制作，因为其工艺流程中需要冲床，子弹头的直径和形状必须整齐划一，况且还有配制发射药的技术难题。因此，本案私造枪支的案犯应该是在持有现成的军用手枪子弹后，根据子弹的直径设定了枪管口径，然后凭借车床（当然，如有使用铣床的方便，那就直接用铣床了）解决了制造枪管的难题。如果这个推断准确，那么这种枪支制作得可能并不多，也许就这么一支，因为他是根据拥有子弹的数量来决定手枪的生产数量的。

这样看来，汪仁和的那个上家（向他兜售枪支的老者）不大可能再去虬江路或者其他地方提供私造的手枪了。那么，应该如何往下追查呢？

五、访查枪源

根据专案组到目前为止掌握的情况，那个私造手枪的案犯应该具有以下特征：应为男性，年龄在三十岁以上，有专业金工技能（以钳工为主），从事过相当一段时间的钳工操作，其工作场所并非纯靠手工操作的小作坊、街头设摊之类，而是有机床（包括车床、刨床、铣床等机械设备）的厂家，有修理、调试、操作机床的能力，通晓热处理技术；另外，还可能有过枪械修理甚至制造的实践，对枪械零部件比较熟悉。

放在六十多年后的今天，具备上述综合素质的技工已经很少了，如若要查访的话可能比较容易。可是在那个年代，上海滩是全国各大中城市中此类技工最多的地方，因为上海自1843年开埠以来，外商纷纷来沪开办工厂，带来了先进技术，开设新的工种，运来了各种令华人大开眼界的新型机械设备。外资工厂当然不可能从本国招聘技工来华工作，那样的话成本太高，所以采取在当地招收华工的办法，由外国技师搞传帮带。没多少年，上海滩就涌现出一批操作水平不亚于甚至超越洋师傅的以钳工为主的技工，当时沪上对这种技工有个统一称谓——外国铜匠。

随着列强租界在上海的扩展，更多外商在上海投资开厂，中国官方和私人也纷纷投资开办大大小小的工厂、作坊，需要更多的技术工人。一些曾经在海外和国内的外资厂家、轮船公司打过工的技工，纷纷来沪应聘，扩大了上海滩金属加工的综合技术能力，又在实践中发展了金工技艺水平。到上海解放时，全市拥有数千家具备相当规模的工厂、作坊，在这些场所工作的技工那就更多了。对于此刻的专案组来说，要想在那么多符合基本条件的技工中找出涉案者，其难度不是一般的大。

不过，难度再大也得把案子破了。专案组认为，别看懂行的工匠多如牛毛，若是真的有人要私造手枪，那还是需要具备一些特定条件的——

首先要拥有使用机床（最低限度应该是车床）的便利和热处理的条件。但是，即便拥有相应设备，也不是说就可以随心所欲堂而皇之地放手干了。须知上海滩凡是有机床设备、热处理设备的厂家、作坊，那至少得有几十个工人，大的厂家如江南造船厂之类那就是成千上万了。这些工人中，懂行的工匠不在少数，可是，利用厂方的设备制作私货，即便不被管理者发现，也逃不过其他工友的眼睛（枪支不可能是一次制作出来的，得多次操作才行）。

大伙儿都是抬头不见低头见的同事，手枪零部件的活儿干起来又算不上复杂，你会干，人家也会干，说不定比你干得还精，只要从旁边经过时看一眼，就会知晓你正在制作的这个零件是干什么用的。特别是弹夹的弹簧，由于是回形针形状，那你在制作和热处理时若是有个懂行的经过，肯定一看就是一个激灵；即便是对手枪结构不了解的工匠，看着也会觉得奇怪，因为这种形状的弹簧除了用于弹夹，没听说还可以用到其他什么机械物件上，他就会向你请教，你当然不敢说清楚，但若是说不清楚，对方可能就会去问别的同行。问来问去，总有一个同行是知道的。这一传开，那还了得？

因此，这个私造枪支的家伙必须具备克服上述风险的条件，具备偷偷加工时不被其他人发现的有利条件，比如晚上或者休息日独自加班，那不管操作机床还是热处理，都不容易被别人发现。

其次，根据市局技术室专家的鉴定结果，手枪制造出来后未进行过射击，这就泄露了一个信息：制作者是个造枪的行家，具有专业水平，对自己亲手制作的枪支十分自信，根本不用试枪就敢拿出去卖。因此可以断定，这个工匠以前肯定有过制作手枪的实践。前面说过，上海滩的金工工匠中，其技术水平可以制作手枪的成千上万，但是具备这份自信的工匠应该不多，这就为寻找制作者提供了一个有利条件——查他的历史！

这样，专案组就总结出了私造手枪案犯的两个基本特征：一是有较多时间可以独自待在有机床和热处理设备的工作场所；二是此人有在兵工厂、军队的枪械修理厂或者旧警察局、租界巡捕房验枪部门工作的经历。接下来的侦查工作就是要在上海滩数以万计出类拔萃的金工工匠中进行大海捞针式的查摸，把那个家伙找出来。

这项大海捞针式的排查工作是这样进行的：通过政府机关下辖的各相关主管局、科和行业协会，对各自下辖或者有条线对口管辖权的工厂、作坊发送协查通知，要求各厂（作坊）主管部门（或私营老板）在保密前提下把本单位金工中曾有过在兵工厂、枪械修理所、验枪部门等工作经历的工匠遴选出来，报送专案组。

这项工作从9月23日一早开始进行，要求各单位在两天内必须完成。这对于员工较少的单位来说，不成问题；但那些大、中厂家的工作量就大了，保卫、人事部门必须加班加点，连夜翻阅职工档案，同时通过工会向工人中的积极分子了解。

那些小工厂或作坊，都是当天就把情况报上来了，专案组一边接收一边审阅。次日，其他大、中厂家也陆陆续续把名单报过来了，到9月24日晚上，连同之前的小厂家和作坊，一共列出了七十一名被认为有可能涉枪的工匠。这七十一人，都有在南京、汉阳、重庆、巩县等兵工厂及军队（北洋军、国民党军、日伪军和八路军、新四军）的枪械修造厂工作过的经历，熟悉枪支结构、制造技术、工具工艺。当然，符合涉枪条件并不意味着就是嫌疑人，接下来专案组还得细致分析调查。

这项调查进行了两天，结果却一无所获。这七十一人中，有三人已经死亡，有十二人已经失联（不排除其中有人也已死亡），有十三人已因各种历史问题被捕，剩下的四十三人还在正常上班。刑警面对面与这四十三人接触，查看了他们的出勤和加班记录，还找了他们提供的多名证明人予以核实，发现这些人都没有在上班或者加班期间利用工厂设备干私活儿的机会。因此，这四十三人都被排除了嫌疑。

那往下该怎么走呢？专案组一番讨论后，决定对被捕和失联的那些工匠进行重点查摸。9月27日，刑警刘熊生去榆林分局看守所讯问被捕工匠龚信达时，意外获得了一条线索：有个名叫曹叫宝的人精通制枪技艺，自抗战中期至1951年，每年至少要私造两三支手枪出售，据说他还能制造子弹。

龚信达是浦东人，早年到上海市区一家纱厂学艺，满师后当了一名保全工，不久又跳槽去了一家机器修造厂。抗战时，浦东地区出现了多支良莠不齐的游击队，基本上可以分为三大类：一类是中共领导的抗日队伍，番号是"新四军淞沪支队"以及属于该支队外围武装力量的一些小分队；另一类是既跟日伪军作战，有时也骚扰地方甚至敢跟新四军游击队叫板的浦东民众自发组织的游击队；还有一类就是接受日伪番号，但自立为王自行其是的土匪队伍。

当时的形势是"有枪就是草头王"，以枪为大，哪怕是一支早就被正规军淘汰的老套筒也算是宝贝。频繁的战斗很容易使枪支损坏，所以，不管是哪路队伍都需要维修枪支的技工。由于游击队没有固定根据地，常常是两三天换一个驻地，再加上经费有限，不可能招收专门技工随军行动，只能雇临时工。浦东当地没有这种技工，只能到市区去请。龚信达当时年轻力壮，技术不错，江湖上人头也熟，经常被请去给这三类游击队修枪。他跟比他大十岁的曹叫宝就是这样认识的。

曹叫宝是上海本地人，老家北新泾，出道很早。据说他没有正式学过手艺，七八岁就在其伯父开的机修作坊混。十四岁时听说有来沪的洋轮在外滩公开招聘"外国铜匠"，于是就去应聘，当场用钢锯、锤子、凿子、锉刀等工具把一块熟铁制作成一件可以灵巧转动的联动齿轮，立马被洋轮录取。他在洋轮上一干十年，回到上海自己开了个金工作坊，挂出的字号震动上海滩金工业，名曰"万样修"。

同行是冤家，谁也不服谁。"万样修"开张的头一个月，来自全市各个旮旯的金工师傅把大到汽车、摩托车、保险箱，小至照相机、洋玩具、钟表的各种各样的物件送到曹叫宝这里来修理，当然其中也有枪支（猎枪是公开的，军用枪支就是暗里进行了，因为上海滩各个时期的政府从来没有宣布过老百姓可以合法拥有军用枪支）。倒还别说，竟然谁也没难倒曹叫宝。

抗战爆发，日军占领上海，听说了曹叫宝其人，认为这绝对是个人才，准备把他"礼送"到日本本土去干什么绝密活儿。其时曹叫宝的朋友已经多得难以计数，三教九流各行各业都有，自有人给他通风报信。他马上关了"万样修"，玩起了失踪，其实是躲到浦东奉贤海边的一个小渔村去了，弄了条小船，靠打鱼为生。由于朋友多，游击队还是找得到他的，一旦遇上其他工匠无法修好的枪械，就会请他出马。

当然，各类枪械结构不同，损坏原因也不同。故障原因内行都知道，无非是零件损坏了，没有相同的调换上去。有些简单的零件，类似龚信达那样的技工是能够手工制造的，复杂些的也勉强对付得了。问题是制造出零件后的热处理如果不到位，那零件的硬度、韧度就达不到标准，装到枪械上也容易损坏。当时修理枪械的工匠中，要数曹叫宝的本领最大，他能把别人处理不好的零件处理好。如果他自己也处理不好，则会不断琢磨，改换原材料品质，更换加工工具，等等。这样到了1944年初，已经没有什么故障可以难倒他了。

据龚信达说，1944年夏末秋初，他曾亲眼看见曹叫宝用纯手工方式，仅凭着一个台虎钳和一套钳工工具以及土法上马的热处理方法制造了三支手枪，听说完成后直接送新四军淞沪支队去了。后来又听说曹叫宝用纯手工方法制作了五百发手枪子弹。他和其他几个技工曾想仿效曹叫宝，在同样的条件下制造手枪，但是遇上了铣膛线的难题，他们根本无法制作铣膛线的模具——模具的原材料选择、加工以及热处理，曹叫宝自有秘诀，别人是无法仿效的。

上海解放后，曹叫宝由于历史问题被人民政府拘捕审查，一年后释放。曹叫宝开设了一家制造生产工具的小作坊赖以谋生。龚信达没再跟他见过面，听说1951年曹叫宝曾因私造手枪被捕，犯这种案子是要被判刑的，可不知什么原因，曹叫宝被释放了。至于龚信达自己被捕是三个月前的事儿，案由是参与套购国家规定禁止民间买卖的有色金属。

专案组讨论下来，认为这个姓曹的行业老法师值得怀疑，便由阮敏煌带两个刑警前往其住处了解情况。

曹叫宝住在董家渡，刑警先去了管段派出所，了解到曹叫宝确实是制枪高手，上海解放后因贪私利，为一个老朋友私造过一支左轮手枪，用于偷渡时"防身自卫"。不过，那老朋友还没动身离沪，就被老婆举报被捕，讯问时供出了曹叫宝，曹叫宝也跟着进了局子。本来是准备逮捕后判刑的，一个人的出现，让事情出现了转机。

那是一位师级干部，抗战时在浙东四明山根据地工作过一段时间。根据地枪支弹药奇缺，便派人密赴浦东奉贤，请正在那里修枪的曹叫宝渡海（杭州湾）赴浙东，指导部队军工人员修枪造枪，还制造子弹、手榴弹、地雷。曹叫宝在浙东待了三个多月，为部队解决了燃眉之急，临走时坚决拒绝部队给予的丰厚酬金，说留着作为抗日经费。这位师级干部这次赴沪开会，顺道寻访曹叫宝，向他表示感谢。于是，曹叫宝的这段经历被认为是立功表现，将功折罪，这次私造手枪就不予追究了。

这是去年的事儿，那么，曹叫宝最近是否私造过手枪呢？派出所方面说这个我们不清楚，不过应该不会。刑警请教，什么叫"应该不会"？派出所方面解释，曹叫宝半年前被发现患了严重的肺结核病，两个月前住进了叶家花园（即上海市第一肺科医院），听说撑不了几天了。

刑警赶到叶家花园，曹叫宝果然已经病入膏肓，骨瘦如柴，话也说不利索了。这副样子当然不可能私造手枪了，刑警便问他上海滩是否还有人拥有像他那样的造枪技术。曹叫宝说上海滩是藏龙卧虎之地，能工巧匠多不胜举，肯定有这样的人物隐匿于民间，至于是谁，那他就不清楚了。刑警知道他不肯说，但看他这副样子，也不好勉强，于是就问了另一件事——当初用纯手工方式制造手枪的模具还在不在。曹叫宝点头说还在家里放着，去年用过一次，现在看来用不着了，遂让陪伴在侧的儿子带刑警去家里取。

这件模具取到后，立刻送往市局技术室作鉴定，结论是：没有发现最近曾经使用过的痕迹。

线索又断了！

六、金少爷检举方少爷

9月28日，涉枪案发生后的第八天，上午八点半，专案组正聚集一起准备开会分析案情，分局看守所传来消息：在押人犯金迎成称其有关于私造手枪的情况要向刑侦队领导当面报告。

专案组刑警听着觉得奇怪，金迎成这家伙怎么折进局子了呢？

北四川分局出具的刑事拘留证上写的案由是"故意伤害"，其实，追根究底来说，他犯事的缘由还是跟枪有关。

金迎成文武双全，还跟"保密局"的特工干过架，在道上的名气自然比方登瀛大得多，差不多全市黑道都知道他。从大牢出来后，道上那些老朋友纷纷前来看望。交往的人多，真真假假的信息也就多，关于方少爷要用手枪来对付他的话头就传到他耳朵里了。金迎成听说之后有些害怕，当然表面上是不会露出来的。他寻思方登瀛这厮有枪，我也得去弄一支，到时候枪对枪，那就谁也不敢开枪了，还得用拳脚来决出胜负。金迎成就四处打听谁有手枪出售，价钱高些没有问题。

过了两天，有人给他送信，杨树浦区有个叫"二癞子"的说他有一支手枪、三十发子弹，愿意出让，一口价一百五十万元。金迎成闻讯窃喜，当即让人给"二癞子"捎话：当晚八点在八埭头见面，一手交钱，一手交货。

晚上，金迎成前往约定地点。对方来了三个人，除了"二癞子"个头儿瘦小，另外两个都是一米八以上的彪形大汉。金迎成是老江湖，一看就知道来者不善。"二癞子"取出一个沉甸甸的小布包袱放在一个彪形大汉手里，说你拿着，我点过钞票无误后交给金少爷。金迎成便把钞票掏出来，"二癞子"点了一遍，说"没错"。那大汉把小包袱往金迎成手里一放，三人拔腿就走。

小包袱一到手里，金迎成马上觉得不对。若说重量，那够得上一把手枪和三十发子弹的分量了，可是，隔着包袱捏了捏，里面的形状似有问题。当下金迎成便说："等等，我还没验货呢。"话音刚落，"二癞子"三人早已跑出一段距离。金迎成情知有鬼，手一挥，"手枪"疾飞过去，正砸在一个大汉的后脑勺上，大汉立刻倒地。掷出"手枪"的同时，金迎成已经追上"二癞子"，将其摔翻在地，又几步上前，使了个绊子把另一个大汉放倒。

金迎成夺回钞票就离开了。没想到，那个后脑勺挨了一下的大汉一直昏迷,"二癫子"无奈,只好拦了辆三轮车把伤员送到医院。医生一看一问,一边救治一边报警。金迎成当晚就被捕了。

次日讯问时,金迎成才知道这回闯了大祸,那个大汉至今未醒。承办员告诉他,你这次犯的案子,肯定要比上次国民党法院判得重,对方即使今天就醒过来,那也是重伤,况且瞧这样子肯定会有后遗症的。金迎成便问承办员是否有减轻刑罚的渠道。承办员说有啊,根据党和政府的政策,你可以检举他人的犯罪行为,政府查实后算你立功,视功劳大小,将功折罪。

金迎成一听便皱起了眉头,寻思我若是有这方面的材料,早就抛出来折抵前面国民党法院判的刑期了,还等得到这会儿?闷闷不乐地被看守员押回监房,刚进门,忽听有人低唤一声"金少爷",他定睛一看,竟是方登瀛!

之前,刑警曾找金迎成了解他跟方登瀛斗殴之事,此刻在看守所见到方登瀛,他倒也不感到意外。方登瀛就不同了,像金迎成这样有本领而且吃过官司的家伙,在看守所人犯中是很有市场的,如若要收拾方少爷,无须自己动手,只要努努嘴就行了。好汉不吃眼前亏,方登瀛只有主动向金迎成示好。金迎成呢,也并不想在号子里面跟方登瀛过不去。倒不是他不计前嫌,只是一旦这么做了,传出去让江湖朋友瞧不起。所以,他接受了方登瀛伸过来的橄榄枝。

两人关在里面闲着无事,整天胡磕牙瞎聊天。方登瀛就这次"云楼馆"的"误会"作了解释,金迎成说自己根本没把这事放在心上。方登瀛终于放心了,没想到关进来倒跟金迎成交上朋友了,于是掏心掏肺口无遮拦,两人无话不谈,其间就谈到了那把手枪,方登瀛说是自己造的。

说者无心,听者有意。金迎成暗暗一个激灵,这不就是立功赎罪的材料吗？趁放风的机会，他跟看守员说要见刑侦队领导，有重要情况检举。

刑警到看守所提审金迎成，了解了上述情况，不由得面面相觑。这话从何说起啊？方登瀛怎么可能私造枪支？这小子有这本领吗？况且，他那支涉案手枪的来源已经查清楚了，是北站区虬江路五金机电旧货市场077号摊的摊主汪仁和卖给他的；而向汪仁和兜售这支手枪的是一个五十出头的老者。金迎成的这份检举材料，要么是他故意编造，让警方通过对这一线索的调查把方登瀛折腾一番；要么就是方登瀛故意捏造，关在监房里闲着无事找乐子。

当然，刑警既然来了，那就有必要对这一线索予以核实。三人就地讨论了几分钟，决定把方登瀛晾在一边，先提审"三头"再说。那三个小子跟方登瀛的关系这么密切，如果方登瀛真的私造枪支，那这三个主儿不可能不知道，甚至是参与者也难说。

"小毛头"、"阿六头"、"斜扁头"被看守员从监房提出来，由阮敏煌、刘熊生、徐家贵三刑警分别讯问。问下来的结果是，三人都说不知道方登瀛私造手枪之事，也没有听说过方登瀛会干"外国铜匠"的活儿，他就是一个大少爷，在家里见到油瓶倒了也不扶，哪里会造枪？想要枪的话，方少爷有的是钞票，买一支不就得了？

那就只有提审方登瀛本人了。这主儿听刑警一说来意，顿时一脸惊讶，说那支手枪的事儿我不是已经交代清楚了吗？你们也向虬江路的汪仁和查清楚了，汪仁和现在也关在这里。你们是听谁说我私造手枪的？是听金迎成说的吧？那是我跟他瞎掰的。为什么要编这事骗他？唉！金迎成的本领大着哩，我姓方的虽说号称"老闸一只鼎"，但跟他是没法儿比的。你们也知道，我折进局子前得罪过他，现在两人都进来了，正好关在一个监房里，他如若要我姓方的难看，那还不是分分钟的事？当然啦，可以报告看守员要求调监房，这我不是没想过，可真的调了监房，说我在看守所里怕了他金迎成，那我的面子往哪儿搁啊？我这官司是吃定了，那就得去监狱或者劳改农场，这种话头会被人传来传去，我到哪里都抬不起头来。所以，我只有一条路可走，那就是跟金迎成把以前的误会解释清楚。我跟他谈得很好，也谈到了那支手枪，我不能告诉他这是买的，否则人家汪仁和也关在这里，金迎成马上就会想到汪仁和是我出卖的，他就会看不起我。我只好说那支手枪是我私造的。像金迎成这样的人物，是懂规矩的，别人把话说多少他就听多少，不可能盯着我追问具体是怎么造的，这话头也就到此为止了。

　　刑警再次提审金迎成，他仍坚持自己的说法，说他是吃过官司的人，知道不能编造材料糊弄警方，否则还要罪加一等，他哪儿敢呢？

　　当晚，专案组开会分析这几个人犯的口供，议来议去一时琢磨不透。那怎么办？看来只有先把金迎成的话当真的来调查了，毕竟方登瀛承认自己确实跟金迎成说过这样的话。这是专案组中分局刑警的观点，市局两位刑警贾顺山、罗宝鼎对此却不敢苟同，其理由是之前方登瀛关于买枪的口供有"三头"作证，卖家汪仁和也已经捉拿到案了，现在如果把金迎成的话当真，那之前的所有结论不是都要推翻了？

　　两种观点相持不下，一时谁也说服不了谁。一直到29日凌晨两点多才达成一致：把金迎成、方登瀛两人的口供放在一旁，对之前的调查重新进行判读，看其中是否漏掉了什么。

　　9月29日上午，专案组刑警集中一处重新翻阅本案的卷宗材料，重点是前面已经调查过的那七十一个有条件私造手枪的工匠。摊子刚铺开，分局看守所打来电话，说在押人犯汪仁和要求提审。

七、真相大白

汪仁和要跟刑警反映什么情况呢？他告诉刑警，进了看守所后，承办员讯问时对他进行了法律和政策方面的教育，他意识到自己所面临的惩罚是比较严重的，通常会判处三年以上五年以下有期徒刑，如果运气不佳，正好遇上政府需要抓典型作为重点打击对象的话，那严重到什么程度就难说了，十年八年也不是没有可能。汪仁和吓得魂不附体，跟金迎成一样，连忙请教如何才能宽大处理。承办员进行了一番政策宣讲，指出一是检举揭发犯罪行为；二是如果没有检举揭发内容，那就端正态度，好好想想那个提供手枪的上家的种种细节，说不定能给办案刑警提供些帮助，那就是立功了。

其实承办员的这番说教都是套话，对每个提审的人犯都差不多，但汪仁和听着就感到有了希望，近日来一直挖空心思回想那个老者跟他交易的种种细节，甚至连做梦也想着。昨天半夜，他忽然想起一个细节来——

那天，那个老者来卖枪时曾经对他说过一番话，原话忘记了，大意是，老汪我听说过你的，抗战胜利那年秋天，我的朋友曾拿过几支枪给你，价钱开得比较公道，买卖双方都有赚头。汪仁和讲究的是和气生财，追求的是谈一笔生意交一个朋友，当时就问对方说的那个朋友是谁，老者说是"两把刀"。汪仁和与"两把刀"其实并未见过面，只是间接打过交道。听老者说下来，上海解放后"两把刀"跟老者还有联系，今年劳动节还一起在汉口路浙江路口的"老半斋菜馆"一起喝过老酒。汪仁和寻思这应该是一条线索，刑警只要找到"两把刀"，不就知道老者的下落了吗？

负责提审的阮敏煌、贾顺山获知这一情况，自是大为兴奋。那么，汪仁和所说的"两把刀"又是哪位？

汪仁和只知道此人是上海滩"外国铜匠"中的一名佼佼者，具体情况不清楚，但以其名气，随便找个旧社会在沪上干过"外国铜匠"的打听一下，十有八九都应该知晓。

阮敏煌、刘熊生离开看守所便直奔叶家花园，找"万样修"曹叫宝打听"两把刀"其人。据曹叫宝说，"两把刀"本名叫杨敬民，祖籍浙江萧山，出生在上海南市老城厢，今年大概五十上下。杨敬民家里是开香烛店的，跟南市沉香阁（即慈云禅寺）的僧人联系得比较多。他小时候经常手舞足蹈，行为失控（可能就是现今小儿所患的"多动症"。当时没有这个说法，只认为是顽皮，顽皮不是病，所以中西医都不会治疗），七八岁上就被送进沉香阁住了一年，请寺内僧人相帮矫治。

沉香阁把这件事儿交给一个操一口北方话的中年僧人负责。这个僧人法号瑞云，曾是义和团的二师兄，功夫了得，尤擅气功。杨敬民被迫跟着瑞云和尚苦练桩功、气功，一年后回家，气功已经有点儿入门的样子了。之后，尽管不是天天习练，但隔三差五练练总比不练好。他的"多动症"基本痊愈，但依然比寻常"乖小囡"顽劣得多，所以小学毕业后，家里就把他送到一家机修厂学"外国铜匠"。没想到，他小时候学的气功有了用武之地，钳工活儿中举凡锯、凿、锉、锤、刮等基本功，一学就会，一会就通，一通就灵，别人三年学的手艺，他一年多就学会了。

等到满师后，随着不断实践，他的技艺突飞猛进，更上一层楼。二十岁那年，杨敬民听说公共租界一家洋商开的机器修造厂招收技工，前往报名应试。洋人开出的薪水高，报名者云集，这次招考实际上就是上海滩一场钳工技艺大赛。考试结束，杨敬民用锉刀锉出的铁块，用三角刮刀、蛇头刮刀修刮的轴瓦被评判小组评为第一。从这时起，他就有了"上海滩两把刀"之称。

不过，"两把刀"后来却不再干"外国铜匠"了，而是做起了棉布捐客，偶尔遇上机会自己也出资买进若干，囤积居奇，待到价格上涨后再抛出，赚取一笔差价。当然，以其"两把刀"之名，以及可想而知的钳工手艺，他在沪上金工界的名气尚在，业内遇到技术难题时，大家还是会想到他，请其相帮解决。金工行业内部遇到纠纷，也经常请他调解。据说这人比较仗义，虽然谈不上"两肋插刀"，但一般稍稍冒点儿风险的事儿是肯干的，比如抗战胜利伊始有朋友要出手私藏的手枪，不敢拿到虬江路去卖，托他出面，他从来不打回票，拿到枪就奔虬江路，卖掉后不收一分钱报酬，连车钱都是自己搭的。

专案组刑警闻知上海滩金工界还有这样一位老法师，不禁窃喜。以"两把刀"在金工界的声望，那个向汪仁和出售手枪的老者能和他一起喝酒，可见此人在业界也是个厉害角色。既然如此，老者本人可能就是私造手枪的案犯。此刻没有什么迟疑的，只要找到"两把刀"杨敬民，就可以得知老者的身份。

原以为要找"两把刀"这样一个行业名人应该是很容易的，哪知专案组一上手却发现情况不容乐观。

刑警先去了工商局打听。工商局给棉布行业公会打电话，答称的确有个杨敬民是做棉布生意的，办公地址是徐家汇区天钥桥路莫家弄，但没听说过其"两把刀"的绰号。刑警赶到那里去一看，地址倒是没错，但并无此人，也没有公司或者店铺，一家小学在此设立了三个班级，说是教育局临时协调的，具体情况区政府清楚。

刑警又赶往徐家汇区政府，找了工商科。接待人员说那里以前确实做过棉布仓库，但房子是向私人租的。上海解放前夕，房东逃到海外去了，房子被政府没收。那个租房的老板姓杨，叫什么不清楚，据说改做粮食生意了，放弃了这边的房子，去了哪里就不知道了。

这一通折腾，已经半天时间过去了。下午一点半，刑警又去了市粮食行业公会，了解下来，对方说确实有个叫杨敬民的商人登记过，听说原先是做棉布生意的，再往前还做过"外国铜匠"，不过去年开始他已经不做生意了，听说在家歇着呢。那么，他家住哪里呢？对方搬出厚厚的登记册，查到其家庭住址是普陀区长寿路嘉德里17号。刑警赶去一打听，确实有个"两把刀"杨敬民住过，但他已在去年年底搬家了，没人知道他搬到了哪里。

刑警寻思，他搬家总要迁户口的，派出所肯定有记载。可出乎意料的是，派出所竟然没有记载！为什么不记载？因为杨敬民的户口从来没有迁到过这个派出所的管段，也不知道他家的户口到底在哪里。

刑警这下就没方向了。商量了一阵，最后决定去"老半斋菜馆"碰运气，"两把刀"不是在今年劳动节去"老半斋"吃过酒吗？不知是否预订了，如果预订的话，是否还保留着记录。通常地址是不会有的，留个电话倒是有一半的可能。

"老半斋"的账房先生说，他们有预订记录，不过只写姓名，有电话愿留的也记一下号码，但从来不写顾客地址。刑警正沮丧时，忽然老板过来了，问同志有什么事我们可以帮忙。听刑警一说来意，立刻说"两把刀"杨老板是他的朋友，店里鼓风机、电风扇、手推车之类出了什么毛病，都是请他来修理的。这人很够朋友，帮店里修理东西从来不收费；但若是来用餐，那餐费可是一文也不肯少付的。

当天傍晚，刑警总算赶到了杨敬民在董家渡的家。因为有今年劳动节一起在"老半斋"吃酒之事，杨敬民马上说出了老者的姓名。

此人名叫安传书，现年五十五岁，扬州人氏，少年时随其父亲去武汉开了一家理发铺子。安传书心灵手巧，不但头剃得好，刀剪也磨得到位，而且天生对研磨有一种怪癖式的爱好。十五岁那年，有个经常去理发的汉阳兵工厂工程师对安父说，你儿子是搞金工的一块好料，让他剃头那是误了他的前程，倒不如让他去兵工厂学手艺吧。就这样，安传书进了汉阳兵工厂下辖的制枪厂当了一名学徒。他在制枪厂干了二十年，到1932年时，已经是全厂有名的十大技师之一。

也是在这一年，安传书与厂里新来的管理人员发生矛盾，打了一架，吃了点儿亏，心里非常不爽，正好有人介绍他跳槽，他便去上海新办的"大通修造厂"当了一名技师。"大通修造厂"的业务是修枪造枪——当然不是军用枪支，而是民用猎枪、气枪。1937年全面抗战爆发，安传书的妻儿往浦东逃难时，所乘木船在黄浦江倾覆，妻子子女四人全部罹难，从此他就过起了单身生活。

日军侵占上海后，"大通修造厂"仍然存在，不过，枪是不敢碰了，那是日军当局严禁的。也不去跟机修什么的沾边，来了个彻底改头换面，生产烹饪调料，"大通修造厂"改为"大通食品调料厂"，制作酱油精、酱汤粉、咖喱粉、辣椒粉等食用调料。安传书因为在"大通厂"占有股份，所以仍留在那里负责机器修理和保养。当然，像安传书这种汉阳兵工厂出身的技师，在"有枪就是草头王"的年代是很吃香的，和曹叫宝遇到的情况一样，活跃在浦东地区的各路游击队都曾邀请安传书前往修理枪械。

上海解放后，"大通食品调料厂"仍旧存在。不过，杨敬民不敢断定安传书是否仍在那里工作。生怕刑警不信，杨敬民解释说，劳动节在"老半斋"喝酒那天，他本是约了几位老友相聚的，其中并无安传书。可是，他骑着自行车从董家渡家中去"老半斋"路过外滩时，正好和安传书劈面相遇。两人已经多年没见面了，当下自是惊喜，安传书便邀杨去附近饭馆喝酒叙旧。杨敬民说他今天正好在"老半斋"请客,何不一起过去,遂告知请了谁谁谁,都是安传书的同行,于是一同前往。席间人多嘴杂,没问他在哪里高就,甚至连安传书现今住哪里也没问。宴毕分手时杨敬民关照安传书,如若有事找他,可来"老半斋"让老板捎话。

9月30日,专案组决定去"大通厂"查访安传书其人。这时,众刑警已经有了疑问:"大通厂"藏龙卧虎,有这么一个制枪行家,可之前警方在该厂所在的老闸区政府工商科查看私营工厂作坊员工登记册时,"大通厂"的花名册中并没有安传书的名字。是该厂没有上报呢,还是此人已经离开了该厂,或者刑警在查看的时候不慎漏掉了?有鉴于此,受命前往该厂调查的刑警刘熊生、徐家贵在途中交换了意见,决定先去区政府工商科查阅一下"大通厂"的花名册。

这一去之后,二刑警竟然改变了主意,决定不去"大通厂",而是返回分局了。为什么呢?原来他们在查阅花名册时,顺便看了看之前查阅时未曾留心的"大通厂"老板的情况。看到老板的名字叫方鸿儒,二刑警不由交换了一个眼色。老板姓方,与被捕的方登瀛是不是有什么关系?随即往老闸分局打电话,要求即刻查阅户口底卡。片刻,对方回电告知,方鸿儒系方登瀛的父亲。

如此,刘熊生、徐家贵就不敢打草惊蛇贸然前往"大通厂"去调查安传书的情况了,立刻返回专案组报告。

至此,专案组开始倾向于相信金迎成的检举了,认为方登瀛说了假话,那支手枪可能与方家的厂子有关。而且,涉案人不止安传书一个,也许还有其他人,比如方老板。

当然,这只是目前专案组的怀疑,具体情况还得进行调查。下一步该怎么查?专案组又有两种意见,一种意见是立刻提审方登瀛,加大讯问力度,迫使他老实交代一应情况;另一种意见是立刻开展对安传书其人其踪的外围调查，只要将此人拿下，方登瀛这小子不认也得认。反复考虑后，专案组决定把全部力量扑上去走后一步棋。

刑警分析下来，认为造枪需要技术人员和设备，技术人员目前基本上可以确定就是安传书了，设备也可以肯定就是利用了"大通厂"的车床。像安传书这样的角色，只要有工具和材料，他就能做出一支手枪来。对于专业制枪技师来说，热处理根本不成问题，据说他们在自家的厨房里就可以完成对手枪零部件的淬火。那么，安传书此刻藏身何处呢？刑警认为不管藏身哪里，"大通厂"的工人群众应该有个大致上的了解，因为最近安传书肯定去过"大通厂"——他要使用车床，就不得不在该厂露面。

私营厂是没有保卫科的，再说由于可能涉及老板，即使有刑警也不敢联系。于是刑警就通过北四川区工会出面，约见"大通厂"工会主席姚一珉。当天中午，双方在区政府见面。刑警一说安传书其人，姚一珉马上点头说认识，乃是厂里的金工首席，精通各种金工活儿。不过，这人平时不在厂里上班，他在方老板家里待着，既是管家，又协助方老板管理"大通厂"和方家所开的另外三家店铺的业务。安传书是方老板的亲信，跟方老板关系非同一般，因为他的妹妹就是方太太。

了解到这一情况后，专案组当即决定也不去"大通厂"做什么调查了，先去方家把安传书抓了再说。

当天午后，安传书归案。至此，这起涉枪案终于真相大白——

方家少爷方登瀛一直想弄支手枪玩玩，但如今是新社会了，花钱也买不到手枪。他知道大舅安传书乃是制枪高手，就跟舅舅商量请他相帮造一支。安传书一直不敢答应。可是，安传书有一个软档——嗜赌。打自今年以来，手气不佳，输了又输，债台高筑。大凡赌徒都有不服输想翻本的心理，安传书也不例外。为筹赌本，他在姐夫、姐姐处碰壁后，盯上了外甥方登瀛。于是，外甥就和舅舅达成了协议：安传书给外甥私造一支手枪，外加五十发子弹，外甥给舅舅两条黄金项链。

安传书负责"大通厂"的机修，在厂里有一间办公室，里面藏着以前修造枪支时留下的五十发军用手枪子弹，他就根据这些子弹设计枪管口径。他利用星期天工厂休息的机会，以加班检查机械设备为借口，完成了零部件加工，就地取材因陋就简进行了热处理。至于装配，那是带回方家进行的。

至于如何交货，安传书颇动了些心思。他知道这个外甥的德行，有了手枪可能会惹祸，那公安局可是要逮人的。尽管方登瀛再三保证如果出事他绝对守口如瓶，绝不把舅舅牵进去，但安传书是老江湖，知道这种承诺是靠不住的。很快，他想出了一个主意，把手枪拿到虬江路五金机电旧货市场卖给以前曾做过枪支买卖的汪老板，然后让方登瀛去向汪购买；为显得"真实"，他还给外甥出了个主意，让他带小兄弟一起去，以便万一出事可以作证。

安传书交代后，刑警又去看守所提审了方登瀛。方登瀛只好如实交代，跟安传书交代的完全相符。至此，这起外国贵宾来沪访问前的涉枪案的侦查工作终于在限定的十天期限内画上了句号。

1953年2月10日，涉枪案案犯安传书、方登瀛舅甥分别被判处有期徒刑七年、五年，"三头"和金迎成另案处理。

"741情报组"覆灭记

1957年1月15日，一架B52飞机窜入上海市上空，空投反动宣传品八十麻袋，约一千五百公斤，所幸被公安民警和人民群众及时发现，全部截获。中共上海市委要求上海市公安局针对这些反动宣传品中暴露出的线索，对国民党间谍机关潜伏于上海的特务进行侦查……

一、遗忘在轮渡上的本子

这是一个气温在零度上下，但由于湿度大而使人感到寒气沁骨的隆冬之日。午后，一辆被草绿色军用帆布蒙得严严实实的道奇牌十轮军用卡车从北郊方向驶入上海市区，径直前往建国西路的一幢大楼。那里，是当时上海市公安局一处不挂牌、不公开的办公地点。

军用卡车在大院里停下后，随车负责押运的几个解放军战士下车，和已经等候在那里的七八个公安人员一起，把车上的特殊货物——八十麻袋的反动宣传品一一卸下，搬入一间已经腾出的空屋子，靠墙码放得整整齐齐。这些特殊纸制品随即被拍照，然后，由市公安局领导指定的专家将其分类，不分昼夜地进行分析研判。

1月17日上午，专家向市公安局和政治保卫部门的领导汇报了研判结果：这些反动宣传品有"出版物"、"公开信"、"传单"、"资料"、"标语"等五个大类、十五种。其中，"出版物"有国民党特务机关控制的机构印制的《自由中国周报》、《大陆月报》、《匪情动态》、《克难月刊》等四种。"公开信"有"针对全社会人士"以及"分别针对各阶层人士"的七种不同版本。"传单"、"标语"则属于大杂烩，台湾特务机关可能考虑到了"受众的文化水准"，所以使用了比较通俗的措词和行文方式，而且采用了由中国文字改革委员会于1956年1月28日通过的五百一十五个简化汉字中的部分汉字——此前，台湾方面曾公开声明过"不认可、不接受、不使用"这些汉字。并且，这些"传单"、"标语"采用了中国大陆地区从1956年1月1日开始使用的报刊横排方式。"资料"则清一色地声称是大陆党政军机关发布的，属于"秘密"、"机密"等级的文件和内部报刊，其中大部分是上海市市政府系统的，也有少量中央国家部门和华东军区系统的，绝大部分是伪造的，但也有几份是真货。根据专家统计，上述所有反动宣传品的内容涉及上海市的党政军，以及工业、商业、文教、卫生和公检法等行业、系统。

会后，上海市公安局即向公安部汇报了详情。下午两点多，上海市公安局接到公安部部长罗瑞卿的指示，要求"迅即查明敌特此次空投反动宣传品的情报来源"。此时，上海市公安局领导正在为如何开展侦查工作召开碰头会，于是就在会上讨论决定了专案组的成员名单。鉴于反动宣传品涉及多个行业系统，案情复杂，为了便于开展工作，领导决定从上海市公安局政保一处至七处，以及工业保卫处、企业保卫处和文教保卫处分别抽调精干侦查员，组建一支十七人的专案组，由公安局副局长雷绍典担任组长，政保二处副处长曾振环担任副组长。专案组另从黄浦、徐汇、虹口分局抽调了三名年轻警员，作为内勤留驻建国西路驻地，负责整理材料和跑腿打杂。

当天晚上，专案组与专家一起召开了一个座谈会，主要是听取专家对研判反动宣传品的情况介绍。尽管大家在会上又是听、又是记，还提了一个又一个的问题，可对于这个特殊的案件还是心里没底。在座的侦查员都有着丰富的侦查经验，但一时也说不出什么观点来。

雷绍典是一位老资格的政治保卫工作者，具有丰富的政保经验，新中国成立后主持过福建、南京的公安工作，后调来上海出任市公安局副局长。他接受市公安局党委指令主持"1·15"案件的侦查工作后，就对侦查思路进行了思考。尽管他之前没有侦办过空投反动宣传品的案件，但他觉得这其实跟以前侦办过的深挖潜伏敌特的案子大同小异。台湾特务机关空投过来的这些反动宣传品中，符合我方真实情况的情报，一定是通过某种途径刺探获取的，所以，透过现象看本质，专案组接下来要干的活儿，无非就是通过周密的调查，找到敌特方面获取这些情报的来源，然后顺藤摸瓜，就可以赢得胜利果实了。眼下，雷绍典把以上思路向全组侦查员亮了亮，让大伙儿鼓起劲儿来，用科学而又细致的态度来面对这个案子。

一干侦查员听了雷副局长这番举重若轻的话，都感到豁然开朗，争相发表意见。讨论下来，大家达成一致观点：心急吃不了热豆腐，还是得先做好热身准备工作，那就是对这些反动宣传品的内容进行分析。之前，专家们的研判等于是替专案组完成了前期工作。往下，专案组的成员们就要根据各自的工作特点，分门别类地对这些宣传品进行审读，从内容中找出共同的特点，再围绕这些特点来进行侦查。

考虑到这种审读、分类需要一些时间，专案组依据本案的案情写了一份《工作简报》，向全市公安系统印发，请各部门在日常工作中留心可能与本案有关的线索，一旦发现，务必在第一时间通知专案组。

接下来的三天里，专案组侦查员都集中在建国西路驻地，不分昼夜地进行审读，然后分类。最后的分类是按照这些反动宣传品涉及的行业进行的，比如十五种宣传品中涉及工业系统的占七种，就把这七种宣传品中与工业系统相关的内容摘录出来，交由来自工业保卫处的侦查员负责调查。涉及其他行业的内容均采取此办法。

1月21日，专案组对反动宣传品的综合情况进行了讨论，认为台湾特务机关空投的这些反动宣传品的内容中，尽管大部分属于无中生有的造谣、捕风捉影的臆想和断章取义、移花接木式的歪曲，但也确实有一部分是确凿无疑的真货，比如"资料"中的几份文件，甚至就是我方内部下发的正式文件；有的文件虽是伪造的，但是其中的一些数据是准确的。这说明台湾方面炮制这些文件的"秀才"们，在撰稿时手头是有材料的。而这些材料，显然是通过潜伏在大陆的特务收集的。

专案组面临的任务，就是找出收集情报的敌特分子！

雷绍典要求各路侦查员白天分头行动，各显神通，晚上集中到驻地开碰头会，汇报调查情况，讨论案情，领受新任务。侦查员们如发现特殊情况，要随时向坐镇驻地的专案组领导报告。

当天下午，来自市局工业保卫处的侦查员袁亚鹏前往冶金局调查，刚刚抵达就接到专案组副组长曾振环的电话，说黄浦分局那边报来一条线索，可能跟"1·15"案件有关，让袁亚鹏迅速前去了解情况。

黄浦分局上报的是一起发生于黄浦江轮渡上的治安案件。前天下午三点多，延安东路轮渡站门口发生了一起有九人参与的群殴事件。这场打斗听着人数不少，其实是雷声大雨点小。这九人是两伙互不相识的青年，都是从浦东上的轮渡。一上轮渡，就抢座位，其中一位在抢到的座位上发现了一个乘客遗忘的蓝色帆布书包，想当然地认为里面必有些值钱的物件，于是迅速地把书包抓在手里，宛若自己的随身物品一样往怀里一搂。他的几个伙伴看见了，寻思见者有份儿，回头上岸后找个地方先把书包里的东西查点一下再说。不想这一幕也被和他们同时登上轮渡而没抢到座位的那几个青年看在眼里。那几个人也是二十岁左右、没有工作的社会闲散人员，靠时不时惹点儿事儿解闷找乐子，他们对书包里的物品也产生了兴趣，寻思着到浦西后也要分一杯羹。跟捡到书包的那伙青年一样，他们也不吭声，脑子里做着闷声发大财的美梦。

轮渡很快就在浦西延安东路轮渡站靠岸，前一伙青年可能担心书包的主人发现丢失书包后已跟轮渡站的工作人员联系过，延安东路的工作人员会在码头出口处检查，于是立刻拔腿上岸。捡得书包的主儿把包揣在棉袄里，两旁都有同伴儿挡着，一般人是发现不了的。后面那伙人动作稍微慢了一些，被登岸的人群略略阻碍了脚步，和前一伙隔开了一段距离。他们生怕跟丢了，一面拨开挡路的人，一面加快脚步，总算在轮渡站门口追上了前面一伙。他们借着出站人群的拥挤之势，把前面的那伙人蹭到大门侧面，然后，就开始谈判。

这种年纪、这等素养的小伙子，正是精力过剩、血气方刚的时候，谈判自然解决不了问题，于是就改用拳头商榷。1957年时，上海等一些大城市的治安已经让人民公安治理得几乎达到了"夜不闭户，道不拾遗"的地步，虽然还没有"110"，可是群众比"110"还"110"，两伙青年还没"商榷"出个结果来，早有群众挺身而出阻止斗殴，套着红袖箍的轮渡站治安员也来了。随后，接到轮渡站电话的派出所民警也赶到了。

民警把这两伙打架的主儿带到派出所，问明事由后，随即打开那个书包查看，发现里面东西不多，也不值钱：一个中号搪瓷碗，一个长方形铝饭盒，内装金属汤勺一把、毛巾一条、钥匙一串，以及一个红色漆皮封面的本子。那两伙人看着这些东西，脸上露出失望和后悔的神情——早知书包里是这些不值钱的东西，就不捡、不争了，免得来派出所吃苦头。这"苦头"并非皮肉之苦，而是面子和影响。按当时的治安处罚规定，即使是这等挥几拳的小事儿，也可以治安拘留，甚至可以送劳动教养——中国的劳动教养制度于1957年8月1日正式颁布，但实际上各地在此之前就已经实施了。不过，当时这几位仅是失望和后悔，对于自己当场释放还是信心十足的。不仅是他们，连民警也是打算当天就把这几个人放了的。哪知，接下来突然发生的一幕出乎所有人的意料：民警之前已经问过当事人，个个都说没有受伤，这时，忽然有一人捂着脑袋大呼"头痛"，然后就倒地不起，抽搐片刻，竟然昏厥了！

这就不是当场可以处理的案子了。把人紧急送到医院后，医生诊断是重度脑震荡，需要住院治疗。于是，一伙人全部被拘留。

然后就要说到跟"1·15"案件相关的地方了。延安东路派出所把人送到黄浦分局拘留后，分局承办员说这个书包你们拿回去吧，估计失主很快就要找到轮渡站询问了，到时轮渡站一定会找你们。你们拿着书包，省得来回跑了。可是延安东路派出所的两位民警不以为然，他们说万一书包弄丢了算谁的？还是你们留着吧，等轮渡站跟我们联系时，我们让失主到分局来找你们不就行了。这样，一位姓丁的年轻承办员就只好把书包留下了。

当晚，小丁值班，空下来闲得慌，按规定又不可以看书看报，他就把书包里的那个红色漆皮本子拿出来随意翻看。这个本子上记录着杂七杂八的内容，比如有蔬菜、米面、油盐酱醋的价格、购买日期和数量，有购买日用百货的记录，还有购买书籍、订阅报刊的日期、价格，等等，好像一个家庭的记账本子；同时，上面还有电影、戏剧的精彩台词、歌词的记录，甚至还有一些中外名著经典语言的摘抄，以及几月几日跟什么人见面和一些人的生日备忘……小丁一页页翻下去，又翻到了一些和铁矿石、焦炭、炉温、密度、转炉等文字混杂在一起的数据。

引起小丁警惕的正是这部分内容，他想起两天前治安科开会时，领导传达市局关于最近发生的轰动全市的"1·15"案件的《工作简报》，里面说到反动宣传品中的"工业部分"提及上海钢铁行业的一些数据。他寻思这个本子上也记录着似乎跟钢铁厂有关的数据，这是否跟"1·15"案件有关呢？于是，小丁就在第二天中午交班后向科领导作了汇报。治安科领导随即报告了分局，下午上班后分局就向专案组打电话说了此事。

当下，袁亚鹏赶到黄浦分局，听取了情况介绍，仔细查看了那个本子。他是市局工业保卫处的侦查员，以前曾是驻上海钢铁三厂的警员，对钢厂的术语非常了解。此刻他一看便知，本子上记录的是某家钢厂生产情况的数据，就来了兴趣。他想了想，对小丁说："你通过延安东路派出所跟轮渡站沟通一下，如果有人询问这个本子，请务必留住那人，并立刻报告派出所或者分局。不管是派出所还是分局，只要接到报告，都必须把那人扣留，然后通知专案组。"

袁亚鹏交代完毕，随即返回建国西路专案组驻地，一翻反动宣传品原件，发现上面印着的关于上海钢铁三厂自1956年1月至10月的生产数据跟这个本子上的数据完全一致!

二、排除嫌疑

这是"1·15"专案侦查工作中发现的第一条线索,自然受到特别重视。袁亚鹏受命与另一名侦查员孙玮钧负责调查该线索,两人去了延安东路轮渡站,找了事发当日处理斗殴的治安值班员老曹了解情况。老曹的陈述与之前小丁介绍的情况无异。他们又向轮渡站负责人老李询问是否有人来认领这个书包。老李是个很仔细的人,他向包括轮渡上的水手在内的全站工作人员逐个询问,没有一人接受过此类查询。

袁亚鹏、孙玮钧又去黄浦区看守所逐个提审被拘留的几个斗殴青年。讯问下来,几人都说那个蓝色帆布书包是前一拨从浦西前往浦东的乘客忘在轮渡上的,至于是何人遗忘的,那就不清楚了,因为轮渡到了浦东靠岸后是先下后上的,他们上船时轮渡上已经没有从浦西来的乘客了。

这就有点儿奇怪了。尽管在那伙斗殴青年眼里,这个书包里的物件一分不值,可是对于那个丢失书包的人来说,搪瓷碗、铝饭盒、汤勺、毛巾,还有钥匙等,每一件东西都是他生活中少不了的。按照当时上海人的习惯,外出丢失了东西,如果回忆起来自己曾在哪个公共场所待过,就会回去询问,确实也有一些人因此找回了失物。可是,眼前的这个失主似乎属于另类,他是从浦西摆渡前往浦东的,乘轮渡肯定是记忆中抹不去的情节,当他发现自己丢失了书包后,为何不向轮渡站打听呢?两个侦查员越想越觉得这人可疑,于是就商量先找起来再说吧。

袁亚鹏、孙玮钧把目光投向了那个书包和里面的东西,两人逐样查看。书包是蓝色帆布制作的,正面包身上印着一艘船首高翘着航行于波浪中的轮船，右侧有四个竖排楷体字：乘风破浪。书包内外没有生产厂家的名称、地址等信息；再看搪瓷碗和饭盒，倒是有生产厂家的，分别由"私立上海立丰搪瓷厂"和"国营上海第一铝制品厂"生产，饭盒里的那个汤勺也有生产厂家，是上海货；毛巾也是上海货，是"上海毛巾二厂"的产品；那个红色漆面的本子，是由"南京大璋纸品厂"生产的。最后查看的是那串钥匙，大大小小一共七把，从形状判断，应是司必灵门锁、抽斗或者橱柜门锁、挂锁的钥匙。

上述这些东西，单独看来并无分析价值，可是如果把它们放在一起去考虑，对于经常外调出差的袁、孙两人来说，轻而易举就跟外出旅行联系起来了。于是，二人推测书包的主人是一个从外地（包括上海郊区）来上海市区旅行的非上海市民；此人抵达上海后，购买了这个蓝色书包以及搪瓷碗、饭盒、汤勺、毛巾等简单生活用品，从这些用品七八成新的程度可以估计，他在上海已经待了不少于两个月的时间；从每把钥匙表面、特别是匙齿横断面的光亮度来看，这几把钥匙一直在使用，由此可以推断此人在上海的居住地不是旅馆，而是固定的民房，因为当时的旅馆是由服务员开门的；至于搪瓷碗、饭盒、汤勺、毛巾，是此人每天外出时需要使用的生活必需品，看来他经常出没于某个或者数个需要自备餐具用餐的单位，应是在该单位的食堂用餐；最后，就是那个红色漆皮本子了，从该本子上记载的内容来看，可以分为几个类型：家庭开支、文艺信息、日常备忘和钢厂生产数据，最后这项是专案组感兴趣的。这人所记录的其他内容跟寻常百姓无异，至于他为何在本子上记载这些钢厂数据，那暂时就无法下定论了。侦查员认为此刻最可疑的情况是：这人为什么在丢失书包后没向轮渡站询问？这一点再加上本子上的数据记载，就不得不使人对其产生怀疑了。

袁亚鹏、孙玮钧向专案组副组长曾振环作了汇报。曾振环听完后立刻说:"这个书包的主人应该是在上钢三厂做临时工作的一个角色,你俩按照这个思路去找人就是!"

次日,袁亚鹏、孙玮钧前往位于浦东周家渡的上钢三厂,跟驻厂的市局工保处警员说明来意后,警员陪同两人前往工厂保卫处。保卫处的忻副处长听袁、孙介绍了情况后,说看来这人就是在我厂工作的临时工了,临时工是人事处下面的"外来工管理科"负责招收和管理的,这事儿你们可以向他们去了解,他说着就要打电话把该科的刘科长叫来。侦查员说还是我们过去吧,他肯定是要翻材料的,过来了也还得一起过去。

二人随即去了外来工管理科,刘科长不在,就找了管理材料的王姓女科员。小王把临时工登记册拿出来让侦查员自己翻阅,两人粗粗一看,上钢三厂不愧是一家数万员工的大型企业,光临时工就有上千名。当下不看其他,单看来路,勾选出了一百二十九名来自上海市区以外的临时工。

这时,刘科长回来了,袁亚鹏向他说明了来意,重点是查访这些临时工中住宿在厂外、使用随身携带的餐具在厂里食堂吃饭的对象。刘科长闻言频频摇头,说没有这样的对象,一是来自外地,包括郊区的临时工都是住在工厂宿舍的,没有人住在厂外;二是本厂不论正式工还是临时工,都是使用本厂统一发放的搪瓷盆用餐的,是进厂时和工作服、劳防用品一起发放的,每人一大一小两个盆、一双竹筷,正式工的盆子上还印着姓名,临时工的盆子上印着阿拉伯数字。

这么一说,袁亚鹏、孙玮钧都傻眼了。少顷,袁亚鹏回过神来,他毕竟在上钢三厂做过驻厂警员,对该厂的情况有些了解,脑子里突然灵光一闪:"刘科长您说得对,三厂是发餐具的,不过我记得以前我在厂里食堂用餐时,曾看见过有人不用厂里发的餐具用餐,用搪瓷碗、饭盒甚至瓷碗的都有，这又是怎么回事呢？"

刘科长说有这种个别情况，那是有的工人丢失或者损坏了餐具，厂里一时还没来得及补发，或者是另一种特殊外来人员，他们是外厂来三厂进修、学习的，会在三厂待上三个月、半年甚至一年，这些人员是不享受三厂福利待遇的，所以就需要自备餐具。

行了，要调查的对象就在这部分特殊人员中！

袁亚鹏、孙玮钧根据厂技术处下面的技术交流股提供的外来进修人员名单，要求厂保卫处立刻把这些人请到会议室来参加座谈会。

结果，座谈会还没正式开始，书包的主人就找到了。人员到齐后，保卫处忻副处长刚把要调查的情况向与会人员说了说，还没向大家介绍来自市公安局的二位侦查员，马上有人站起来说那个书包是他的。于是，袁亚鹏、孙玮钧就请他去隔壁屋子谈话。

书包的主人名叫刁培清，二十四岁，来自江苏徐州，去年大学毕业，后被一家正在筹建的钢厂招收为技术员，受单位指派前来上钢三厂培训。上钢三厂对兄弟单位外派来取经学习的人员是不给任何福利待遇的。那个年代讲究坚持原则，冶金局、劳动局规定外派人员一律不得享受上海的福利待遇，那就是铁律，理解要执行，不理解也要执行。因此，所有外来学习人员都是自己解决住宿，至于用餐，可以在上钢三厂食堂搭伙，但要自己买饭票菜票，还得交搭伙费。那时，上钢三厂还没有建招待所，所以这部分人员只能自己设法寻找住处。

刁培清本来是可以在上钢三厂附近的农村花钱租间民居作为临时住所的，可是他临离开徐州，去钢厂筹备处拿介绍信、借支生活费时，正好厂长在场，问他去上海准备住在哪里。刁培清如实相告。厂长说："你不必花这个钱了，为国家节省点儿开支吧。"说着就给他写了一张纸条，让他到上海后去徐家汇江苏省政府驻上海办事处找老钟同志，

"他叫钟连盛,是我当年在八路军时的部下,他看了条子会给你安排住处的,不会收你一个子儿。"刁培清抵沪后前往办事处,老钟看了老上司的条子,二话不说就把他领到附近的一处公寓楼,这幢七层建筑的第三层是江苏省办事处长租的,老钟把刁培清安排在楼梯间。楼梯间面积不大,只有七八平方米,可是床铺、写字台、衣橱都是现成的,刁培清觉得很满意。

当然,也有不称心如意的方面——离上钢三厂太远了,中间隔着黄浦江,来来回回还得摆渡。不过,因为这是厂长安排的,刁培清必须服从,况且可以为国家节省一笔住宿费,是好事儿,所以,远就远点儿吧。

然后,就要说到那个红色漆皮本子上关于上钢三厂钢铁资料的记载了。刁培清解释,他来上钢三厂学习,是备了专门的笔记本的,放在厂里的更衣柜里。他每天到厂后需要换下平时的衣服穿工作服,那时就把书包放进更衣柜,把笔记本装进衣兜,插一支钢笔,再进车间或者会议室。

去年12月上旬的一天,刁培清到厂后正掏钥匙准备打开自己的更衣柜时,上面一格柜子的主人、广西南宁来的小马端着一碗从食堂买来的豆浆风风火火地进来了。小马的柜子是不上锁的,他把柜门拉开后,因为豆浆烫手,就急忙把那个碗放在了打开柜子的边缘,不料一不留神把碗弄翻了,豆浆顺着柜子的缝隙淌到了下面的柜子里。幸亏刁培清动作快,急忙把里面的东西往外拿,可许多东西还是遭了殃,其中就包括那本刚用了一周的工作手册。

这天是上钢三厂的技术科长给他们作报告,当然是需要记录的,刁培清的工作手册给豆浆打湿了不能用,他只好把自己那个专门记录、摘抄杂七杂八内容的红色漆皮本子带上了。因为是临时替代,所以他就只记录了些数据,当天下班后另购了一个新本子,连夜把技术科长的报告整理出来了,而红皮本子上的那些数据,就留在了上面。

那么,丢失了书包为什么不去轮渡站寻找呢?刁培清说他那天感冒了,有点儿发烧,头晕脑胀的,才在上班途中把书包给弄丢了,回到厂里去医务室看病时才发觉。他在上班途中要换三趟公交车、一趟轮渡,根本不清楚书包是丢在什么地方了,想想里面没有什么值钱的东西,所以也就不打算找了。

侦查员立刻对刁培清的上述陈述进行调查,查看了刁培清所说的被豆浆泼过的那本工作手册,询问了小马以及当时也在场的两个人,还去医务室查问了那天接诊的医生并查看了药方,最后确认刁培清所言属实。

之前专案组寄予希望的这条线索,至此就断了。

三、调查"二劳"系统

与此同时,其他几条线的侦查也正在紧锣密鼓地进行。就在袁亚鹏、孙玮钧跟刁培清谈话的时候,侦查员朱友存、郭国成正在前往上海市粮食局的路上。

怎么查到粮食局去了呢?朱友存、郭国成二位负责的是对劳改、劳教简称为"二劳"的两个系统的查摸,因为反动宣传品中列举了上海市劳改、劳教两个系统的内容,比如解放上海后,增加了哪几个劳改队、劳教队,这些劳改队、劳教队关押着多少犯人和劳教人员等信息。朱友存、郭国成接受调查使命后,随即去了当时属于上海市公安局管辖的劳改处、劳教处,要求核对关押犯人和劳教人员的数字是否与反动宣传品中所提及的相符。结果,发现数字竟然差不多。

这样，朱友存、郭国成就有理由认为反动宣传品中的数据不是空穴来风。既然不是空穴来风，那就有调查下去的必要。于是，两个侦查员找到了负责这两个系统的公安处，就此情况向一位张姓科长请教：这些数据有可能通过何种渠道泄露出去？

张科长原是市公安局交警处的，他喜欢大清早到马路上去检查交通情况，有时发现哪个路口拥堵，也不管自己是穿着便服出来的，二话不说就上去指挥。半年多前正是申城"梅子黄时家家雨"的梅雨时节，最容易发生交通拥堵，张科长一大早就出了门，在离家不远的一个路口疏导交通，结果被一个莽撞小伙子驾驶的摩托车撞飞，身负重伤。幸亏附近就是第一人民医院，老张捡回了一条性命，但不能再干交警了，于是，组织上就把他安排到劳改公安处当了一名科长。

此刻，这位上任不到一个月的科长对于朱、郭二人的回答是：这个情况不大好说。为什么呢？因为上海市公安局劳改、劳教两个系统一共有多少劳改队、劳教队，每个单位大致有多少犯人和劳教人员这样的情况，每次领导在会上都会提到，而且，内部的一些文件或者宣传资料上也时不时会说到，局里下发的表彰材料上也会出现，所以，几乎所有同志都知道这些信息，要查是从哪里泄露出去的实在不容易。整个儿上海劳改、劳教系统一共有数千名干部，你该向哪个单位去查？向哪个人去查？

张科长的话可能有点儿"冲"，可是侦查员认为他说的没错，情况确实是这样，于是放弃了这个调查思路，另外再寻找突破口。两人商量下来，决定去向基层干部请教这个问题。郭国成的一位"华野"战友叫许志平，不久前转业到提篮桥监狱当管教员，郭国成决定去提篮桥监狱找他聊聊。

许志平告诉他们："张科长说的没错，确实我们大家都知道监狱里关押着多少犯人，劳教人员的数据也知道。除了张科长所说的那几个途径外，我们在开本系统会议，或者参加大型活动以及疗养、培训学习的时候，各单位的干部都是打乱后安排住宿的，大家聚在一起，闲着无事就瞎聊天，聊到工作时当然要说到各自单位的情况，犯人、劳教人员的数据也就在不知不觉间透露出来了。不过，根据我对周围同志的了解，我们这些干部都是有觉悟的，再说每年都要接受保密教育，一条条规定要背得滚瓜烂熟，所以我认为不会有人向外界泄露。"

朱友存、郭国成点头认可许志平的这个观点。郭国成递上一支香烟，向老战友请教："那么，老兄你看敌特分子这方面的情报又是从哪里获取的呢？"

许志平点上香烟抽了两口，缓缓开腔道："可能是从粮食局泄露出去的也难说。"

朱友存、郭国成都是一怔，寻思怎么扯到粮食局去了？许志平解释道："监狱在押囚犯的粮食跟社会上的居民一样，也是定量供应的，这点，自从1914年提篮桥监狱建立以来就是如此。新中国成立后，人民政府也规定了'统购统销'的粮油计划定量供应。监狱犯人的粮食参照社会居民的标准，根据劳役岗位予以定量，比如机修中队的锻工劳役岗位，也就是打铁的铁匠，跟社会上一样，每月供应粮食四十五市斤；其他不同的劳役岗位根据不同的劳动强度规定粮食定量。不过，监狱毕竟属于跟社会隔绝的场所，所有规定对外是严格保密的，所以囚犯的粮食定量也是保密的。关于这方面，我们刚到这里报到，单位组织大家学习时，领导就特别强调：我国的劳改劳教人员的数字是必须保密的，粮油、棉布供应的数量也是相应保密的，如果这些生活必需品的数据传到社会上，外界就可以推算出我国在押劳改劳教人员的数量。因此，我们这条战线上的粮油、棉布供应走的是特别通道，比如粮油就是由市粮食局的军粮处负责调拨供应的。"

两个侦查员听许志平说到这里，终于明白了他的意思：如果粮食局军粮处有人把提篮桥监狱在押犯人的粮油供应数字泄露出去，落到敌特分子的手里，他们就会推算出提篮桥监狱大约关押着多少名囚犯。

于是，啥也别说了，直奔上海市粮食局吧。

市粮食局军粮处出面接待他们的是一位一条腿微瘸的科长，姓江，苏北人。郭国成是部队转业过来的，一看对方那架势，寻思多半是军人出身，而且是受过伤落下残疾的荣誉军人，一问，果然如此！江科长人很豪爽，听说郭国成也是从部队转业下来的，备感亲切，把两人扯到食堂请吃饭，还自掏腰包买了一瓶白酒助兴。那时候也没有几项禁令，别说工作时喝点儿小酒了，就是酒驾也没人管——只要别出事儿。所以，朱友存、郭国成也就恭敬不如从命，喝就喝吧。

江科长一喝酒，话匣子就打开了，问二位兄弟是来调查啥的，老哥我只要帮得上忙，绝对乐意助你们一臂之力。侦查员把要了解的情况说了说，江科长马上说："这不可能是从我们粮食部门泄露出去的！"

为什么呢？

江科长解释："军粮处掌握着驻沪部队和属于上海市管辖的劳改队、劳教队，包括上海设在安徽、江苏的劳改、劳教农场在内的粮油供应，在军粮处工作的同志都是经过组织上精心挑选的可靠分子，接受的保密教育比你们所说的提篮桥监狱的管教员还要多，如果我们跟他们搞一个保密知识方面的竞赛，包赢！所以，我们军粮处不会发生泄密问题。"他见二人半信半疑，又补充道，"你们不妨换一个角度来考虑这个问题。你们说台湾特务机关空投的反动宣传品内还有关于军事方面的内容，那么我问一下，是否有驻沪陆海空三军部队的具体人数？如果军粮处有人泄密的话，人家特务分子还不一并把军粮的供应情况也打听清楚了？"

朱友存、郭国成听着觉得不无道理，正交换眼色时，江科长说："这样吧，我把军粮处负责跟提篮桥监狱联系的干部老伍叫来，看他是否可以给你们提供什么线索。"

老伍是旧上海典当铺账房出身，对会计业务极为精通，平时工作忙碌时，他可以同时一心三用：一边打算盘，一边填写报表，肩膀和下巴颏还夹着听筒接听电话。当然，军粮处之所以用他，不单单是他的业务水平，还因为他是革命烈属，两个儿子都是新四军，牺牲在抗战前线。所以，尽管老伍的政治面貌是群众，可组织上是很信任他的。

老伍听了侦查员的来意，提出一个新观点。他告诉朱友存、郭国成，你们要查的这个问题，多半是特务分子从释放、解教的劳改、劳教人员那里打听到的。

二人听着不禁感到惊奇：对于监狱干部都再三进行保密教育的内容，怎么会让劳改、劳教人员知道呢？

老伍说，他由于联系工作的原因，每月有十天半月都要去位于上海以及皖南、苏北的劳改队、劳教队，主要是核对账目，理论上来说就是要防止有的单位多领粮油份额，这在当时可是如同银行金库人员挪用金库的钞票一样，一旦被发现必须即刻就地追究责任，逮捕判刑绝不是一句空话。所有劳改、劳教单位在押人员的粮油、被服、劳防用品发放、队内购买必需品等账目，都是由在押人员中在社会上从事过财会工作的人来负责的。虽然这部分人员的数量极少，但这些特殊会计对自己所在劳改、劳教单位的在押人员数字应该是了如指掌的。如果敌特分子一旦知晓这一内幕，他们只要有意识地跟这些刑满释放人员略略交谈，就可以掌握具体数据了。

朱友存、郭国成两人听着，先是惊奇，后是不解：对于收集情报的敌特分子来说，如果通过老伍所言的这种方式获取数据的话，那不是舍近求远吗？试想，敌特分子要想跟那些在财会劳役岗位上的人员接触，首先必须得知道这些释放、解教人员的释放日期以及姓名、地址，然后才可能找到他们探听消息。这些资料只有"二劳"单位的管教科掌握，如果敌特分子能够从他们那里打听到这些人的资料，那为何不向提供资料者直接打听在押人员的人数呢？

侦查员把这个问题提出来跟老伍和江科长探讨，那二位想想倒也是。江科长问老伍："你看是否还有其他途径可能泄密？"

老伍对"二劳"单位的了解毕竟有限，思忖片刻，摇了摇头。

当晚，专案组开碰头会，组长雷绍典副局长也来参加了。听罢朱友存、郭国成的汇报，他说："我记得反动宣传品中关于在押劳改犯的人数情况只有提篮桥监狱的说得最详细，而且特地说明这些人数是'截至1956年9月'的，这似乎可以作为线头追查一下。"

众人七嘴八舌议论下来，认为雷副局长的说法靠谱。于是，曾振环副组长就让朱友存、郭国成次日再去提篮桥监狱调查。

1月22日，朱友存、郭国成二赴提篮桥，这回是正式外调，也不找郭国成的战友许志平了。监狱方面的接待人员听他们说明了来意，介绍了一应情况。朱友存、郭国成两人听下来，证实粮食局军粮处那个伍会计的说法准确无误，"二劳"单位内部确实是由在押人员结算账目的，提篮桥监狱也不例外。侦查员问如果确是由接触账目的犯人把相关数据传递出去的，那得通过什么途径？

对方回答，从理论上来说，无非是三条：一是通过信函的方式；二是通过会见家属传递出去；三是犯人刑满释放回归社会后向外界透露的。

朱、郭二人就对这三种方式进行梳理。第一种信函方式的可能性可以排除，因为在押人员每月可以给家属寄发信函一次（规定只能写给家属），在寄出前必须交给干部审阅，然后由干部寄出，干部不可能允许哪个犯人把狱内情况向外界透露。再看第二种情况，即会见家属时传递。上世纪五十年代时中国监狱的设施和如今根本没法儿比。那时家属会见就是在一个大厅里，通常是监狱干部进餐的饭堂，放上一排长长的桌子、凳子，会见时家属、犯人相对而坐，干部则在犯人后面巡视，严防飞条子、谈及敏感的内容，以及有人情绪失控出现暴力行为；对于重点对象，还会安排干部专门在其后面固定监控。所以一般来说，他们是没有可能在会见时忽然告诉家属监狱里从几月到几月消耗了多少粮食和食用油的。

这样，侦查员的注意力就集中到第三种可能上——接触数据的犯人刑满释放。有没有这种情况呢？接待人员随即往监狱管教科打了电话，得知监狱去年10月13日刑满释放了一个名叫张乾诚的犯人，符合第三种可能的条件。

卷宗显示情况如下——

张乾诚，汉族，1912年出生于浙江嘉兴的一个地主家庭，初中文化。1930年经人介绍到上海法租界一家米行当账房先生，1936年拜杜月笙为师加入青帮。全面抗战爆发的次年，去了日伪政权的"粮秣供应站"当会计。抗战胜利后，日伪的"粮秣供应站"解散，他去了亲戚开的机器厂做了账房先生。新中国成立后，本来，张乾诚是可以过一份太平日子的，可是，他不珍惜这份太平，参与了替亲戚策划偷逃税赋的非法活动，而且在账目上大动手脚。这在当时乃是一桩严重的犯罪行为，很快就引起了税务机关的注意，警方随即跟进。于是，张乾诚和亲戚双双被捕，亲戚领刑十年，张乾诚被判了六年。

张乾诚进了提篮桥监狱。由于他有二十多年会计工作的经历，立刻被监狱安排到了相应的劳役岗位，负责监狱犯人的膳食账目。这样，张乾诚就成了全监狱犯人中最了解本监狱有多少在押犯人的一位。张乾诚本应在1958年3月3日刑满释放，由于他在服刑期间表现出色，所以监狱报请法院给他减刑一年五个月，于1956年10月13日提前获释。

侦查员马上想到反动宣传品中关于提篮桥监狱的在押犯人人数是"截至1956年9月"的，这就跟张乾诚的获释日期吻合起来了。寻思张乾诚有在获释后向人透露这方面数据的可能。于是，就把张乾诚列入了调查名单。

当天下午，朱友存、郭国成前往张乾诚家所在的北站区天目路的管段派出所，向户籍警了解了张乾诚及其家属的情况。张乾诚释放后向工商局申领了执照，开了一家出售食品杂货的小店铺。其妻系上海中兴皮鞋厂的厂医，三个子女均已结婚成家，分别在铁路局、银行和商业局工作，一家人日子过得还不错。派出所没有接到过关于其有不法行为或者跟可疑人物接触的反映。

于是，朱、郭二人就在户籍警的陪同下去了张乾诚开的食品杂货铺，当面向他了解这个问题。张乾诚说了自己获释三个多月来的情况，二人没有发现什么破绽。

朱友存、郭国成交换了一下眼神，都认为这人身上没戏。

既然没戏，那就干脆把话说透吧。朱友存掏钱向张乾诚买了盒香烟，几个人抽着烟聊了起来。朱友存有意把话题引到监狱在押犯人的数量上。按张乾诚的说法，基本上每个在押人员都知道本单位大致上关押了多少人，而且有些人还能从其所在的中队有多少干部推算出全监狱干部的大致人数。犯人们平时闲聊时，这方面的数据就可以在不知不觉中传得全监犯人都知道了。至于侦查员所说的数据截至9月，那可能是一种巧合。由于天气的原因，一般夏天是不往其他劳改单位递解犯人的，所以自6月份开始到9月份，提篮桥监狱的在押犯人数基本保持不变。

其间虽有到期释放的犯人,可是同时也有判刑后从看守所递解进监的,所以在押人员数基本持平。

张乾诚这么一说,侦查员简直傻眼了。凡是在提篮桥监狱待过的犯人都知道在押人员的数量,那这条线索岂不是一团乱麻吗?这该从哪里着手去查呢?

当晚,专案组决定放弃这条线索。

四、神秘电话

1月24日是农历小年。专案组诸君不管在上海市区有没有家,都没时间和心思去凑这份热闹。

从这天开始,专案组把调查焦点集中到了上海公安系统内部,确切地说,是集中在有可能跟公安系统内部某人相关的一个神秘电话上。

台湾特务机关空投的反动宣传品中没有直接与上海市公安机关有关的内容,只是在一篇题为《漫谈中共的愚民政策》的政治性评论文章中提及上海市1956年1月至6月的治安情况时,说"以上海市公安局内部自称的1956年1月至6月的全市刑事、治安案件发生率与实际发生率相比较,就人为地将其下降了约27%,对内部尚且如此,向社会民众公开时就可想而知了"。专案组侦查员在审读到上述文字后,随即就对该文章所披露的数据进行了核查,发现该数据是1956年6月30日由上海市公安局局长在市公安局举行的庆祝中国共产党建党三十五周年大会上作的报告中披露的,后由市公安局政治部作为内部资料下发给基层民警学习。侦查员还了解到,领导讲话稿是由市公安局办公室组织几位同志写的,其引用的数据是办公室根据市公安局治安处、刑侦处和各分局按月报告的发案数量汇总的。

那么，这其中是否真的存在人为压低的情况呢？当时中国还没有开展"反右"运动，思想领域比较宽松，专案组有侦查员敢这样想，提出来后领导也敢拍板让他们去调查。于是，侦查员随机抽查了十二个基层派出所，了解下来，他们确实是根据实际发案数字向上级汇报的，从来没有哪位领导要求派出所故意压低数字。

这样，侦查员心里有了底，认为上述数据所以能被台湾特务机关列入反动宣传品借以制造谣言惑众，肯定是我公安机关内部有人把它们泄露出去了。所以，调查可以从追查去年市公安局政治部下发的那份内部学习资料着手。

侦查员高镜明、老柯、韩芒三人受命对此进行调查，他们了解下来的情况是：市公安局政治部当时只负责组织编印这份铅印学习资料，待到印出来后自己只拿了十份留底，其余的概由市公安局办公室分发下去了。

到市公安局办公室问下来，情况确实是这样。不过，由于政治部在这份资料上印着"内部资料，注意保存"，所以市公安局办公室具体经办的同志出于谨慎，在下发到基层时专门备了个本子用于签收，并要求"学习结束后，按下发数量如数回收，上交局办"。话是这么说，也是这么做的，当时下发的资料总数是四百五十份，后来一份不少地回收上来了。那位同志很认真，说着还邀请侦查员去保管资料的库房查看。高镜明、老柯、韩芒三位也很认真，还真的去库房看了，把那些资料一份份点了数，四百五十份果真一份不少。那个签收本也和资料捆扎在一起，查看下来，确如那位同志所说，有详细的签收记录。

侦查员商量片刻，议出一个办法：当时这些资料是下发到各分局后由分局发给各科室、派出所的，既然这是唯一的一条泄密途径，那就还得请基层单位协助调查。不过，这种协助调查跟以上的调查有所不同，凡是针对公安系统内部的调查，专案组需要专门打报告请市公安局领导批准后才可实施。

副组长曾振环起草了一份报告，请专案组组长雷绍典签批。雷绍典签字后说让经办侦查员起草一份内部协查通知，以市公安局办公室的名义发下去即可，所有环节都由他去协调。

这份协查通知是1月25号上午由三位侦查员驾着摩托车直接下发到各区派出所的，26号下午快下班的时候，专案组忽然接到一个电话。那是内勤程博安接听的，说了声"喂"后，听筒里传来一个女子的声音，她胆怯地用耳语般的声音问道："请问是调查反动传单案子的'1·15'案件专案组吗？"

程博安刚回答了"是的"，其他话还没来得及开口说，对方就挂断了。

小程是去年大学毕业刚分配来公安局的，对侦查工作生疏，接到这种电话一时还反应不过来，怔怔地看着手里的听筒。过来沏茶的老侦查员高镜明看到他这个样子，还以为小伙子受恋人的冷落了，打趣道："怎么，女朋友不理睬你啦？什么情况？用不用老哥给你支个招儿？"等老高听小程说是这么个电话后，顿时喜形于色，茶也不沏了，把热水瓶一放，立刻抓起电话询问总机："刚才的电话是哪里打来的？"

接线员回答："对方没说她是哪里的，接通后光说请接'1·15'案件专案组。"

高镜明用命令式的语气说道："你是哪位？小刘？听着，立刻向邮电局查一下，这里立等回音。"

小刘遵命照办，片刻后回复："邮电局说现在使用的这种电话是没法儿查主叫号码的。"

高镜明愣了愣，拍了下额头说道："我激动过头了，把这点给忘了。"

这时，正好曾振环从隔壁办公室过来，高镜明就让小程向他汇报了刚才的电话内容。曾振环马上断定："这是一个检举电话，不过，打电话的那个女子心有犹豫，接通电话后临时掉了链子。这应该是一个非常有价值的线索。"

为什么呢？因为那个来电女子提到了"1·15"案件专案组。当时新中国成立不过七年有余，公安工作基本没有"透明度"之说，报纸刊登的破案消息都是由公安机关给编辑部的通稿，其中根本没有案件代号和"专案组"的说法。所以，那个打电话的女子既然直截了当地要求转接"1·15"案件专案组，就说明她可能是知晓公安局内部情况的。

那么，该女子是不是公安局的警员呢？这个，曾振环的观点是基本否定的。因为如果该女子是警察的话，她既然决定反映情况，那她事先肯定是反复考虑过的，就警察的职业思维来说，一旦经过深思熟虑决定的行为，是不可能在临门一脚时掉链子的——不管男警察女警察都一样。所以，这个女子应该是一个跟警察有近距离接触、知道些公安机关内部常识且稍有文化的人，可能是某个警察的家属，也可能是某个警察的密友。

曾振环说："如果我估计的没错的话，她打电话给专案组是要反映跟这次台湾特务机关空投反动宣传品有关的情况，而她所要反映的情况有可能就是专案组这几天正在调查的内容之一——上海市去年上半年的刑事案件和治安案件的发案率数据问题。"

此时，专案组的其他成员都听闻了这个消息，大伙儿兴致勃勃，有人提议立刻开会讨论。曾振环看看手表说："下班的时间已经过了，除了今晚值班的留下，其余人统统休息去。这条线索光靠议是议不出价值来的,还得等机会。我想那个女子在二十四小时内还会来电话的,值班的同志多加留意。我这就通知总机,再有外线电话进来要求接专案组的,动用专线给邮电局机房发信号,查出她的位置。我们这里接听的同志要设法拖住她,以便邮电局方面追踪。"

可是,专案组这边一直等到27号中午,那个女子还没有打来电话。午后,专案组开会汇总每条线的调查情况。平时开会都是由复旦大学中文系毕业的程博安负责记录的,这天,曾振环似是有心灵感应似的,说小程你今天不用记录了,去守着电话机,没准儿昨天那女子就在这个时候再来电话,到时你就接听。

曾振环的直觉是准确的,会议开了二十多分钟,那个女子再次来电话了。这回,程博安跟她通上了话。互相问候后,程博安说:"我听出来了,你就是昨天傍晚来电话的那位女同志。我姓程,是'1·15'案件专案组值班员。"作过自我介绍后,小程生怕惊着对方,没敢按惯例询问对方贵姓,而是用客气而又随意的口吻问对方,"你那儿打电话方便吗,要不我给你打过去?"

没有料到的是,程博安这句话刚说出口,对方立刻把电话挂断了!这下小程奇怪了,寻思这个女人是脑子有毛病还是怎么的,我又没说错什么,这话既是搭讪,又是出于关心,想让你节省一点儿电话费,怎么就立马把电话挂断了?

他回过神来,立刻去会议室报告情况。曾振环随即用会议室的电话拨打了市公安局总机,问刚才打到专案组办公室的那个电话查到主叫号码了没有?接线员答称电话一进来,她就用专用设备给邮电局发了信号,人家还没给回音。正说到这里,邮电局的回电来了,说通话时间太短,没法儿追查定位那个主叫电话号码。

曾振环听着,脸上露出失望的神色,说昨天对方问清这里是专案组的电话后就挂断了，尚属正常，所以我估计她会在二十四小时内再次来电。但今天她再次挂断，我可就估计不出是怎么回事了，我不敢保证她是否会第三次打电话过来。有侦查员说，如果她确实是为反映案件情况而跟专案组联系的，那也可能写信过来吧？曾振环说不排除这种可能，可是，这样我们就会度日如年啦！"

这时，高镜明突然说："有可能是对方不想让这边知道她的情况，你说你打电话过去，那她不是就要告诉你她的电话号码了吗？她不愿意透露，一时又不知应该怎么回答，情急之下就把电话给挂了。"

其他侦查员听了，说老高的分析有道理啊，如此看来，她可能还会打电话过来，我们只有耐心地等着了。

曾振环想想也是，苦笑道："但愿是好事多磨，那就再等吧。"

程博安刚要离开，被侦查员萧孙石叫住了："等等，小程，我想问你一下，你刚才接听对方的电话时，除了对方的说话声，还听到什么别的声音没有？"

程博安想了想，说："我听见有车辆的刹车声，还有路人的说话声……对了，我还听见有个听上去有点儿苍老的声音在向人打听'王记南货店朝啥地方走啊'，还有人问'这趟不是调头车吧？是去梧州路的吗'。"

另一个侦查员贝世海马上说："梧州路？哦！那多半是21路了——梧州路是终点站！车辆刹车的声音听上去急不急？是紧急刹车呢，还是司机带一脚的慢悠悠的刹车？"

程博安说："老贝你这一问我倒想起来了，是那种慢悠悠带一脚的刹车方式，好像是电车到站了要停下来的样子。"

贝世海说："那就是21路电车了，应该没错，那个女子是在'王记南货店'附近某个靠着马路弄堂口的传呼电话亭打的电话！"

众人认为贝世海的分析有道理。于是，大家就有了主意：沿着21

路电车行驶路线一路找过去，将弄堂口的传呼电话亭作为调查目标进行查摸，就有希望找到那个打电话女子的线索了。

正好这时雷绍典副局长来了，听说后也很高兴，说那立刻派几位同志前往查摸吧。

1月28日，专案组指派侦查员萧孙石、贝世海、老柯和程博安前去调查。曾振环之所以把内勤小程也派出来，是因为考虑到如果运气好，一下子就顺利查摸到那个打电话的女子的话，小程可以出面作个解释，免得引起对方的无端猜想，影响下一步对她的调查。

萧孙石等四人上了21路电车，每到一站，他们就下车走访，看附近弄堂口是否有传呼电话亭。在北京东路站下车后，发现离站牌七八米处的一个弄堂口有一个电话亭，就上前去向传呼员打听。那个传呼员是一个四十来岁的阿姨，正一面接听来电，一面低头在传呼单子上记录着回电号码和姓氏，根本无暇搭理侦查员。

侦查员耐心等她挂断电话后，又问了一遍，传呼员还是没吭声，反倒起身走出电话亭急匆匆地朝弄堂深处去了。侦查员随即明白过来，她是去给人家送传呼单的，这是她的工作。于是，就只好去居委会了，想请居委会派一个人临时代替一下传呼员，好让她腾出身来回答侦查员的问题。居委会主任是个胖大婶，脸上一团和气，一看便知是个乐天派。她听侦查员说明来意后，便快嘴快舌地打听："你们想向张阿姨打听啥事儿呀？"

侦查员说想了解一下这两天你们这个电话亭的使用情况，以及群众的满意程度。胖大婶说："哦，你们是邮电局的同志啊，我们这个电话亭原来是在弄堂里面的，昨天下午三点你们派来的师傅才给我们把电话机移过来。群众都说这样好，就是传呼员张阿姨有点儿不高兴，因为搬到弄堂口后，她传呼弄堂里面的人就要多跑路了。"

侦查员一听就知道没戏了，电话机昨天下午刚移到弄堂口，而小程接到的那个电话是昨天午后打来的，情况不符啊！于是他们掏出本子佯装认真地划拉了几下，谢过胖大婶告辞而去。

四人重新上了21路，再一站站下车走访。到了武进路站，他们还没下车眼睛就亮了：离站牌咫尺之遥的地方就是一条弄堂——满福里，弄堂口的临街楼下面靠墙一侧有一个小小的电话亭。贝世海马上断定，应该就是这里了。下车一问，前面几十米处果然有一家"王记南货店"。看来，那个女子的电话应该就是在这里打的。这回，他们改变了方式，直接去了满福里居委会，向居委会干部亮明身份后，问了问传呼电话的使用情况，得知一切正常，就请居委会临时派人顶个岗，换下传呼员过来了解点儿情况。

传呼员是个三十多岁的阿姨，说一口带着浓重宁波口音的沪语。侦查员向她说明了来意："前天下午五点和昨天午后一点两个时段，是否有人在你管的这个电话亭里往外打过电话，时间很短，接通后就挂断了。"

这个宁波阿姨似乎有点儿木讷，侦查员跟她重复了三回，她才听清楚，但是答非所问："我们的电话是按照邮电局的规定，通话即使不到三分钟也是按三分钟收费的；超过三分钟不到六分钟的，按两个三分钟收费；超过六分钟……"

侦查员不得不打断她的叙述，又把来意说了遍。这回宁波阿姨听懂了，说："这个我记不起来了，你们也看见的，我那么忙，哪里还留心别人打了多久的电话？我只知道打了电话要付费，有电话进来我去传呼。"

侦查员心里一凉：没戏！

离开满福里后，四个侦查员继续乘21路电车逐站下车查看，可是，一直到终点站梧州路也没有发现有电话亭的弄堂口。

往下该怎么办？根据目前的情况来看，那个女子打电话的位置多半是在满福里弄堂口的那个传呼电话亭，传呼员无法提供线索，但可以通过其他途径查找目击者。不过，这样做的话铺开的摊子会比较大，所以需要慎重。基于这样的考虑，四个侦查员决定前往21路车队调取前天和昨天相应时段的行车记录，查看在小程接听电话的那两个时段是否有21路电车经过满福里弄堂口前的武进路站。

车队提供的行车记录只有电车的到达和发车时间，没有途经哪个车站的记录，不过，通过对每趟电车的行车时间是否符合公司规定的正常行驶时间的核查，可以比较准确地推断出电车途经武进路站的时间。查询结果显示，昨天下午一点零七分左右，确实有一趟电车经过满福里弄堂口。

事后总结经验时，萧孙石等四人都摇头苦笑。因为他们从车队出来后，不知是谁嘀咕了一句，于是大家发现他们这么查真是很蠢。那位侦查员说的是：我们到邮电局去查一下满福里那部电话在那两个时段是否拨打过上海市公安局的总机不就行了？几人如梦初醒，二话不说就直奔四川北路上海市邮电局。查下来的结果是，满福里弄堂口那个在邮电局编号为A0398的传呼电话，在那两个时段确实拨打过市公安局的总机。

专案组决定动用全组力量去查摸那个两次拨打专案组电话的女子。

1月29日，"1·15"案件专案组自副组长曾振环以下的十七名侦查员加上程博安等三个内勤全部出动，前往满福里调查。事先，专案组已经制订了这次调查的方案，对该女子1月26日、27日短暂拨打专案组电话的前后半小时时间段内，凡是在满福里弄堂口电话亭逗留过或者进出过该弄堂的所有居民逐个询问，期望通过这条途径查到那个女子。这个方案说说容易，具体实施起来却是颇为烦琐的。所以，专案组还叫上了户籍警和居委会干部协助,分成若干组分头进行调查。

谁知,真的行动起来,不到半个小时竟然就有了结果。这还亏得电话亭的传呼员。别看这个宁波阿姨有些木讷,关键时刻却发挥了作用。由于张阿姨所在的岗位是最应该能够注意到情况的,所以今天要再次接受询问,而且是曾振环亲自向她了解情况。张阿姨一见面就说:"你们怎么又来问这个问题了,我昨天不是已经跟你们说过我没有注意到吗?"曾振环说因为我们必须要查到在那两个时段是否有一个女人在你的电话亭拨打过电话。张阿姨说:"我真的没有留心,你们查一下当时来电话亭接听或者拨打电话的人不就行了?他们中有人在等候接来电,或者排队等着打电话,他们有空,也有心情,肯定会留心到的。"

曾振环听着,心里一动,问:"你还记得当时有哪几位居民在电话亭吗?"

张阿姨说:"这个,翻一下传呼单子的底根就知道了呀!"

侦查员马上翻传呼单底根,发现那两个时段有八个居民应该在电话亭附近。曾振环二话不说,立刻让户籍警、居委会主任去把那八位居民请来。这八位居民有男有女,有老有少,最小的是个十二岁的小学生,发烧请了病假没有上学,想给学校老师打个电话让同学放学时把作业捎给她;老的那个已经六十开外了,姓汪,是江南造船厂退休的钳工,按照上海人的传统称谓便是"外国铜匠",像汪老爷子这把年纪,就称为"老铜匠",他是26日下午五时许接到传呼电话单子来给女儿回电话的。线索,就是这个老者提供的。

汪老爷子很有趣,听侦查员把要了解的话题说过后,慢条斯理地掏出一盒香烟,作势要给在场的侦查员、户籍警敬烟。曾振环敏感,见这个老铜匠的动作慢得出奇,寻思可能有戏,立刻把自己兜儿里的那盒还没开封的"大前门"掏出来,整盒烟递给老头儿,说:"大爷您抽我的吧。"

老爷子收回自己的烟,把"大前门"往旁边一放,开腔道:"我说,你们要打听的那个女人,是个'无常鬼'!"

在场众人皆大为吃惊,好几个声音同时响起:"无常鬼?"

老爷子见曾振环神情依旧,目光炯炯地望着自己,微微一笑道:"是的,是个无常鬼——白无常。"

侦查员老柯反应过来:"您是说她身穿白衣服?"

老爷子翘起了大拇指:"厉害。那女人打扮得真像白无常。"

据老爷子说,他接到传呼单子后,生怕女儿在婆家曹家渡那里的传呼电话亭久等,三步并作两步赶到弄堂口电话亭,当时两部电话机正好有一部空着,他心中窃喜。可是,当他走近电话亭时,却不知从哪里窜出一个人影来,用他的说法是"只觉得身后一阵阴风袭来,眼前一条白影闪过,话筒已经不在电话机上了"。哪里去了呢?背后传来一个女人嗲里嗲气的声音:"爷叔你挪开两步好吗,让我拨号码。"

这个从背后抢先一步打电话的女人三十岁上下,穿一件白色呢子长风衣,脖颈上围着一条白色兔毛围巾,短波浪烫发,一张瘦脸白得令人见之背生寒气,鼻梁上还架着副银丝框架眼镜,若是定睛细看,那寒气只怕就会入骨。因此,老铜匠只好移开目光,下移时就看见了她的皮鞋,竟然也是白色的,而她挂在手臂上的那只小小的坤包,一看就是舶来品,上面印着艺术体洋文:PRADA。汪老爷子是"外国铜匠"出身,洋泾浜外语总是会些的,所以一看便知那是意大利名牌皮包"普拉达"。他寻思这个白无常举止鲁莽,不讲礼貌,但家里的货色倒还挺上档次。电话机的话筒让"白无常"抢去了,老爷子只好挪开几步让其先打。原以为像这种打扮的女人,打个电话十分钟打底,兴致浓时二三十分钟也不稀奇,哪知他才抽得两口烟,白无常就把话筒放回机架,掏出零钱付费后逃也似的快步离开了。

汪老爷子说完，总结道："我可以肯定，你们要打听的就是这个女人！"

为了确认汪老爷子的判断是否准确，侦查员随即往邮电局打电话，请他们查一下 1 月 26 日满福里传呼电话亭在打往上海市公安局总机后的下一个被叫号码。片刻，邮电局回电，报来的正是汪老爷子的女儿所在的曹家渡那个传呼电话亭的号码。

至此，终于确定了拨打神秘电话的女子的形貌特征。

五、她是个医生

接下来，就是如何找到这个被汪老爷子称为"白无常"的女子了。

汪老爷子当时一说"白无常"，曾振环就悄悄问坐在一旁的户籍警，管段里是否有这么一个人。户籍警说若说户口的话，那肯定没有这样一个女人，但如果是寄住在管段居民家的话，就不好说了。不过有一点可以肯定，如果她是寄住的，那多半是上海户口，因为如果是外地来沪人员，收留她的那户居民按照规定必须向派出所报临时户口。

专案组进行了讨论。为了说到这个女子时方便起见，侦查员给她起了一个代号：X。这个 X 是住在附近的居民呢，还是正好经过满福里的路人？议了好一阵子，不得要领，于是改变思路。汪老爷子是满福里的老住户了，据其自述早在孙传芳占领上海时他就已经入住满福里了。孙传芳是 1927 年早春给北伐军赶走的，那老爷子起码已经在满福里住了三十年了。一个三十年的老住户说从未见过那个"白无常"，看来 X 不大可能是满福里的居民。有人提出是否会是刚搬入不久的新住户，立刻被多数侦查员否定，理由是：如果是新住户，那居委会应该是知道的，汪老爷子叙述时居委会几个干部都在，她们没有一个开口，这说明她们也是第一次听说有这等打扮的超时尚女郎。

不过，这并不意味着可以将 X 排除于满福里居民之外，因为专案组是根据满福里的那个传呼电话亭的服务范围来分析的。所以，这里的满福里不单单指的是一条弄堂，还有周边地带，据户籍警说这将涉及三个居委会的管区。

专案组决定先对这三个区域挨家逐户进行访查，看是否有这么一个对象。如果访查下来没有这样一个对象，那就再扩大访查范围，把方圆一公里之内的居民都一一访查到。若再没打听到，那就只好另作计议了。

这样，专案组再次全体出动。这次，甚至连组长雷绍典也到场了，他以侦查员的身份和大伙儿一起走访。可惜，幸运之神没给雷副局长面子，几番折腾下来，预先划定的范围内没有 X 这样一个对象。倒是有两个小学六年级的女生说她们在 27 日下午一时许曾经看到过这么一个打扮得很另类的阿姨。当时，学校已经放寒假，那天下午是少先队活动——慰问军烈属并为人家大扫除。这两个女生都是袖上别横杠的，一个两道杠，一个三道杠，当干部的要带头，所以规定是一点半到校，她们却在一点就相约前往步行仅需五分钟的学校了。两人走出满福里弄堂口时，正好跟 X 迎面相遇。六年级的女生对"美"已经颇有感觉了，看见有人这等打扮，肯定要留心一下的。

次日，专案组扩大走访范围，对以满福里传呼电话亭为中心方圆一公里之内的居民分头进行了走访。整整忙碌了一天，收兵时已是天色漆黑，路灯闪亮。

当晚，专案组开会研究往下如何访查 X。

众人讨论下来认为，既然根据两天的调查结果可以排除 X 是满福里区域的住户（含寄居者），那她就是特地到满福里来借用传呼电话的"外来户"。全上海的传呼电话有上千部，她为什么偏偏要选择满福里的传呼电话呢，而且连续两次？在这看似随意中有着必然的因素，这个因素就是：X对满福里弄堂口的这个传呼电话亭是有比较深刻印象的，而且，她在这个电话亭打电话很方便。根据这两个因素继续分析，就可以得出以下结论：X很有可能是每天乘坐21路电车的上班族，每天上下班两次经过满福里，弄堂口既有车站要停车上下客，又有一个传呼电话亭，那对于车上的乘客来说，肯定是会留下印象的。一般乘客对这种印象熟视无睹，估计X也是这样，可是现在她想打特殊电话了，于是脑子里就浮现出满福里弄堂口的传呼电话亭。

大伙儿这么一分析，心里就有了底。一个上班族，除了星期日，天天要乘21路电车，那要找到她不是很容易吗？曾振环下令：从明天起，上午六点半到九点，下午三点半到六点半，全体出动，分头去21路电车的每个车站守候！

往21路电车车队打了个电话，得知该线路连同两头的终点站一共有二十一个车站。专案组只有十七名外勤侦查员，还缺四人，曾振环决定：程博安等三个内勤一并出动，另外，临时抓个差——把满福里的户籍警老洪叫上，就让他在满福里弄堂口那个车站守候。

曾振环布置好，正要宣布散会，侦查员韩芒提出了一个问题："如果发现了X，应该怎么处理？"

后来的事实证明，韩芒的这个问题很重要。"1·15"案件破获后，专案组开会总结经验时，曾振环为此还作了检讨，说自己虑事欠周，竟然忘记考虑这个问题，所以没作布置。现在，曾振环听韩芒这么一问，叫声"哎呀，忘了"，随即下令："一旦发现目标，暂不惊动，悄然跟踪，把她的工作单位和家庭住址都查摸清楚。"

案情分析会上如此这般说得清清楚楚，一干侦查员寻思这茬活儿干起来应该不怎么犯难，而且有见到曙光的盼头。具体实施时，各人化装后分别到 21 路电车的各个车站上去守候，看 X 是否现身。尽管她不一定每天都是"白无常"打扮，可是汪老爷子所说的几点特征是改变不了的，比如肤色白、体态瘦，比如戴眼镜，比如锥子脸，比如身高。因此，应该是只要一露脸就会被发现的。为防止侦查员在一个车站待的时间长了被人觉出异样，曾振环规定各人在每个车站只待一个岗，下一班就调到另一个车站去。1 月 30 日是除夕，全组人马守了一天，坚持守到下午六点半才返回建国西路聚餐吃年夜饭的，却一点儿效果也没见到。

可以想象，大伙儿这顿年夜饭吃得是味同嚼蜡，每个人的心思都在破案上。直到雷绍典副局长到食堂来给大家敬酒时，一干侦查员才活跃了些，话也渐渐多起来。当然，职业习惯使然，大家说着说着还是转到了破案上，有人问明天是大年初一，要不要接着去车站守候。

曾振环说："我也正在考虑这事儿，请大家说说看。"

大家的意见是一致的：既然大年夜都去守候了，年初一还是继续守候为好，没准儿正好年初一 X 要去加班呢？

大家说这话时不曾料到，次日竟然真的发现了 X！

那是内勤程博安的功劳。这天上午，轮到小伙子去 21 路电车终点站守候。他是新手上路，又没有接受过正规的公安侦查工作训练，更不会化装，所以干脆本色出演，穿着便衣，肩上挎了个书包在那里站着佯装候车。车还没到，X 却出现了。这天是大年初一，她改变了装束，穿着一件紫红色的织锦缎丝棉袄和黑色毛呢裤，脖子上围着一条墨绿色羊毛围巾，短波浪也吹直了。如果不是那无法改变的细白肤色和那副银丝框架的眼镜，以及她随身带着的那个白色 PRADA 坤包，没准儿程博安也认不出她来。

程博安认定这个女人就是 X 后，二话不说立刻跟着上了电车。大年初一乘客少，程博安特地挑选了右侧靠窗的一个座位，以便暗示其他车站上的战友目标已经出现，好上车配合他跟踪——这是专案组会议上预先定下的方案。

接下来的事儿就简单了，下一站守候着的侦查员韩芒一看小程在车上，立刻上车。然后，下面两站又有两个侦查员陆续上车来。到第四站，程博安下车了，换上了侦查员孙玮钧。就这样，这趟车上始终有三个侦查员待着，一直到北京东路站 X 下车。这时跟踪她的是副组长曾振环、侦查员贝世海和女内勤小曹。X 根本没有发现自己被人跟踪了，只管款款而行，最后走进了"上海市公私合营正大棉纺厂"。

曾振环当即决定与该厂保卫股取得联系，由侦查员悄然邀约汪老爷子前往辨认这个女子是否就是他所说的"白无常"。辨认属实的话，随即通过市纺织局调出该女子的档案。

中午，汪老爷子在该厂食堂吃了一餐四荤两素的份饭，专案组特地将其位置安排在食堂进门左侧的一个角落里，要求他在没有任何提示的情况下对每一个进食堂吃饭的女性员工进行辨认。老爷子眼力很好，一边吃饭，一边漫不经心地朝走进食堂的七八个女员工略略一瞟，便认出了"白无常"。

下午，应专案组之约，"正大棉纺厂"保卫股股长裘云阳带着 X 的档案袋来到了建国西路专案组驻地，介绍了 X 的一应情况——

X 名叫齐佩珠，祖籍浙江鄞县，1926 年出生于上海，其父齐啸山系十六铺码头海产市场经纪人，已故。齐佩珠于初中二年级时辍学考入上海市第二护士学校，两年后毕业，在上海市第二劳工医院谋得了一个护士岗位。次年，嫁给该院一个名叫赵瘦君的外科医生。赵的前妻也是该院护士，两年前因车祸去世，齐佩珠嫁给赵医生是沪上俗称的"填房"——正规叫法应该是"续弦"。齐佩珠在婚姻方面的遭遇有点儿悲剧的意味。她嫁的这个赵瘦君是个留日医科生，抗战时竟跟日本人勾搭上了，谋得一份第二职业——驻沪日军宪兵司令部特高课的秘密情报员。这样，抗战结束后，国民党政权从日军档案中获知此情况，自然要找他算一算账。虽然赵医生没给宪兵队送过几次情报，可是像他这种没有背景、没有后台的小角色，惩罚是逃不了的，他于1947年6月被判了五年徒刑。

厄运尚未结束。判刑后，有个上诉期，上诉期过后方才押解监狱。赵瘦君自认倒霉，没有上诉，乖乖地待在看守所等着押解提篮桥监狱。可是，也就不过三天，他忽然和其他二十多个犯人一起被叫出监房。去哪里？龙华刑场！赵瘦君竟然与那些已判死刑的犯人一并被枪决了。执行死刑后，看守所的摩托车才急如星火地赶到刑场，说提错了一个犯人。

那该怎么善后呢？追究责任，国家赔偿？做梦去吧！于是，齐佩珠在刚刚收到丈夫被判五年徒刑的判决书后，又收到了一份由国民党上海市地方法院送达的判决书：因发现汉奸赵瘦君有新的罪行，故撤销原判，判处死刑，立即执行。

齐佩珠成了寡妇，而外界以为她的丈夫真是欠下血债的汉奸骨干分子，连亲友中也有人对其侧目以对。不得已，齐佩珠辞去了第二劳工医院的工作，参加了一家教会出资办的初级医士培训学校。两年后齐佩珠从该校毕业时，已经能够看看一般的毛病，以及处理轻微外伤了。这时，上海已经解放，有记者在报纸上报道了国民党错杀赵瘦君的内幕，作为对国民党政权腐败行径的揭露，亲朋好友对齐佩珠的认识这才有了些改变。齐佩珠的姑夫是"正大棉纺厂"的主要股东之一，正好厂医退休，要招一名新厂医，姑夫就把齐佩珠推荐过去了。

在"正大棉纺厂"上上下下的印象中，齐佩珠是一个工作认真、待人和善、少言寡语的人，大家对她的评价都不错。唯一对她看不惯的是，她喜欢把自己打扮成另类。新中国成立后，对社会意识形态方面宣传的主旋律是"艰苦朴素"，因此，齐佩珠的做法是跟当时社会风尚格格不入的，属于追求资产阶级生活方式。齐佩珠的另一做法也让人疑惑，那就是给她介绍对象，她一律婉言谢绝，似乎是一心一意要奉行独身主义。

不过，据裘股长说，他曾听见过厂里最近有人议论，说看见齐佩珠打扮得妖里妖气的和一个男子挽着胳膊进了南京路大光明电影院，还有人看见她和一个男子在梅龙镇酒家吃饭，至于这两个男子是不是同一个人，就不得而知了。

专案组决定按照事先制订的策略，暂不跟齐佩珠接触，先对其进行外围调查。

六、顺藤摸瓜牵扯出了情夫

专案组当天便启动了对齐佩珠的外围调查。根据安排，侦查员通过"正大厂"保卫股悄然访问了那两个目睹齐佩珠与男子看电影和用餐的女员工。

这两个女员工对于和齐佩珠在一起的男伴儿的外貌描述是一致的：那是一个三十来岁的帅哥，身高一米八，浓眉大眼，仪表堂堂。而两人对齐佩珠与那帅哥亲热程度的看法也是相同的，说一看就知道是情侣关系，而且已经保持了一段时间。两个目击者都是四十来岁的妇女，过来之人，对这方面的直觉应该是毋庸置疑的。

当然，对于专案组来说，这个帅哥跟齐佩珠的关系不是用"情侣"两个字就能解决问题的。他们要调查的是案子，具体而言就是齐佩珠为何打专案组的电话，又为何两次接通后欲言又止，之后如同石沉大海一般没有了下文。这，是否跟那帅哥有关系呢？有的话，又是什么关系？是帅哥涉及"1·15"案件，齐佩珠要检举他而被拦下了呢？还是帅哥并不知晓齐佩珠意欲检举之举？专案组认为有必要查清楚这一切。

查的办法就是继续监视齐佩珠，反正专案组警力充足，轮流跟踪就是。之后的两天，年初二、年初三，齐佩珠继续加班。侦查员对其进行全天候跟踪，不但跟踪她上下班，到厂和回家后还悄然监视，看她跟什么人来往。使人不解的是，齐佩珠这两天除了从家到厂、从厂到家两点一线外，哪里也没去，也没有客人去她家拜年。

年初四，情况出现了。根据"正大厂"保卫股提供的信息，这天齐佩珠补休。侦查员照常出动，两小时一岗，每岗两人守在梧州路齐佩珠的家门前。下午三点到五点那一岗轮到萧孙石、韩芒，两人化装后前往齐佩珠家对面路边的康乐球摊子前待着，一个玩着，另一个佯装路人在旁边观看着。半小时后，一个穿黑色皮夹克的高个儿男子手里提着蛋糕等礼品从一辆出租车上下来，齐佩珠开门，一见来客顿时笑靥如花，嘴里是怎么称呼对方的，因为当时正好有一辆摩托车驶过，侦查员没听清。但看那男的年岁、身高和那副仪容，跟"正大厂"那两个女工描述的帅哥八九不离十。

萧孙石、韩芒顿时来了劲儿，互相交换了一个眼神，韩芒就去附近传呼电话亭给专案组打电话报告情况，考虑到一会儿那帅哥出来时可能还要"打的"，便要求调派机动车辆。曾振环当即下令出动挂社会牌照的吉普车、摩托车各一辆。

发现了情况，萧孙石、韩芒到点也不下岗了，留在那里跟驾车而来的侦查员老杨、小牛、小丰三人继续守候。那帅哥进了齐佩珠家门后，竟然到了天黑还没出来。几个侦查员在寒风中一直等到晚上八点多，才等到开门。这回热闹了，竟是全家把客人送出门的，除了齐佩珠，还有她的公公婆婆和女儿。客人脸色绯红，应该是喝了些老酒。回程他倒没有叫出租车，而是由齐佩珠陪同着送往 21 路车站，看他上了车，又等到电车起步，这才恋恋不舍挥手道别。

两名侦查员跟着上了电车，那帅哥中间又换了趟车，在静安寺附近的新闸路下了车，进了一条弄堂。跟踪的萧孙石、小牛有点儿犯愁，再跟进去，容易被对方发现，不跟吧，回头查起来有点儿麻烦，而且如果这是一条活弄堂的话，目标从另一个口子出去了，那就丢了。正犯难时，正好有一个佩戴着同济大学校徽的姑娘从他们旁边经过。萧孙石灵机一动，马上悄声喊住她，出示市局证件，要求她进弄堂尾随目标，他们稍后跟进。

侦查员还没跟进，那女大学生就出来了，告诉他们那人进了弄堂中段挂着 49 号门牌的房子。萧孙石问明对方是掏钥匙开的门，而不是叩门而入的，断定这就是帅哥的家。

这时已是晚上九点多，可侦查员还是立刻去了静安分局新闸路派出所，请值班副所长调出了那户居民的户籍档案。副所长和另一位值班警员不是管段民警，不清楚情况，听说是 "1·15" 案件专案调查，副所长便立刻让警员骑车去把户籍警叫来。

户籍警向侦查员介绍了去齐佩珠家拜年的那个帅哥的情况。此人名叫薛健，三十岁，已婚，银行职员，出身小业主家庭，父母已故，无政治问题。

次日，侦查员去银行查阅了薛健的档案，发现这小伙子跟齐佩珠原来是表兄妹关系，两人的母亲是一对嫡亲姐妹。对齐佩珠的档案已经熟稔于心的侦查员想到了一个问题：既然双方是表兄妹，那么，薛健在新中国成立后的第一份职业登记表的"社会关系"栏里填了齐佩珠，可是齐佩珠在登记表里为何不填薛健呢？回去翻了翻，发现齐佩珠的兄弟姐妹有七个，登记表的位置不够，所以她连嫂子、弟媳、姐夫、妹夫都没填，更别说表哥了。侦查员向薛健供职的银行保卫科了解了其平时的表现，得知这人老实，不善言辞，工作表现不错。

几个侦查员议了议，又前往薛健妻子罗宝兰供职的外贸公司，问了保卫科，得知其在仓库工作。保卫科根据侦查员的要求，找了工会文娱委员，让她找个借口去跟罗宝兰闲聊，了解其夫平时跟亲戚，主要是齐佩珠走动得是否频繁。文娱委员正好要去仓库发电影票，于是就以此为由前往，了解下来的结果是：薛健是个模范丈夫，平时很顾家，罗宝兰有慢性肾病，所以薛健从来不让她做家务。这样，他的业余时间就很忙碌，很少有空跟亲戚走动，这次年初四他趁罗回娘家的机会去看了表妹。

专案组根据调查的情况，认为薛、齐乃是一对正常关系的表兄妹，齐佩珠给专案组打电话之举应该与薛健无关。

于是，继续盯着齐佩珠。次日没有情况。2月3日，新的情况出现了。监视齐佩珠的侦查员发现，她下班出门时传达室门卫交给她一封信！这下，侦查员简直傻眼了：我们怎么没想到留意信函这一块儿啊？

当下，一人照例尾随齐佩珠上了21路电车，另一人就通过保卫股了解这封信件的情况。反馈过来的结果令人失望：这是一封贴了四分钱邮票的本埠平信，收信人写的是齐佩珠的姓名，寄信人的落款却是"内详"。邮戳呢？保卫股的人说问过门卫了，他根本没留心。

这个侦查员立刻往专案组打电话，曾振环正好在向雷绍典汇报最近两天的侦查工作情况，当下把电话内容一说。雷绍典说如果这封信对她来说很重要的话，她肯定会很快回信，最迟明天早晨上班时就会把回信投入马路边的邮筒，盯紧就是了。

果然，当晚七点多，齐佩珠忽然出门。侦查员尾随其后，发现她往附近的邮筒里投了一封信函。

不到一小时，侦查员通过邮电局取出的一厚沓信件送到了专案组。数了数，一共有六十九封。侦查员根据齐佩珠收到的是一封贴了四分钱邮票的本埠平信这一特点，先把寄往外埠的信清理出来，剩下的本埠信件有三十封。侦查员逐封查看了落款，没有齐佩珠家的住址和姓氏，其中还有几封落款"内详"。那么，哪一封是齐佩珠寄出的信函呢？难道要一封封拆开查看？侦查员想到了齐佩珠的档案卷宗袋里有她填写的登记表，可以比照笔迹进行确认。

把笔迹与登记表相似的那封信拆开，里面只有一页信纸，上面只有一行字：正月十五以前必须离婚！否则，我正月十六零点就打电话！

对于专案组来说，光这一行字就足够了。因为这行字透露了以下内容：齐佩珠前两次拨通专案组的电话后之所以没通话，是因为心里犹豫。为什么犹豫？是因为跟这个收信人有情感瓜葛。从"离婚"两字判断，她是第三者，要求对方离婚后与她结婚，而对方则有与"1·15"案件相关的把柄被齐佩珠掌握，她以此作为要挟。

那个收信人，无疑就是"正大厂"那两个女工看到过的帅哥了。

收信人是谁呢？只见信封上写着：本市长宁区凯旋路193号佘葆真。

专案组讨论下来，没有连夜前往该地址的管段派出所查询。为什么呢？因为之前曾分析过，关于治安、刑侦案件数据的情报可能是从公安内部泄露出去的，所以需要慎重，还是次日去长宁分局了解吧。

2月4日，曾振环亲自出马，叫上侦查员袁亚鹏、郭国成前往长宁分局，找到了分管治安的闵副局长。一说来意，闵副局长自是热情协助，说你们把名字、地址写给我，我这就派人过去查。待看到姓名，老闵说："不用查了，这个人我知道，他原是分局治安科民警，前年七月调到延安西路派出所了。"

档案显示：佘葆真，汉族，祖籍江苏常州，1926年出生于上海。其父是开染坊的，又参股一家机修社，故成分是资本家。佘葆真初中毕业后，父亲想让他子承父业，于是他就在染坊做帮工，从最基本的学徒活儿学起。三年学下来，该满师了，老佘对儿子的表现很是满意。可是，还没来得及高兴，佘葆真就作出了一个令人始料不及的决定：放弃日后染坊老板的位置，去干另一门职业——警察。

当时，担任上海市警察总局局长的宣铁吾正在招收"优秀青年"组织"飞行堡垒"——相当于特警，佘葆真便去报名了。他的文化程度、身体素质、仪容仪貌都达到了标准，初试顺利通过。这时，他老父亲知道了，坚决反对，理由是你执意从警我没有办法，但是不能当这种警察，这种警察的工作就是捉人、打人、杀人，以后要遭报应的。你如果要去当，我就登报断绝父子关系。佘葆真无奈之下，只好退了一步，跟人家说我不参加"飞行堡垒"了，还是当站马路的交警吧。"飞行堡垒"尚且合格，交警当然不必说了，人家马上准许。这样，佘葆真就当了一名交警。交警当到1949年元旦，上司通知他调到警署。在警署待了半年不到，上海解放了，要留用一些旧警察，甄别时佘葆真一次就通过了，因为他既有文化，之前干的又是交警，没有劣迹，为人又温和低调，长得帅，谁看着都有好感。

佘葆真在派出所干了三年，表现不好不坏，就是说没有突出事迹也没有犯下过失。1953年，市局淘汰留用警察时，许多人被调到其他单位去了，佘葆真反倒去了分局治安科。他在治安科表现还是如此，稳重,低调。1955年第二次淘汰留用警察时,他又被留下,从分局调到派出所,一直干到今天。

佘葆真在1949年已经结婚,妻子是家里从小给他订的娃娃亲,是其父亲一个好友的女儿,与佘葆真同龄。婚后次年,妻子生下一个儿子。妻子原是家庭妇女,1953年参加工作,成为国营食品厂的包装工。组织上没有听说过佘葆真有婚外恋的行为。

那么,佘葆真是否与"1·15"案件有关呢?接到分局电话匆匆赶来的派出所领导说,佘葆真自前年7月来所后,没有出过差,也没有请过病假事假,一直正常上班、值班,所以,他应该有接触专案组要调查的治安、刑事发案率的条件,至于是否泄密,甚至是否直接参与作案,那就不清楚了。

专案组决定传讯齐佩珠、佘葆真两人。

七、一网打尽

当天下午,齐佩珠、佘葆真被秘密带到了专案组驻地,分别接受讯问,终于弄清了以下情况——

先说佘葆真,他上学时有个要好的哥们儿,名叫倪代玮。两人从小学一路交往到初中毕业,关系特别铁。佘葆真在老爸开的染坊学艺,倪代玮在一家洋行谋到了一份差使。当时处于日伪统治下,社会上很混乱,汪伪"七十六号"特工总部经常在马路上设卡胡乱抓人,即使发现抓错了也得让人家花钱去捞人,否则,基本上就是死路一条——不是被折磨死,就是被送到日本当劳工,最后还是客死他乡。因此倪代玮也好,佘葆真也好,都是能不出门就不出门。后来有一天,佘葆真因有事要找倪代玮,登门拜访,却得知他早已离家出走。去了哪里?家人也说不清楚。

从此，佘葆真就再也没听说过倪代玮的消息。一直到去年7月上旬的一天，忽然有人登门拜访，竟是倪代玮。倪代玮西装革履，风度翩翩，一副小开的打扮。两人交谈下来，佘葆真得知倪代玮当年离家出走是因为父母为他选的对象不合他的意，他想自己找，父母坚决不允许，于是干脆一走了之。这一走，有点儿远，他在上海吴淞码头偷偷混上了一艘英国军舰。当时他也不知军舰会开往哪里，途中他又渴又饿，半夜出来想去厨房弄点儿吃的，结果还没找到厨房就被水兵发现了。幸亏他出身买办之家，初中毕业后又在英国洋行工作，一口英语说得军舰上的官兵大吃一惊，好感顿生。他因此受到优待，不但好吃好喝，到了香港还由舰长出面替他在修船厂找了一份工作。倪代玮人很聪明，一边打工，一边读书，1953年获得了船舶工程师证书。现在，他已经在香港娶妻生子。这次是回上海来跑采购的，顺便看看老朋友——他的父母已在上海解放前夕携全家老小前往美国了。

倪代玮给老朋友捎来了许多外国礼品，还向从未见过面的佘葆真的妻子赠送了黄金首饰，又请佘葆真夫妇前往他下榻的上海大厦吃饭。之后几天，倪代玮邀请了包括齐佩珠在内的另外几位同学去南京路七重天顶楼露天花园喝咖啡，去百乐门舞厅跳舞，去梅龙镇酒家用餐。闲聊时，他们自然要说说香港和上海的生活情况、社会治安。佘葆真的同学都知道他留用警察的身份，人家并没有看不起他的意思，可是他自己却总觉得低人一等抬不起头，因此一有机会就要显摆一下，以示自己消息灵通，是个重要人物。在说到上海社会治安情况时，他就把那几天正在学习的市公安局政治部下发的内部资料上关于治安、刑事案件发案率的数据说了说。倪代玮在上海停留了七天，最后佘葆真等老同学在南京路新雅粤菜馆设宴为其饯行。

再说齐佩珠，她跟佘葆真也是从小学到初中的同学，一度还是同桌。初中毕业后，双方各奔东西，就不再见面了。由于齐佩珠的现实境遇不佳，所以她刻意不跟以前的同学、朋友来往，甚至还试图把学生时代的生活从记忆中删除。不料，前年秋天，一天她去淮海路购物时，途中遇到大雨，她急匆匆地奔向车站，脚却给崴了一下，痛得钻心，当场蹲地不起。就在这时，正好巡逻经过的佘葆真发现了她，给予了帮助。两人久别重逢，自是都有一份意外惊喜。齐佩珠没有想到，当年被她看不起的这个染坊小开，此刻竟然已经成了一名人民警察，而且又高又帅，简直可与电影明星媲美，当下心中生出爱慕之情。

两人自此开始交往。都是过来人，老同学之间无须多少时间的铺垫，不久就越过了那条界线。齐佩珠是一心一意跟定了佘葆真，跟佘来往到1956年春天就提出要他离婚娶她。佘葆真起初以为齐佩珠不过是说说而已，并未在意。可是，齐佩珠是当真的，不过她的性格不是那么爽直，说话喜欢隐晦曲折，给对方一段时间去猜测，猜到了她大喜，猜不到呢，那就再重新说。当齐佩珠说到第三遍时，佘葆真终于明白原来他的这位老同学是玩真的，这下他不得不认真考虑。说心里话他还真的想娶齐佩珠为妻，可是，他不敢跟妻子开口说离婚，除了生怕妻子吵闹外，还怕因此惊动他所在的分局。他是留用警察，领导一句话就可以把他撵出警察队伍，再说离婚对于年幼的儿子也不利，如果因此还被撵出警察队伍的话，更会影响儿子的成长及前途。因此，佘葆真打定主意不离婚。

可是，齐佩珠却不依，她坚持认为你既然已经和我上过床了，那我就是你的人，你必须娶我，哪怕做小（妾）也行。可是新社会法律规定一夫一妻制，当时人民警察娶一妻还得向组织上打报告呢，别说二妻了，只怕报告交上去，批下来的是让他立马滚蛋！

就这样，两人为此事从1956年3月一直折腾到现在，齐佩珠终于忍无可忍，遂生一计：看来佘葆真最看重的是他的警察饭碗，我就以他和我的婚外情来要挟他，如果不同意离婚娶我，我就去公安局反映此事。到那时，他面临着的就是两条路，一条是同意离婚，警察饭碗不一定给砸掉，另一条是不同意，那肯定会砸掉，相信他会选择前者的。齐佩珠对佘葆真的心思揣摩得还是有点儿准的，佘葆真一听就动摇了，说让他考虑考虑。

在佘葆真的考虑期内，齐佩珠对其施展温柔攻势，两人频频幽会。哪知，佘葆真考虑了一周后给出的回复依旧是不肯离婚。

齐佩珠气得大哭，逼着佘葆真考虑后果，佘葆真不吭声。齐佩珠脑子里忽然冒出一个念头：前一天，佘葆真在酒喝得七八分时告诉她，这几天工作比较紧张，除了临近春节要抓治安外，还在追查台湾飞机在上海北郊空投反动宣传品的大案，市公安局成立了"1·15"案件专案组，雷副局长亲任组长，已经追查到公安内部，派出所每天开班前会时领导都会说到关于去年夏天市公安局政治部下发的内部学习资料泄露的问题，要求大家回忆，并交上书面情况报告。当时齐佩珠听着没什么想法，因为此事跟她无关，跟佘葆真也无关。可是，此刻她想起来了，那次他和香港来的老同学倪代玮一起在国际饭店聚餐时，曾谈到过沪港两地的社会治安，佘葆真还说过一组数据。齐佩珠就认为这是佘葆真泄密，至于倪代玮是不是台湾特务，她就不知道了。

于是，齐佩珠就提出了这个问题，一下子把佘葆真吓得大惊失色，然后要求齐佩珠保密，并答应一定跟妻子离婚，然后和她结婚。齐佩珠没想到自己歪打正着，大喜过望，说这事你必须在春节期间跟你老婆谈妥，节后去办手续，上午离婚，下午我们就去领结婚证。佘葆真拍胸脯保证没问题，不过他要求这段时间两人不要来往，以免引起人家的注意。齐佩珠一口答应。

可是，齐佩珠回家后想想不妥。这件事还有其他几位老同学知晓，万一他们透露了传到公安局那里，佘葆真还是逃脱不了泄密的责任。万一倪代玮真是台湾特务，那佘葆真吃官司是跑不了的，他一招供，只怕还会牵连到自己啊！这样想着，齐佩珠就决定主动向公安局报告，到这当口儿，结婚不结婚反倒属于小事了，安全第一啊！可是，当齐佩珠真的接通了专案组的电话时，却又犹豫了，一连两次都是这样。她的想法是，佘葆真是警察，他目前稳得住，看来专案组不会怀疑到他头上。既然他稳得住，我又怕什么呢？先以此要挟他离婚和我领了结婚证再说吧。

春节期间，佘葆真没敢跟妻子开口说离婚之事。2月3日，他给齐佩珠写了封信，要求再给他一段时间，一定解决。这下，齐佩珠恼火了，立刻写了一份最后通牒投进了邮筒。她还在扳着指头计算佘葆真回函时间的时候，侦查员把她带走了。

专案组随即传讯了齐佩珠、佘葆真两人交代的那天和倪代玮一起聚餐的其他六人，了解下来跟齐、佘交代的内容相符。

往下，就是追查那个名叫倪代玮的香港来客的下落了。侦查员去了上海大厦，按照佘葆真所说的大致日期查阅了海外来客下榻登记，并无倪代玮其人。会不会是换了姓名登记的呢？那几天入住的旅客中确有从香港过来的男性，可是，跟倪代玮的年龄对不上，一差就是二三十岁。那时海外旅客来中国大陆是有规定的，比如必须下榻涉外宾馆、饭店，必须出示护照，还要检查护照上中国海关的入境签章。当时香港属于英国管辖，大陆接待港客时都是按照外宾规定执行的。侦查员又询问了上海大厦的客房和餐厅服务员，都说时隔多日，已经没有印象了。

专案组感到奇怪，是佘葆真记忆有误呢？还是故意隐瞒？抑或是倪代玮耍了什么花招儿？于是，他们换了个方向奔边防检查站调查。边防检查站那几天也没有倪代玮或者与其年龄相仿的男性旅客持香港护照入境。再奔海关检查站，也是一无所获。

专案组开会分析案情，发觉这事儿似乎不大好办。据佘葆真、齐佩珠和倪代玮的其他几个同学说，倪代玮早在抗战胜利后就不知去向了，后来上海解放前夕，他们全家迁居美国，现在在上海已经没有家也找不到亲戚了。

这条摆在面前的线索，要想调查却找不到突破口。这情形有点儿像老虎面对着一头豪猪，想下口却找不着咬的位置。说着说着，曾振环火了，说干脆兜底儿查个明白，把倪代玮在新中国成立前的户籍登记资料翻出来查，另外，去人向倪家原住址的邻居调查，看看这主儿到底是何方妖魔！

2月5日，侦查员分别对此进行了调查——

国民党政权留下的户籍资料里没有倪代玮在抗战后离家出走的记载，可能是家人没有跟国民党警方联系，而警方也没留意此事。倪代玮的户口是在1949年3月13日与其全家一起注销的，注销原因是"去美国"。既然去了美国，去年他从海外来沪似乎也说得过去。问题在于他去年是怎么入境的？又是怎么登记下榻的？

另一路去倪家原址调查的侦查员走访了几十位老邻居，都说倪家在上海解放前夕确实去了美国，房子卖给了"陆根记营造厂"。过了两个月，"陆根记"老板陆根泉也去了香港，把房子托交亲戚打理。上海解放后，政府查明陆根泉系"军统局"（后改组为"国防部保密局"）的贸易伙伴，跟戴笠以及后来执掌"保密局"的郑介民、毛人凤关系甚好，故该房产属于敌产，就收归国有了。现在住在里面的几户居民都是房管局分配来的，根本不知道倪家的事。

大伙儿议论来议论去，却是越议越沮丧。这时已近午夜时分，雷绍典副局长突然来了，听曾振环汇报了简况，说不着急，先吃夜宵吧，我已经通知食堂准备了。吃过夜宵，众侦查员继续讨论对策。最后，终于找到了一个有可能成为突破口的环节：蹊跷应该出在"下榻上海大厦"这上面。佘葆真交代说倪代玮下榻于上海大厦，而且他去拜访过，到过客房，倪代玮还在餐厅请他们夫妇吃了一顿饭，这是否表明他果真入住那里呢？上海大厦的工作人员都调查过了，没有线索。那么，是否可以从佘葆真以及其他老同学那里了解？

2月6日，侦查员分别对佘葆真、齐佩珠和其他六个同学再次进行了讯问。这些人中，除了齐佩珠之外，都去上海大厦看过倪代玮。据一位在电台当播音员的老同学回忆，可能是因为她对语音特别敏感，她发现倪代玮说话有些苏州口音。

专案组对此进行了分析，认为跟未查到倪代玮的入境记载这一点联系起来看，不排除倪代玮其实是在大陆潜伏着，却向老同学佯称从香港入境。如果这个估测准确的话，那么他应该潜伏在苏州，多年待下来，就不知不觉染上了些许苏州口音。这一点其他同学没注意到，却逃不过受过专业训练的那位女播音员的耳朵。

这样一来，不是越来越难查了吗？专案组却不是这样想的，因为他们终于找到了一条捷径：既然倪代玮确实在上海大厦客房和餐厅接待过老同学，那说明他当时并未显露出任何值得怀疑的地方。他的底气从何而来？可能他是以其他合法入境的旅客的名义在上海大厦登记入住，然后，把那位旅客打发出去，他以其人的名义待在客房。这种情况，当时是允许的，而且经常发生。

如果确如上面所估测的那样，倪代玮是以谁的名义登记入住的？那人又去了哪里呢？专案组决定查一查。

侦查员去了上海大厦,把之前调查过的那几天入住的七名男性港客的资料调出来,先跟从边检获取的入境记录对照,发现都是合法入境。再看边检留下的护照资料,其中一位六十五岁、名叫卢石的旅客的籍贯是苏州。侦查员盯着这位老者进一步调查。他出生于苏州,那多半是在上海大厦登记后去苏州了。

三名侦查员随即驱车前往苏州调查。当时苏州的涉外宾馆只有两家,很快就查到了卢石确实在去年7月上旬住过五天,而那五天正好是佘葆真、齐佩珠等人跟倪代玮频频接触的日期。侦查员调取了卢石入住苏州宾馆期间来访客人的登记资料后,去找那些访客一一调查,终于有了收获。

访客中的几位卢的亲戚告诉侦查员,他们知道倪代玮其人,他是卢石的外甥,跟他们也有着拐弯抹角的亲戚关系。

当天,倪代玮在苏州家中被捕,随即在苏州市公安局内进行讯问。倪代玮的供述如下——

抗战胜利后,"保密局"根据与美国中央情报局的协议,决定在上海创办中美特种技术合作所(与重庆中美合作所无关),倪代玮被物色为受训学员。可是,后来该计划流产了,他被送往美国接受了一年情报训练,回国后分派到"保密局"情报分析室当了一名特务,按规定这个岗位上的特务是不能与家人有任何联系的。1949年初,他因为一场三角恋得罪了上司,被打发去了苏州潜伏,由国民党苏州市警察局为他伪造了户籍资料,表明早在十年前他就已经从上海来苏州了。"保密局"安排倪代玮在苏州阊门开了一家专为饭店提供野味的"凌云野味坊",以便利用采购野味为名外出活动。野味坊共有四名店员,都是由倪代玮领导的情报特务,"保密局"给他们的代号是"741",全称是"741情报组",却未配备任何特务活动器材,只给了二十两黄金作为活动经费。倪代玮根据在美训练时洋教官授课的内容判断，"741"是"保密局"用于特殊情况下发挥作用的一枚棋子，便让下属做好长期潜伏、紧急启用的思想准备。

果然，一直到去年 6 月接到为反动宣传品收集情报的指令为止，"741"从未进行过活动。指令是通过暗语书写的平邮信函寄达的，对于倪代玮来说，唯有接受。于是，他开始策划，并付诸实施。倪代玮知道迟早有一天要执行此类任务的，所以平时对报刊、电台上的一些情况特别注意，此刻制订方案时就省了很多麻烦。然后，他让几个组员轮流外出，收集以上海为主的华东地区党政军、工农商、文教等方面的情报。从 6 月活动到 9 月，总算搞到了若干真真假假的情报。去年 7 月，倪代玮利用其舅舅卢石从香港回乡探亲的机会，前往上海自导自演了一出"狸猫换太子"的把戏，竟然成功地骗过了有着人民警察身份的老同学佘葆真，获取了上海市治安、刑事发案率的情报。至于"二劳"系统关押人数的情报，是倪代玮指派组员沈德方、蒋平前往上海、安徽、江苏劳改队、劳教队附近转悠，物色释放、解教返回原籍的人员打听到的。

讯问结束后，侦查员在苏州警方的协助下，成功地逮捕了"741 情报组"的沈德方、蒋平、褚晓白、莫森林四名成员。

1958 年 3 月 21 日，上海市中级人民法院对该案作出判决：判处倪代玮死刑，立即执行；沈德方、蒋平、褚晓白、莫森林、佘葆真分别领刑七年至十二年。齐佩珠未被起诉，由市公安局决定劳教三年。

图书在版编目（CIP）数据

上海滩枪案 / 东方明, 魏迟婴著. -- 北京：群众出版社, 2025.01. --（啄木鸟）. -- ISBN 978-7-5014-6421-0

Ⅰ.Ⅰ247.5

中国国家版本馆 CIP 数据核字第 2024EZ8501 号

上海滩枪案

东方明　魏迟婴　著

策划编辑：杨桂峰
责任编辑：季伟
装帧设计/封面插图：王紫华
责任印制：周振东

出版发行：群众出版社
地　　址：北京市丰台区方庄芳星园三区 15 号楼
邮政编码：100078
经　　销：新华书店
印　　刷：天津盛辉印刷有限公司
版　　次：2025 年 1 月第 1 版
印　　次：2025 年 1 月第 1 次
印　　张：13
开　　本：787 毫米×1092 毫米　1/16
字　　数：162 千字
书　　号：ISBN 978-7-5014-6421-0
定　　价：58.00 元

网　　址：www.qzcbs.com
电子邮箱：qzcbs@sohu.com

营销中心电话：010-83903991
读者服务部电话（门市）：010-83903257
警官读者俱乐部电话（网购、邮购）：010-83901775
啄木鸟杂志社电话：010-83904972

本社图书出现印装质量问题，由本社负责退换
版权所有　侵权必究